JN043397

本人に訊く〈弐〉

おまたせ激突篇

椎名　誠
目黒考二

集英社文庫

本人に訊く〈弐〉おまたせ激突篇

はじめに

椎名誠の全著作をいまの時点で再読し、その評価を下しながら作者に裏側の事情を聞くというシリーズの第二弾である。第一巻のまえがきにも書いたことだが、このシリーズを本書で初めて読む方もいると思われるので、まずこの書の大前提を書いておく。

それは、ここで語られることは、質問者（目黒考二）の個人的な感想にすぎない、ということだ。ただいまゲラを読んだ直後なので、特にこういう感想を抱くのかもしれないが、この質問者、ホントにエラそうだ。お前は何者なんだよ、と言いたくなる。椎名誠がほとんど反論せず、黙って聞いているのをいいことに、まあ、好き勝手なことばかり言うから、自分のこととはいえ呆然《ぼうぜん》である。

言うまでもないが、この質問者（目黒考二）が批判した書について、とんでもない、あれは面白いではないか、という感想を持つ読者がいても不思議ではない。もしも、あなたがそう思う書があったとしたら、あなたの感想は正しい。ようするに、読者の数だけ感想はあるもので、どれか一つが正しいというものではないのだ。この本で展開しているのは、私個人の読み方にすぎない。まず、これをお断りしておく。

本書を読んで驚くのは、椎名誠が昔のことを忘れているケースが多いことだが、ゲラを読んで驚いたのは、私もまた忘れん坊であることだ。本書に収録のインタビューをしたのは数年前になるので、今となっては覚えていないことが多いのである。たとえば『鉄塔のひと　その他の短篇』という作品集をテキストにした回で、この表題作の「ラストはいらなかったような気がする」と私は発言している。それがどういうラストであるかは、ネタばらしになってしまうので本書で明らかにされていない。「どんなラストなの？」と尋ねる椎名に、「ほら、こういうふうなラストがつく」と言うだけだ。このインタビューをしたときは再読した直後なので覚えていたのだが、それから数年たってしまうと私も椎名と同様に「どんなラストなの？」と言いたくなる。全然、覚えていない！

こういう箇所は『鉄塔のひと　その他の短篇』をテキストにした回だけでなく、随所にある。そのたびに、おお、もう一度読みたい、と思ってしまう。その「必要のないラスト」とはどんなラストなのか、無性に知りたくなるのだ。あるいは逆のケースもある。私が絶賛している書も多いのだが、その大半を私はすでに忘れている。『アド・バード』とか『武装島田倉庫』とかはさすがに覚えているが、著作の多い作家なので、そのすべてを記憶しきれず、このインタビューの時点では絶賛しても、数年たつとそのディテールを思い出せない作品があったりするのだ。そういう箇所にぶつかると、おお、これをもう一度読みたいと思ってしまう。おそらく、読者のみなさんも、そういう箇所を「発見」することがあるかもしれないが、そういうときはぜひ椎名誠の著作の現物にあたっていただきたい。

二〇一七年三月

目黒考二

目次

1 書読走ガタゴト時代

2 波風グルグル時代

3 空海路ブルブル時代

1　書読走ガタゴト時代

――それが日本の風景だったのか外国のものだったのか、記憶はないが、後年世界のいろいろなところを旅するようになって、子供の頃見たその写真と同じ風景と出会った。

『風の道　雲の旅』あとがきより

南国かつおまぐろ旅

文藝春秋
1994年7月25日発行

目黒　「週刊文春」に連載していた「赤マント」シリーズの第四弾ですね。これはすごいよ。なんといっても「クソまみれの人生」っていう回が白眉だね。

椎名　なんだっけ？

目黒　新宿《しんじゅく》で酒を飲んで地下鉄に乗り、荻《おぎ》窪《くぼ》で中央線に乗り換えて、その次にこうある。

「二駅すぎたあたりで最初のおしらせが脳髄のどこかに軽くチクンときた。しかしそれはその時すでに相当にすすんでいたであろう事態の深刻さに較《くら》べると信じ難い程の軽いぼんやりした情報通達でしかなかったのだ」

ようするに腹の調子が悪くなったんだね。食い合わせでも悪かったのかなあ。

椎名　ああ、あのときな（笑）。

目黒　まるで他人事《ひとごと》のように書いている筆致が面白いんで、続けて引用しておこう。

「思えばすでにこの時、わが体内の下腹部方面では脳知覚関係への適切な異変報告を意図的に遮断した、下腹部のクーデターがかなり進行し、軍部反逆のストーリーはまんまと予定軌道に乗っていたのである」

　でね、やっと駅に着くんだけど、知り合いに会っちゃって立ち話することになる。もうやきもきするんだね。そして駅のトイレに駆け込んで、やれやれと思ったら、こういう記述になる。

「あろうことかあるまいことか、おれはズボンをすっかり下ろしきらない前にやつらの一斉攻撃に襲われたのである」

よく書くよね、こんなこと（笑）。うんこ、漏らしちゃったって話だぜ。こういう事態に見舞われたとしても、全国発売の週刊誌で書いた人はいないでしょ（笑）。調べたわけじゃないからわからないけど、戦前戦後を通じて、こんなことを週刊誌で書いたのは椎名だけじゃないかなあ。ラスト三行も引用しておこう。

「生まれてはじめての体験であった。

頭の中がまっ白になり、おれはそこでついに糞死《ふんし》した。

死後のことはあまり書きたくない」

椎名　（笑）

目黒　これさ、書くのが恥ずかしいとか、そういう気持ちはなかったの？

椎名　だって事実だものな。ありのままを書くのが作家だろ（笑）。

目黒　これを書いたとき反響はどうだった？

椎名　ちょうど映画を撮っていたときだったから、それを読んだスタッフから「あんなこと書けるのは椎名さんだからですねえ」って言われたな。

目黒　そうだよな、普通なら書くのは控えようかなと思うよね。常識ある大人なら（笑）。いやあ、びっくりした。この『南国かつおまぐろ旅』はこれだけで読む価値があるね（笑）。

椎名　別に恥ずかしくないからなあ。

目黒　他人事みたいな書き方もいいよ（笑）。

椎名　（笑）

目黒　あとは別にないなあ（笑）。この本はこれだけでいいよ。

椎名　もう少し、何か聞けよ（笑）。

目黒　高橋春男《たかはしはるお》の単行本『このバカを見よ！』で椎名が堂々三位になったという回もあるね。このときのベスト10をおぼえている？

椎名　おぼえてないなあ。

目黒　①ナベツネ②伊丹十三《いたみじゅうぞう》③椎名誠④ホーキング⑤筒井康隆《つついやすたか》⑥貴ノ花⑦金賢姫《キムヒョンヒ》⑧小《こ》泉今日子《いずみきょうこ》⑨角川春樹《かどかわはるき》⑩ビートたけしの十人だね。なんだかホメているのかケナしているのか、よくわからない（笑）。この単行本は第二弾が出たの？

椎名　出なかったんじゃないかな。

目黒　いや、「バカ第3位としては打倒ナベツネを狙いたいところだ」とここで書いているから、このあとどうなったかと思ってさ。

椎名　一位になりたかったな（笑）。

目黒　あとはそうだな、「改行改革」という回は面白かった。

椎名　なんだそれ？

目黒　「週刊文春」に連載しているエッセイの中で、「赤マント」だけが黒っぽいと誰かに言われて考える回だね。で、黒っぽいのはどうやら改行が少ないからだってことに気づくわけ。そこで今回は改行を多くしてみようと。

「『ああ』
とか、
『うう』
とか、
『うふーん』
とか、
『そこ』
とか、
『もうダメ』
などというのが考えられる」

と続くんだけど、ようするに一回しかできないお遊びの回だね。くだらなくていいよ。でもこの本は、「クソまみれの人生」が突出しているから、なにをもってきてもあれには勝てない。

椎名　やっぱりホメてるんだな（笑）。

猫殺し　その他の短篇

文藝春秋
1994年10月1日発行

目黒　これは小説集ですが、ほぼ同時期に新潮社から『鉄塔のひと　その他の短篇』という小説集を出していて、つまり二冊が対になっているんだけど、文庫化のときにこちらを『トロッコ海岸』と改題したので、いまはそれがわかりにくくなっている。『猫殺し　その他の短篇』は私小説で、『鉄塔のひと　その他の短篇』は超常小説。もっとも私小説とはいっても、『岳《がく》物語』のように実名で著者が登場するのではなくて、実話をベースにした小説だね。

椎名　そうだな。

目黒　だから聞きたいんだけど、この「椿《つばき》の花が咲いていた。」って短編も実話なの？

椎名　どんな話だ？

目黒　若いときに温泉出版事業社という会社の「編集記者募集」という求人広告を見て、訪ねていくんだよ。編集記者とはいっても、その実態は「東京観光斡旋所《あつせんじよ》案内地図」という八千円の本を売り歩くセールスの仕事で、熱海《あたみ》の温泉旅館に売りに行くんだ。その本が売れると半分が手取りになる。一日売れなくても熱海までの往復交通費として千円もらえるから、実際の交通費六百四十円の差額をもらうことができるというシステムだね。これ、実話？

椎名　実話だよ。都内の観光旅館斡旋所はちょうど八十箇所あるので、一箇所百円ですってセールス文句を教えられたのをおぼえている。

目黒　実話なんだ。この頃は椎名がデビューして十五年たっているんだけど、よくここまで書かなかったねえ。いいネタだよねこれ。

椎名　そのあとこの話を別の機会に書いてるよ。

目黒　そのセールス本、実際には売れたの？

椎名　売れなかったなあ。ふてくされて海岸にいたら、一緒に熱海に来た同じチームの奴《やつ》と会ってさ、いきなりセールスするのではなくて、取材のふりをして、最後に売るのはどうかって話になった。で、そうしたら一冊売れた。

目黒　小説では、取材のふりをするのは椎名が考えたことになっている（笑）。しかしそうしたにもかかわらず、小説では一冊も売れなかったと。現実を少しデフォルメしているということだね。このあと、どうなったの？

椎名　そこで働いたのは一日だけだよ。

目黒　えっ、一日で辞めたの？

椎名　うん。

目黒　なんだ、椎名も一日で仕事を辞めていたのか。じゃあ、おれだけじゃないんだ。若い頃のおれは、一日で会社を辞めることを繰り返していたから、こんなダメ男はおれだけだと思ってた。おれだけじゃないんだ（笑）。

椎名　そこを納得されてもなあ。

目黒　「猫殺し」「トロッコ海岸」「デカメロン」「ほこりまみれ」の四編は少年たちの日常を描いたもので、これらはなかなかいいよ。

椎名　ふーん。

目黒　ただ空回りしているものもあるんだよ。たとえば「蛇の夢」っていう、いろんな夢を見たってだけの話。小説が始まってもいない。まだ構想の段階のままだね。そういう印象が強い。「謎の解明」という作品もなあ。

椎名　それはどんな話？

目黒　ストアーズレポートが届くところから始まるんで、もう辞めたあとなんだ。で、昔を思い出す。会社にいつもチクル奴がいて、あるときいきなり社長に呼び出されて怒られたのはそいつのせいだったんだと気づくんだ。他にはなにもなくて、ただ、それだけなんだよ（笑）。ちょっと苦しいね。「映写会」は比較的まとまっているけど、初期の「米屋のつくったビアガーデン」（『ジョン万作の逃亡』所収）みたいな話で、可もなし不可もなし。だから玉石混淆《ぎょくせきこんこう》だね。冒頭の少年小説は素晴らしいけど。

椎名　この頃は、雑誌に書いた小説がたまると本になって、それが数年後に文庫になって、何も考えていなかったなあ。

目黒　椎名の短編小説傑作選というのは編まれてないの？

椎名　ないな。

目黒　札幌《さっぽろ》の出版社から出たやつ（『月の夜のわらい猫』『水の上で火が踊る』）があったでしょ？

椎名　あれはＳＦ傑作選。

目黒　版元の人間が編んだの？

椎名　いや、おれが自分で選んだ。

目黒　自選か。ＳＦがあるのなら普通小説の傑作選があってもいいよね。たとえばここから取るなら冒頭の四編だ。そうやって集めれば、二〜三冊は編めると思う。

3わのアヒル

講談社
1994年10月25日発行

目黒　次は絵本です。写真・垂見健吾《たるみけんご》、文・椎名誠とある。だから共著だね。つまり写真絵本。「ちいさなたんけんたい」という叢書《そうしょ》の第八巻ということになっている。

椎名　映画『あひるのうたがきこえてくるよ。』のスチールを垂見さんが撮ってくれて、その写真で本にしようと彼に言われて作った本だな。

目黒　この叢書の第一巻は、中村征夫《なかむらいくお》さんの『ぴっかぴかの海』という本だよ。

椎名　じゃあ、全部写真絵本の叢書なのかな。

目黒　そうかもね。ただ、この本の感想はあまりないんで、絵本そのものの話をしようか。たとえば、椎名は小さい頃に絵本を読んだ？

椎名　読んだよ。

目黒　えっ、本当かよ。おれ、読んだことないよ。だって、おれたちが小さい頃に絵本なんて買ってもらってないだろ。

椎名　幼稚園で読んだのかなあ。

目黒　おれ、幼稚園に行ってないよ。意外だなあ椎名（笑）。

椎名　その頃読んだ中で、「おいしいごはん砂さえついていなければ」ってのをおぼえている。

目黒　それ、なんという絵本？

椎名　書名まではなあ。でもディズニーの絵本だった。主役は犬だ。

目黒　その絵本の中の一節ということね。

椎名　そうそう。

目黒　幼稚園で絵本を読んでいた少年が、どうして高校生になったときには暗い目をした不良少年になっちゃうの（笑）。

椎名　それは関係ないだろ（笑）。おれ、いつも本だけは読んでたんだよ。兄貴たちの本が家にいっぱいあったから。筑摩書房の三段組の日本文学全集を中学生のときから読んでた。だから、大佛次郎《おさらぎじろう》だってちゃんと読めたもの。

目黒　やっぱりさ、ずいぶん前にこのインタビューで、上田凱陸《うえだよしみち》くんが椎名にいきなり小説を依頼したのは何故《なぜ》だろうって疑問を出したけど、それだよ。

椎名　なにが？

目黒　高校生の椎名は暴れていただけの不良少年だったけど、もともとは小説好きだったことを上田凱陸くんが知っていたからなんじゃないかなあ。椎名が高校で同級生になった上田くんに中学時代のことを話してさ、それで彼が学校新聞に載せる小説を依頼してきたんじゃないの？　そうでもなければおかしいよあれ。いきなり頼まないだろ？

椎名　そうかなあ。

目黒　小さい頃に絵本を読んでいても、次に読むのは子どもが生まれてからだよね。子どもが生まれてからは、たくさん買った？

椎名　沢野《さわの》がこぐま社に勤めていたから、子どもが生まれる前から絵本は読んでいたよ。

目黒　あ、おれもあいつからこぐま社の絵本を何冊かもらったな。

椎名　お前、こぐま社で働いていただろ。

目黒　おれは絵本を作っていたわけじゃなく、あの会社が受注していた業界誌の編集をしてたんだ。社員ではないから毎日出社の義務はないけど昼飯代の補助が出たんで、それを目当てによく行った。食券を持って近所の定食屋へ食べに行ったなあ。

椎名　どのくらい、あの会社にいたんだ？

目黒　一年くらいかなあ。そのうち「本の雑誌」が忙しくなって辞めたんだ。そうそう、四号の特集「読み方の研究」冒頭の、沢野が椎本を読んでいる写真は、こぐま社の屋上で椎名が撮ったと後で聞いたよ。おれはもうその頃こぐま社にはいなかったから、あそこの屋上で撮ったんだと思った記憶がある。四号は一九七七年の春に発売したから、おれが在籍したのは一九七六年だね。

椎名　そんなこと、よくおぼえてるなあ。

目黒　今思い出したんだよ。あの会社は土曜が休みなのに、よく一人で出社したこともおぼえてる。普段できない仕事をやろうと思って。あの頃は競馬を休んでたんだな、土曜に会社に行くということは。で、仕事を始める前にスポーツ新聞を読んでると、社長が出社してくるのさ。いつもあわててスポーツ新聞を隠したな。

椎名　（笑）隠すこともないだろ。お前がいくつの頃？

目黒　三十歳の頃。

椎名　懐かしいなあ。セーネン目黒。

目黒　絵本の話をしてたんだけどね（笑）。

鉄塔のひと　その他の短篇

新潮社
1994年11月20日発行

目黒　超常小説の作品集ですが、これも玉石混淆だね。
椎名　どんな話が入ってるの？
目黒　いちばんいいのは「抱貝《だかしがい》」という短編だと思う。ヘンな話なんだ。一人称一視点で描かれるんだけど、どうしてこの男がこの街にやってきたのか、旅の多い商売柄という説明があるだけで、他の説明は何もない。寿《す》司《し》屋で抱貝を食べて、そのあと赤ちょうちんに入ると、祭りを見ますかと女に誘われ、二階にあがると女が体を寄せてくる。「あんた抱貝を食べさせられたやろ」と言うんだ。なんとそれだけ。これがいいんだよ。
椎名　ふーん。よくおぼえてないなあ。
目黒　宿の老婆が「ぐにだがの、はらましねえだがの」と言うんだけど、これが何の意味かわからないし、犬は「ひかひかひか」と鳴くし、全般的に何が起きているのかわからないんだけど、不気味なトーンが成功している。不安な気持ちになってくるんだ。これは傑作だよ。椎名のSF短編のベスト10に入るとは言わないけど、ベスト30には入るよ。
椎名　そうかあ。
目黒　SF短編のアンソロジーって、あれは編集部が選んだんだっけ？

椎名　いや、おれ。

目黒　そのときにこの短編は選んだの？

椎名　いや、忘れてたから、入れなかった。

目黒　あ、読みなおしたわけじゃなくて、記憶に残っているものから選んだのか。

椎名　そうそう。

目黒　それはもったいないねえ。これはいまでも読むに耐える作品だと思う。ただし、この作品集には読むに耐えない短編も入っている（笑）。それが「やもり」という話。

椎名　どんな内容？

目黒　死にたいって思っている男がいて、いろいろ試すんだけど、なかなか死ぬことができない。問題はね、エスカレートもしないし、オチもないこと。いろいろ試して失敗して、それでも挫《くじ》けずに、ラスト一行が「さあ今日こそ本当におれは死ぬんだ」。これで終わっちゃう。ようするに何も起きてないんだけど、さっきの「抱貝」とは違って、こちらには不気味なトーンも不安な気持ちも何もない。何も起きなきゃいいってもんじゃないんだね。同じ手法の成功例が「抱貝」で、失敗例がこの「やもり」。

椎名　そんなのがよく載ったよなあ（笑）。

目黒　おいおい（笑）。あとは「妻」という短編がまあまあよかった。

椎名　全然おぼえてないなあ。

目黒　朝起きると見知らぬ女が家の中にいて妻のように振る舞っている。いったいなんだと思うところから始まる作品で、そしていろいろあったあとに、とうとう我慢できずに「あんたはいったい誰なんだ？」と言うわけ。

椎名　誰なんだろう？（笑）

目黒　そうすると、あなたの奥さんに頼まれたと。私の主人は毎日家の中にいるのにもか

かわらず、私のことをまともに見てないので
はないか、まったく別人の奥さんがご主人の
前にいても気がつかないかもしれないわね、
ということになって、試しにやってみたと告
白するんだ。
椎名 なるほどね。
目黒 あんたが書いた小説だからね（笑）。
椎名 おれが書きそうな話だなあって聞いて
るよ（笑）。
目黒 オチは言わないほうがいいなあ。この
あとにオチがあるんだけど、それは言わぬが
花。傑作とは言わないけど、まあまあの出来
は保っている。表題作も水準作ではあるよ。
鉄塔を立てて、その上に小屋を作って住む男
の話。なんの目的でそんなことをしているの
かいっさい説明はないんだけど、不気味とい
うよりも不思議さが漂っている。ただし、ラ
ストはいらなかったような気がするなあ。
椎名 どんなラストなの？
目黒 本当にまったくおぼえてないんだね
（笑）。ほら、こういうふうなラストがつく。
椎名 ふーん。
目黒 このラストはなくてもいいような気が
する。こういう感じの短編にオチはいらない
と思うんだ。微妙なところだけどね。つまり、
「抱貝」のような傑作から、まあまあの「妻」
「鉄塔のひと」、そして失敗作の「やもり」ま
で、玉石混淆の作品集だね。
椎名 ムラの多い作家による、典型的な作品
集だな（笑）。

ネコの亡命

文藝春秋
1995年3月20日発行

目黒 「週刊文春」の赤マント・シリーズが今年（二〇一三年）の春で終わったことに触れていなかったので、ここに書いておこうか。連載開始が一九九〇年の一月四日号からだから、なんと二十三年間も続いたことになる。ちょっと総括しておこう。あれは一回何枚？

椎名 六枚。

目黒 それに慣れちゃうってことはある？ つまり、六枚の人生に。なんでも物事を六枚で考えるようになるとか。

椎名 そうは都合よくならないよ（笑）。

目黒 だよな（笑）。素朴な疑問なんだけど、二十三年間も連載していると、これ前に書いたかなあって思うことない？

椎名 あるよ。

目黒 そういうときはどうするの？ 以前書いたかどうかを調べるって現実的には無理だよね。

椎名 これは前に書いたかもしれないが、とただし書きをつけて書いちゃう。

目黒 読者から、先週の話は前にも書いてましたよとかなんとか手紙がきたことはないの？

椎名 そういえば、ないなあ。

目黒　赤マントを書いていたときに自分に課したルールとかはないの？
椎名　時事ネタ、宗教、女、芸能関係――この四つについては書かないって決めた。
目黒　昔、誰かのエッセイで読んだんだけど、タクシーに乗ったときの禁句は、政治、宗教、スポーツだと。最初の二つはわかるけど、スポーツがなぜと思ったら、特に野球だね。巨人ファンの運転手っているだろ、そうすると、今日は巨人が逆転したんですっていきなり話しかけてきたりするの。そういうときに、アンチ巨人ですって言ったらもめちゃうから、野球に興味がないって言う。
椎名　おりるまでの短い付き合いだしな。
目黒　ところが、そう言うと、えっと絶句したりする（笑）。野球に興味ないやつがいるのかって驚いたりするんだよ。あれには困るなあ。どっちだっていいんだよそんなの。
椎名　そうだよなあ。
目黒　ということで、『ネコの亡命』にいきます。赤マント・シリーズの第五弾で、一九九五年三月に単行本が出て、一九九八年に文春文庫と。この本の中で、「ぼくの好きなSFベスト4」を選んでいる。いまから二十年前だけど、このときどんな作品を選んだかおぼえている？
椎名　『地球の長い午後』は入っているだろ？
目黒　うん。あとの三冊、わかる？　ええと、これはシルヴァーバーグだよなあ。
椎名　あ、『夜の翼』だ。
目黒　あとはわからないか。フィリップ・ホセ・ファーマーの『恋人たち』に、ジョージ・R・スチュワートの『大地は永遠に』。これは何？
椎名　破滅SFだよ。
目黒　ふーん。でもどうしてベスト4なのかな。ベスト5にすればいいじゃん。
椎名　四冊しか思い浮かばなかったんだろうな（笑）。
目黒　おれも四冊選ぼうとしたら三冊しか思い浮かばなかった。
椎名　なに？
目黒　ハル・クレメント『重力の使命』、クラーク『渇きの海』、それに『恋人たち』。
椎名　平凡だな（笑）。
目黒　何よそれ（笑）。あれから二十年たっているんだから、これに足すなら何？
椎名　コヴァッチが出てくるやつ。
目黒　リチャード・モーガンの『オルタード・カーボン』だ。
椎名　あとは『ハイペリオン』『砂漠の惑星』『透明人間の告白』だな。
目黒　それで八冊。あと二冊足せばベスト10になるんだけど。
椎名　後で埋めておくよ。
目黒　あとは、これバカじゃないかなあ。
椎名　（笑）なんだよ。
目黒　十三時四十二分発なのに、三時四十二分発と間違えて東京駅に行くと二時間遅れだったという話。しかもこういう間違いは一度だけではなくて時々するっていうの。確認するでしょ普通は。
椎名　十二時過ぎるとわからなくなるんだよ。
目黒　信じられないなあ。ま、いいや。映画『スター・ウォーズ』を仕事をさぼって観《み》に行ったのは一九七八年で、会社に戻って「すごいすごい」と大騒ぎしたら、映画学科出の上司が観に行って「なんだ子供だましじゃないか」と鼻で笑ったことを思い出すエピソードがあるけど、これ、誰？
椎名　ほら、○○さん。
目黒　ふーん。でもさ、仕事さぼって映画を観に行ったんだよね。それなのに会社に戻って大騒ぎするの？　普通いけないでしょ、サラリーマンの態度としては。

椎名　全然平気だったなあ、あの会社は。

目黒　ふーん。

むはの哭く夜はおそろしい

本の雑誌社
1995年4月15日発行

目黒　一九九五年に本の雑誌社から出て、二〇〇六年に角川文庫と。問題はその文庫化のときに、『本などいらない草原ぐらし』と改題していることだね。この改題はないよ。もともとの単行本のタイトルもよくないけど（笑）。

椎名　お前が発行人の頃だろ？

目黒　だから、反省しています（笑）。このタイトルはないよな。これじゃあ、何の本なのかさっぱりわからない。でも、改題はもっとひどい。だってね、この本におさめられたエッセイは本の話ばかりなんだよ。それを『本などいらない草原ぐらし』って何なのよ。これじゃあ、本に否定的なニュアンスだろ。逆だって。本は面白いって内容なんだから。

椎名　そうか。

目黒　この本はね、もともとは「本の雑誌」に連載したエッセイをまとめたもので、椎名がその月に読んださまざまな本の話が中心なんだよ。椎名好みのヘンな本や、自然関係の本、特に海関係の本がいっぱい出てくる。つまり意図的に本の話を書いてるんだぜ。それはこの本の中にもその決意というか、意図を書いてるんだ著者が。こんなに本の話が中心になったエッセイ集って、岩波新書の『活字のサーカス』シリーズ以外にはないでしょ？　それなのに、その意図を否定するようなニュアンスはないよ。

椎名　文庫の帯には「移動本読み」エッセイとあるぜ。

目黒　その通りの内容なんだ。さすがにこのタイトルはないよなと思って、帯で補正したんじゃないの？

椎名　どうしてこんなタイトルにしたのかなあ。

目黒　あなたに無断で変えないからね（笑）。こういうタイトルでどうですかって打診があって、それをあなたがOKしたってことだからね。

椎名　まあ、そうだろうな。

目黒　「本などいらない草原生活」というのが、最後におさめたエッセイのタイトルなんだ。映画の撮影のためにモンゴルに行ったとき、十五冊の本を持って行ったけど、まだ二冊しか読んでないという回のタイトル。だから、嘘《うそ》ではないんだけど、それを全体のタイトルにしちゃうと、ニュアンスが違ってくる。本の雑誌社から出して、その後角川文庫に入るときに改題した本のシリーズがあるでしょ。このあとも出てくるんだけど、とりあえずここまでは次の三作。

『酔眼装置のあるところ』→『ばかおとっつあんにはなりたくない』

『むはの迷走』→『やっとこなあのぞんぞろり』

『むはの哭《な》く夜はおそろしい』→『本などいらない草原ぐらし』

この三作では、なんといっても『ばかおとっつあんにはなりたくない』がベストだね。あれはタイトルも素晴らしいし、カバー写真も傑作だ。それに比べてあとの二冊はよくないと思う。『やっとこなあのぞんぞろり』は改題タイトルがつまんないだけだけど（笑）、この『本などいらない草原ぐらし』は作者の意図に反するわけだから、罪はこちらのほうが重い。ただ、改題されるということはもとのタイトルがひどいからで、それはおれも反省する（笑）。

椎名　ぜひそうしてほしい（笑）。

目黒　細かなことをいくつか聞こうか。まず「いま五年ぶりに新作の書きおろしに取りかかっている。新潮社のハコ入りハードカバー純文学書下ろし特別作品と銘うたれたかなり格調高いシリーズの一冊なのだ」とあるんだけど、これは何？

椎名　結局書けなかったんだ。

目黒　あとは、ＳＦ三部作の次は、長編で「生きている川」の話を書きたいと思っているというくだりが出てくる。これがいいんだよ。「朝がた川が緑色にくねってすすりないていた」というところから入っていきたいのだ、とこの本の中で椎名が書いている。いいじゃん、これ。川が「緑色にくねってすすりないていた」んだよ。読みたいよな、その続きを。結局これは書かなかったんだよね？　どうして書けなかったのか、その理由を知りたい。

椎名　十数年たって「すばる」で連載を始めた。そのモチーフをそのまま。でも六回まで書いて挫折した。だから三十枚×六回＝百八十枚はお蔵入り。いつか復活したいと思っているんだけど、テラフォーミングがテーマだから難しいんだよ。

目黒　いまからでもいいから書いてほしいなあ。読みたいよ。

椎名　わかりました（笑）。

目黒　ふーん。じゃあ、「一九九二年の十二月号から『海燕《かいえん》』に隔月連載開始した連作は『武装島田倉庫』と同じ世界を設定した。そこに出てくる人々は前作とはまったく別だが、同じような世界と時代を背景にもっている、というわけである」と書いているんだけど、これは完結したの？

椎名　四回くらい書いたけど、これも完結はしなかった。

目黒　一回何枚くらい？

椎名　四十枚かな。

目黒　じゃあ、一冊にならないか。

椎名　いくつかの本にばらばらに入っているよ。

目黒　それを〈北政府もの〉としてまとめようよ。他にも短編があるから、一冊になるよ。で、書名を『続・武装島田倉庫』とするの。

椎名　インチキ商法だろ、それ（笑）。

目黒　看板に偽りはないけどね。それに〈北政府もの〉をまとめて読みたいよ。別にあくどくないよ。ぜひ一考してほしい。

馬追い旅日記

目黒　これは映画『白い馬』を制作するためにモンゴルで長期ロケしていた間、書き続けた日記をまとめた本だね。初出は「小説すばる」。これ、完全な日記で、一九九四年の一月一日から翌年の四月二十三日まで、毎日の記録。だから、『フィルム旅芸人の記録』がそうであったように、これも面白い。

椎名　なるほどな。

目黒　映画とは関係のない椎名の私生活まで描かれるから、いま読むとこういうことがあったなあとひたすら懐かしいんだ。たとえば一九九四年の一月に、三国《みくに》図書館で公開座談会をするために、椎名、木村《きむら》（晋介《しんすけ》）、沢野、そしておれと浜本《はまもと》（茂《しげる》）で福井に行っている。このときカニをたくさん食べたのをおぼえている。あれから二十年がたってしまったのかと実に感慨深い。ええと、まず何からいこうかなあ。開高健《かいこうたけし》賞の話題からいこうか。椎名が選考委員をやってたことも知らなかったんだけど。

椎名　いまはやってないよ。

目黒　第三回の選考会の様子がこの本に出てくるんだけど、この年の受賞作はなしと。で、第一回からずっと受賞作はなしなんだって。

集英社
1995年6月20日発行

すごい賞だよねえ。一回目から三回目まで受賞作がなかったら、普通はやめちゃうよねえ。その後、この賞はどうなったの？

椎名　いや、普通に受賞作は出たよ。ただ、この頃はTBSブリタニカだったけど、主催の版元は変わっている。

目黒　島清《しませ》恋愛文学賞の第一回選考委員をやってたことも知らなかったよ。いまはやってないよね。

椎名　うん。

目黒　「終了後酒席があり、タテマエばかりの酒席なのでひたすらつかれた」とあるのが面白かった。それではクイズです。

椎名　なんだよいきなり。

目黒　この本の中で、ぼくの好きな方言としてベスト10が発表になっている。椎名が一位にした方言は何ですか？

椎名　あれだよあれ。「っと」っていうやつ。なんだっけなあ。博多《はかた》弁だ。

目黒　さすがだねえ。じゃあ二位は？

椎名　土佐《とさ》弁。

目黒　それは四位。この本では高知弁となっているけど。

椎名　あとはおぼえてないなあ。

目黒　①博多弁②小倉《こくら》弁③沖縄ウチナー④高知弁⑤鹿児島弁⑥河内《かわち》弁⑦広島弁⑧福島弁⑨秋田弁⑩京都弁、これが椎名が選ぶ方言ベスト10。

椎名　全然おぼえてない（笑）。

目黒　おれ、小倉には毎年行ってるけど、博多弁と小倉弁の違いがわからない。

椎名　おれもいまはわからないなあ。

目黒　あと、意外だったのは、こんな記述。「朝までやってやや敗け。すっかり明るくなってしまった歌舞伎町《かぶきちょう》でタクシーをつかまえて座席にくずれおちる」とあるんだよ。この

映画『白い馬』チラシ

頃は麻雀《マージャン》、椎名、朝までやってたんだ。最近は深夜一時くらいまでだよね。
椎名　二十年前だから、まだ若かったんだろうなあ。
目黒　おれとトクヤ（池林房チェーンのオーナー太田篤哉《おおたとくや》）と岡留《おかどめ》さんと椎名の四人で、しょっちゅうやってるんで驚いた。だって九月十九日にやって二十六日に同じメンツでまた朝までやってるんだよ。
椎名　よく負けてたなあ。目黒がいつも勝ってた。
目黒　いやいや。
椎名　トクヤが好きなんだよなあ。
目黒　あとね、この年の八月に山形林間学校をやってるんだ。映画を撮った年だよ。あんなに忙しいときによくやったよねえ。それと、長岡《ながおか》に行った十月二十三日の記述に、「夜、地元の寿司屋でビールと刺身。古本屋で何冊かうれしい本を手に入れる」とあるんだけど、どんな本を買ったのか書名を書いてないんだ。本を買ったと書くのなら、それも書いておいてほしい。どういう本を買ったのかを知りたいよね。
椎名　そうか。
目黒　それと、A社から『水域』の、B社から『アド・バード』の、それぞれアニメーション化の打診がくると。二年後にはホネ・フィルムで『武装島田倉庫』を実写で映画化したいと計画している、と書いているんだけど、どれも実現はしなかったよね。

椎名　ただ、『武装島田倉庫』はコミックになる。

目黒　いつ?

椎名　このインタビューが公開される頃にはもうコミック化されているはずだよ。

目黒　それは楽しみだね。

あやしい探検隊 焚火酔虎伝

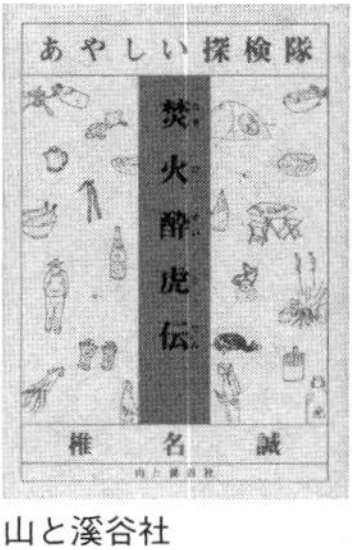

山と溪谷社
1995年10月5日発行

目黒　『あやしい探検隊　焚火酔虎伝《たきびすいこでん》』です。

椎名　「山と溪谷《けいこく》」に連載したやつだな。

目黒　そうだね。探検隊の記録としては六冊目です。ええと、まずは新潟の粟島《あわしま》で木村晋介が歌った「赤い炎がちょと出たよ節」のテープがあった、とここで椎名は書いているんだけど、本当にそんなテープがあったの?

椎名　おぼえてないなあ。

目黒　テープをまわしたなんてことがあの頃あったとは思えない。

椎名　違うかなあ。

目黒　でもね、その「赤い炎がちょと出たよ節」の歌詞が延々引用されているんだ。椎名が作ったにしてはかなり上出来（笑）。

椎名　あ、そうか。あのときは映画を撮ったんだ。だから木村の即興歌も自動的に録音されたと。そういうことだな。

目黒　あ、なるほどね。やっと謎が解けた。

椎名　粟島へ行った話が出てくるの？

目黒　いや、回想として出てくるだけ。あとは調布《ちょうふ》から神津島《こうづしま》へ飛行機が出ているとは知らなかった。たった四十五分で行くとはすごいね。

椎名　神津島に行ったときって「ハガツオ」事件があったときじゃないか？

目黒　ああ、カラスに襲われたやつね。

椎名　すっごくうまいんだよ、ハガツオって。カツオなんだけど、マグロの味がする。身くずれが早いから内地ではあまり食べられない。それが神津島にあったから、リンさん（林政明《はやしまさあき》）が刺身にして、すぐ食べてしまえばよかったんだけど、発泡スチロールの箱に入れたあと、その場を離れちゃったんだな。

目黒　で、キャンプ地に帰ってきたら。

椎名　カラスに襲われてぐちゃぐちゃになっていた。ハガツオの半身はそっくり姿を消していたし。

目黒　持っていかれちゃったんだ。

椎名　あとは、ホウレンソウにニンニクにタマネギも一切合切。ビールの缶にもボコボコと鋭い嘴《くちばし》のつっつき跡があったね。さすがにアルミ缶に穴を空けるところまではいかなかったけど。

目黒　一応、つついたんだ。

椎名　ただね、ショーガは無事だった。カラスはショーガが苦手であることをおれたちは学んだね（笑）。でもな、そういうことがあったのに三年前にもまたやられたんだよ。

目黒　またカラスに？

椎名　雑魚《ざこ》釣り隊で北海道に行ったとき、たくさん魚を釣ってさ、バケツに入れて、上から布巾をかけてまた露天風呂に行って、帰ったら全部カラスに食われていた。

目黒　どうすれば予防できるの？

椎名　固い箱に入れて、上に石を載っけておくとか、そういうふうにしないとダメだな。

目黒　最後にちょっと厳しいことを言いますが、「山と溪谷」に連載したものだから、八《やつ》ケ岳《がたけ》でアイスクライミングしたりとか、探検の内容は本格的なんだけど、エッセイとしてはどうかなあ。カラスに襲われたりするのはおかしいけど、全体的には別にどうってことはない。実際に旅するほうは気のあった仲間と行動するわけだから面白いんだろうけど、何回も言うようにそれとエッセイは別の話でね。初期探検隊の、目的地に着いた途端に「帰ろうよ」と言いだすやつとか、暗い目をしてペッと唾を吐くやつとか、そういう連中がいたほうが読み物としてはやっぱり面白い。実際の旅は、そんなやつがいるとつまらないんだけどね（笑）。おれがもう行かなくなった旅でも、初期の頃に福島へ行った旅があっただろ。パンツ一号から二号に告ぐってトランシーバーで言うやつ。ええと、『あやしい探検隊　北へ』だ。あれ、すっごく面白かった。

椎名　ホントにくだらないよな（笑）。

目黒　あとね、この本の最後に座談会がつくんだけど、これはやっぱり本としてのバランスが悪い。たぶんページが足りなかったから急いで足したというのはわかるけど、あまりにもバランスを欠いている。

椎名　難しいところだな。

時にはうどんのように

目黒　赤マント・シリーズの六冊目ですね。これはね、面白かった。ほら、こんなに付箋を貼ったの久々だよ。
椎名　ほお。
目黒　赤マント・シリーズはもう感想がないって以前言ったような気がするんだけど。
椎名　（笑）
目黒　でもこれはずいぶんたくさんのことが引っかかって面白かった。まず冒頭の、二二二回記念の回が面白い。「二」が付くものはあまりいいイメージのものはないと言って、「二流」「二束三文」「二重帳簿」「二重売買」「二度手間」「二重顎」と並べるわけ。それに比べて、「一途《いちず》」「一所懸命」「一念発起」「一心不乱」「一徹」「一匹狼《おおかみ》」「一番弟子」「一部上場」「一攫《いっかく》千金」と、「一」のつくものは大体いいと言うんだけど、「二」のつくものでもいいイメージのものはあるんだよ。たとえば「二枚目」とかね。こういうものは意図的に外している（笑）。これがまず面白かった。
椎名　傾向がはっきりとしたほうがいいんだよ（笑）。
目黒　はい、それではここで問題です。この本のなかで、椎名が非魚部門の刺し身ランキ

文藝春秋
1995年11月25日発行

ングを選んでいるんですが、そのベスト5は何か？
椎名　非魚部門？
目黒　そう。
椎名　コンニャクかな。
目黒　コンニャク？　このベスト5を選んだのは一九九四年なんで、その後二十年もたっているから好みが変わるってことはあるか？　じゃあ、いまの好みでもいいよ。ベスト5を言ってみてくれる？
椎名　竹の子、コンニャク、馬、鯨――そのあたりか。
目黒　一九九四年の一位は鹿です。
椎名　ああ、食べたなあ。
目黒　二位が馬で、三位が鯨。
椎名　あとは？
目黒　四位が地鶏《じどり》で、五位が山羊《やぎ》。
椎名　山羊は八丈島《はちじょうじま》で食べたんだよ。
目黒　一九九四年の刺し身総合ランキングも載っているんだけど、このベスト15を全部クイズにすると時間がかかっちゃうんで、ここには一～五位をあげておこう。①カツオ②八角《はっかく》③北陸の鯖《さば》④赤ガレイ⑤鹿、というのがベスト5です。鹿は総合でも五位だよ。
椎名　ふーん。
目黒　三位の「北陸の鯖」って何、有名なの？
椎名　その頃食べてうまかったんだろうなあ。
目黒　おやっと思ったのが、新宿二丁目を歩いていて、おばさんに声をかけられて横丁のバーに行くくだりがある。麻雀をやったあと冷たいビールが飲みたかったというんだけど、これ、珍しいよね。で、そのバーの常連さんたちと楽しく飲んで帰ったというの。
椎名　明確にはおぼえてないなあ。
目黒　あと、福岡の中洲《なかす》の屋台で「三十半ばぐらいの、おとがいのつんととがって、色の白い女が、もうまったくの博多弁で、十歳ぐらい若い、いかにも水商売ふうの男を徹底的に怒っていた。その怒っている顔と、いちずな怒り方がとてつもなく魅力的だった」と書いていているんだけど、これは椎名が好きな方言のベスト1にいつも選ぶ博多弁がよかったのか、それとも怒っている状態がよかったのか。

椎名　全体だな。博多弁もいいし、その激しい怒り方もいい。おれも怒られたかったよ(笑)。

目黒　それと、『無人島に生きる十六人』という本の話が出てくる。昭和二十七年に講談社から出た「少年少女評判読物選集」の一冊として刊行されたもので、書かれている話は明治三十一年の出来事だっていうんだけど、これ、面白そうだよねえ。その後、文庫にならなかったの？

椎名　目黒、よく聞け。

目黒　聞いてるよ（笑）。

椎名　講談社の知り合いにその本を借りて読んだら面白いんだ。中年のおじさんたち十六人が南洋の島に漂着して、そこでサバイバルして生き抜く話で、いま読んでも面白い。で、旅に出たときに新潮社の編集者とその話になって、おれがコピーを貸したんだよ。そうしたら、遺族をさがし出して、再刊の許可をもらって、文庫になった。

目黒　新潮文庫になったんだ。解説は椎名が書いたの？

椎名　そう。

目黒　読みたいなあ。

椎名　ずいぶん売れたらしいぜ。今年の「夏の一〇〇冊」に入ってるよ。おれの本は夏の一〇〇冊に入ってないんだけどな（笑）。

目黒　それ、書いていい？（笑）

椎名　いいよ（笑）。

椎名誠写真館

朝日文芸文庫
1995年12月1日発行

目黒　これは一九九五年六月に「アサヒカメラ」の増刊号として出て、同年十二月に朝日文芸文庫に入ったものです。あれと似てますね。「椎名誠の増刊号」と題して刊行されたムックが、後に『自走式漂流記』と題して新潮文庫に入ったパターンと酷似している。「自著を語る」の中では「この本はかつて写真家をめざしたぼくとしては、とてつもなくうれしい企画であり、つくるのにかなり燃えました」と語っている。これさ、文庫にするときに文章とか写真をかなり足しているの？

椎名　足しているんじゃないかなあ。

目黒　以前の写真集でみかけた写真もあれば、初めて見る写真もある。たとえば、文庫版の二一二ページに、葉《よう》ちゃんと岳が縁側に立っている写真が載っているけど、これ、初めて見た。この頃の葉ちゃんって、椎名にそっくりだね。

椎名　そうだなあ。

目黒　『うみ・そら・さんごのいいつたえ』に出演した犬のワンサが上目遣いにカメラを見ている写真は前にも見たけど、何度見てもかわいい。あとは、西表島《いりおもてじま》の写真で、三人の少年が並んでいる写真はおぼえているよ。

成長すると狼のように獰猛な大型犬になるモンゴルの犬も
仔犬のときは何をしてもかわいいのだ。

馬はときおり、ニヒヒヒと笑うらしい。まだ見たことはないのだが。

ラクダから見ると人間もつくづくヘンな生きもの
……に見える（ことだろう）。

真ん中の少年がチンチンを出して笑っているやつ。

椎名　その写真を撮ってから十年後くらいに、那覇《なは》の空港で見知らぬ青年に声をかけられたんだよ。椎名さん、おぼえてますかって。

目黒　えっ、何の話？

椎名　そしたら、西表島で撮った三人の少年の一人で、「ぼくがチンチン少年です」って。

目黒　あら。三人並んだ、真ん中の少年が成長して現れたんだ。

椎名　喜んでいたよ。いい写真を撮ってもらったって。いい青年になっていたなあ。

目黒　七歳の少年も十年たつと十七歳だから ね、それはずいぶん変わるよね。本人にはとてもいい記念になるんじゃないかなあ。

椎名　その島にはつい最近もまた行ったんだ。その村の住民は当時も五十人で、いまも五十人。

目黒　えっ、変わらないの？

椎名　チンチン少年が島を出ていったように、大きくなるとたいていは沖縄本島に出る。でも次々にまた生まれてくるから人口は変わらない。時間がゆったりと流れているんだなあと思ったよ。

目黒　文庫版三七ページのモンゴル犬の写真は初めて見るなあ。「成長すると狼のように獰猛《どうもう》な大型犬になるモンゴルの犬も仔犬《こいぬ》のときは何をしてもかわいいのだ」とキャプションが付いているけど、これ、かわいいなあ。一匹が大きく口を開けて、もう一匹がその顔に顔を寄せて、まるでなにやら話しかけているような感じ。

椎名　モンゴル犬は狼よけのために遊牧民が飼う犬だから、それは獰猛だよ。

目黒　こんなにかわいいのに。

椎名　草原の向こうにゲルが見えるから訪ね

ていくだろ。そうすると、草原の中からものすごい吠《ほ》え声とともに、この犬たちが突進してくるんだ。もろに敵意まるだしだから、結構こわいよ。ところが、ゲルから遊牧民が出てきて、「うるさい」って叱ると、犬どもはぴたっと吠えるのをやめて残念そうにそこらに寝ころがるんだ。単純な性格でもあるよ。

目黒　ふーん。

でか足国探検記

新潮社
1995年12月20日発行

目黒　パタゴニア旅行記だけど、『シベリア追跡』と同じ手法だね。つまり、現在の旅が中心で、そこに資料を繙《ひもと》いてさまざまなことが挿入されていく。だから、『シベリア追跡』が面白かったように、これも面白い。

椎名　なるほどな。

目黒　何度も言うように「あやしい探検隊」のシリーズは、今から読むとあまり感想がないことが多いけど(笑)、こちらのシリーズと言っていいのかな、『シベリア追跡』とか、この『でか足国探検記』は後から読んでも実に面白い。もしかすると、椎名誠のいちばんいい仕事なのかも、という気さえする。というのは、椎名の美点がつまっているような気がするんだよ。

椎名　どういうこと?

目黒　こういう旅エッセイの中心には、行動派の椎名がいるよね、ずんずん前に進んでいく好奇心がまずある。そして同時に、『シベリア追跡』や『でか足国探検記』には本好きの顔もうかがうことができる。つまり椎名の美点がつまっているような気がするんだ。
椎名　ふーん。
目黒　基本的なことをまず聞きたいんだけど、このパタゴニアは最初に行ったときではないよね？
椎名　おれ、パタゴニアには五回行ってるから。
目黒　えっ、五回も行ってるの？　じゃあ、このときは「ＳＩＮＲＡ」の連載のために行ったの？
椎名　なにかテレビがからんでいたような記憶がある（笑）。
目黒　ということは、このあとにもパタゴニアに行ってるんだ。それもどこかに書いて本にしてるの？
椎名　いや、あとは写真集だけじゃないかなあ。
目黒　あっ、なるほどね。一回目のパタゴニアを書いたのが『パタゴニア あるいは風とタンポポの物語り』で、二回目のパタゴニアを書いたのがこの『でか足国探検記』で、あと三回は文章の本は書かず、写真集ということね、整理すると。
椎名　はい（笑）。
目黒　細かなことをとりあげていこうか。文庫版の一〇三ページに、「モレノ氷河のとっつき付近には貸しアイゼン屋があって、ここで靴にくくりつけていく」とキャプションがあって、おやじが暇そうに立っている写真が載っている。背景は一面の氷河でね、その前に屋台のようなものがあって、アイゼンがいくつもぶら下がってるの。こんなところに屋台を出して商売になるの？　すっごく不思議な写真なんだけど。
椎名　ここは観光地なんだよ。それ、駐車場の隅だもの。
目黒　えっ、そうなの？
椎名　モレノ氷河のとっつき付近だからね、そこまでは観光客ががんがん来る。
目黒　なるほどねえ。聞くと納得する。それでは問題です。
椎名　またかよ（笑）。
目黒　一カ月以上旅に出るときの「わが必携の旅三点セット」があるって書いているんだけど、いまその三つを言える？
椎名　ガムテープだろ。
目黒　えっ、ガムテープ？　面白いねえ、最後まで聞きましょう。あと二つは何？
椎名　水筒だ。
目黒　何のために持っていくの？
椎名　ウイスキーを入れるんだよ。
目黒　最後の一つは？
椎名　ビーチサンダルだ。
目黒　あのねえ、氷河に行くときにビーチサンダルは使わないだろ（笑）。それは海辺に行くときだけじゃないの？
椎名　違うよ。ホテルの部屋で使うんだよ。むこうはスリッパなんて置いてないから。
目黒　ふーん。全然違うんですけど。
椎名　なんだよ。
目黒　コメ、ショーユ、カツオブシ（笑）。
椎名　それ、食い物の三点セットだよ（笑）。
目黒　道具の必携セットとは違う？
椎名　そうだよ（笑）。
目黒　最後に批判も言っておかなければいけないんだけど。
椎名　何？

目黒　これは全体的には最初に言ったように面白い本なんだけど、『シベリア追跡』とは違って、批判もある。それは最後の四回分がひどいこと。

椎名　どういうの？

目黒　たぶん苦しまぎれだったたと思うんだ。雑誌の連載だからやめるわけにもいかなくて、でも書くことがもうなくなっちゃったんだね。まずラスト四回の一回目は糞の話を始めたら、椎名は好きだから興に乗っちゃって、シベリアやモンゴルで見た糞の話、本で読んだ印象的な糞の話と、糞話が延々続いていく。パタゴニアはもう関係なくなっていくんだ。で、あとは連想ゲームのようにつながっていく。二回目は無人島、波、焚《た》き火《び》の話。三回目はサメに糞拭きの話、そして四回目はなぜ直線直角に感動するのかということについての考察。で、唐突に終わっちゃう。

椎名　そうかあ。

目黒　だから本として見た場合、最後がヘンなんだ。消化不良というか、中途半端というか。

椎名　ネタに比べて長さがありすぎたんだ。だからその長さを埋めるために関係ないものを入れざるを得なかったんだろうな。

目黒　あのね、そのラスト四回がつまらないと言ってるんじゃないんだ。糞の話は椎名が例によっていきいきと書いているから面白いの。なぜ直線直角に感動するのかということも面白いよね。でも、ここに載せなくてもいいよね。雑誌連載のときはいいけれど、単行本のときはカットすべきだったたと思う。

椎名　そういう緻密な計算が当時は何もなかったなあ。

目黒　それが『シベリア追跡』を超えられなかった原因だと思う。

麦の道

集英社
1996年1月30日発行

目黒　これは高校生を主人公にした「自伝的熱血青春小説」と。つまり、ほぼ実話なの？

椎名　そうだなあ。

目黒　みんな、モデルはいるの？　主人公が淡い恋心を抱く佐野《さの》厚子《あつこ》をはじめ、文庫解説で太田《おおた》和彦《かずひこ》が「もっと書いてほしい！」と熱烈エールを送っているタマツクリさんとか、モデルはいるってこと？

椎名　そうだな。おれ、このタイトルが好きなんだよ。

目黒　麦の道？

椎名　学校に行く近道があるんだけど、そこには不良たちがたむろしていて、怖いわけね。でもその道を行くと麦畑に出る。それが気持ちいいんで、高校一年のときは怖かったけど、二年になってその道を行ったときには、なにかこう大人になったような気がしたな。

目黒　それ、すごくいい話で、聞くと題名にも奥行きを感じるけど、この本に書いてないよね。冒頭の短編がそのものずばりの「麦の道」で、ちらっとそれに近いことは出てくるけど、そんなに奥行きのある話になってない（笑）。

椎名　いまこの焼き直しを書いているんだ。

高校時代に限らず喧嘩《けんか》人生を振り返るやつ。

目黒　それではその作品をここで取り上げるときまで、とりあえずは待ちましょう。ええとね、実は面白かったんだ。というのは、思ったよりも殴り合わない。殴られても殴り返さず、痛みに耐えて我慢したり、あるいはどこかで遭遇してもにらみ合うだけで衝突しなかったりする。それがとってもリアルなんだよ。

椎名　なるほどな。

目黒　一つ聞きたいのは、このあとがきでね、「そこでは事実は小説よりも奇なり、を地でいくような出来事があってびっくりしたのだが、それはいつか書くかもしれない『続・麦の道』のために今は内緒にしておきたい」と椎名は書いているんだけど、その続編って書いたの？

椎名　書いてない（笑）。いま書こうとしている。

目黒　この小説に登場する人物にはみなモデルがいるということだけど、その後再会したりした人っている？

椎名　この市立高校が創立五十周年を迎えたときに記念講演を頼まれたんだけど、依頼してきたのが中学から一緒だった男で、柔道部の同期。強かったなあ。そのときは市の消防署長。これが笑っちゃうんだけど、この高校の入学試験のとき校庭の隅で焚き火をしたんだ。寒い日だったから昼休みに同じ中学から受けにきた七人で。漁師町で育つと、寒いと焚き火をするのはごく自然で、どうということはないんだ。でも老教師が飛んできて怒られた。

目黒　その挿話は冒頭に書いてるね。

椎名　その七人の中にいたんだよ。おれに講演を頼んできたやつが（笑）。あとは、違う学校だけど「乙千代《おっちょ》高校の桜井《さくらい》」とはその後も会ってるよ。

目黒　この小説のあとがきで「その後、全国高校ボクシング大会で優勝し、大学でも学生チャンピオンになった。そして一九六四年に行なわれた東京オリンピックの日本代表選手にまでなった。現在は南米のエクアドルに住んでいて、ぼくとの親交は続いている」と書いている人だね。この人については他の小説でも椎名は幾度か書いている。

椎名　彼とは中学が同じでさ、そろそろ将来の進路を決めなければいけないって頃に一緒に走ったことをおぼえているなあ。走りながら、どうするって話したんだ。ボクシング部が強い高校があったから、彼もおれもその高校に行きたかった。で、ボクシングをしたかった。でも、彼は合格して、おれは落っこちた。

目黒　もしそのとき椎名もその高校に入っていたら、どういう人生を送っていたかねえ。

椎名　わからんなあ。でも、一つだけ確実に言えることがある。

目黒　なに？

椎名　そうしていたら、沢野とは会わなかった（笑）。

目黒　そうか。椎名と沢野は高校で知り合うんだものね。待てよ、そうすると沢野の中学の同級生であった木村晋介とも、出会う機会がないということになるぜ。

椎名　なるほどなあ。

いろはかるたの真実
発作的座談会

本の雑誌社
1996年4月10日発行

目黒　発作的座談会の第二弾。第一弾の『発作的座談会』を二十年ぶりに再読したら、想像以上に退屈でショックだったけど、これは面白かった。

椎名　へーっ。

目黒　第一弾がつまらないのならこれもつまらないかなと思っていたんだ。しょせん、作った話は二十年ももたないって。ところが、これは最初の「ごはんと麺類はどちらがエライか」と、最後の「いちばん強いものは何か？」が吹き出しちゃうほど面白い。いままでも、くっと吹き出しちゃうんだ。

椎名　どんなの？（笑）

目黒　じゃあ、どうして第一弾と違うのか。それを考えてみた。この「ごはんと麺類はどちらがエライか」と「いちばん強いものは何か？」に共通するものは何かを考えてみたんだ。そうすると、沢野のキャラクターが全開なんだね。あいつがいきいきと語っていて、それを他の三人が盛り上げている。もう最高だよ。沢野の発言に何度も吹き出しちゃう。

椎名　ほお。

目黒　この発作的座談会は、沢野でもっているというのが今回の結論。つまらない回は沢野の発言がつまらないんだ。そういうときって沢野が乗ってないんだ。もう簡単な真理だよ。箱根《はこね》の温泉宿で何度も収録したけど、いつも途中で沢野が寝ちゃっただろ。そうすると沢野不在だから、こういう回はいま読むとつまらない。あるいは沢野が起きていても、あいつが乗ってないとつまらない。あいつ、常人離れしているからさ、とんでもない発想を持ち出すことがあるだろ。作りじゃなくて、本当に沢野がそう思っていることがそれだけでおかしいってときがある。その発言をみんながうまく引き出した回は成功するんだ。

椎名　なーるほど。

目黒　他の回を全部検証しないと本当の結論は出ないけど、この「ごはんと麺類はどちらがエライか」と「いちばん強いものは何か？」を読むかぎりでは、そうだね。あと、この『いろはかるたの真実』がいま読んでも面白いのは、情報としての面白さがあるよ。

椎名　どういうこと？

目黒　たとえば「間違えやすい言葉」というテーマで二回やってるんだけど、「『うたたね』と『仮眠』はどう違うのか」とか。こういうのって、情報として面白いだろ。

椎名　たしかに。

目黒　「いい記念日、悪い記念日」という回で、記念日には季節感が欲しいと言い出した沢野が「東北ではもう手袋の人が増えていますが、沖縄ではまだです」（笑）とキャスター風に言うと、木村さんがすかさず「手袋前線」と答えている。こういう掛け合いも絶好調だよ。

椎名　いいなあ、読みたいなあ。

目黒　第一弾のときに批判しすぎたと、だから反省している。たまたまあれはつまらなかったけど、全部がけっしてつまらないわけではないと訂正しておきます。これから第三弾、第四弾でここに登場してくると思うので、結論はそれまで待ちますが。それとね、関係ない話をしていい？

椎名　いいよ（笑）。

目黒　この本の中で「おおみそかのば〜んに、は〜やく寝るやつ、ばーかだ」って歌をうたったという椎名の発言に、「千葉では少年たちがそうやって意味なく大晦日《おおみそか》の夜歩いていた」と沢野が証言しているんだけど、これ本当？　椎名と沢野は千葉で育っているから、つまり地元の人の証言では仕方がないと、このときは何も反論できなかったけど、千葉の少年たちが全員そう歌っていたんじゃなくて、椎名と沢野のまわりにいた少年たちだけが歌っていたという可能性はない？

椎名　そうかもしれない（笑）。

カープ島サカナ作戦

文藝春秋
1996年7月30日発行

目黒　赤マント・シリーズの第七弾です。この前の第六弾である『時にはうどんのように』はたくさん付箋を貼って、質問事項もいっぱいあったんだけど、この第七弾は付箋がほら、極端に少ない。あまり感想がないんだよねえ。まあ、少しずつ聞いていこうか。

椎名　なんでもいいよ。

目黒　この本のタイトルは、椎名がCM撮影でパラオに行ったときの回の見出しだよね。それをそのまま本のタイトルにしたんだけど、グアムから二時間飛行機で行って、そこから船で一時間のカープ島に行ったときの話で――。

椎名　広島カープのファンだったんだ。

目黒　そう。カープ島のコテージは日本人が経営していて、奥さんが広島カープのファンだったたと。これ、本当なの？

椎名　本当だよ。

目黒　そんなふうに付けていいのかなあ島の名前を。ま、いいや。映画『ウォーターワールド』を観に行く話が出てくるんだけど、『水域』に似ているってこの映画のことでしょ？

椎名　そうそう。

目黒　ケヴィン・コスナーが出ていたとは知らなかった。面白かったの？　感想を書いてないんだよ。

椎名　うーん。複雑な気持ちだったよ。

目黒　まあ、水没した世界の話は、どうやっても似ちゃうから仕方ないよ。

椎名　まあな。

目黒　それとね、「アメリカの古いSFを読んでいたら、自分の字で書き込みがあったので、以前読んだ本であることを知った」という記述が出てくる。本に書き込みなんてするの？

椎名　しないなあ。

目黒　だよねえ。椎名にしては珍しいなあと思って。

椎名　なんで書き込みなんてしたのかなあ。

目黒　じゃあ、椎名が書評や解説を書いたりするときはどうするの？　おれの場合は、後で書評を書く場合は、気になった箇所のページの角を折っていくの。絶対に後で引用すると思った固有名詞の出てくるページ、心に残った台詞《せりふ》のページ、そういうページの角をばしばし折っていく。で、読み終えてから、今度はその角が折れたページを読み返していくんだけど。

椎名　笑うなよ（笑）。

目黒　何よ（笑）。

椎名　本の上をちぎるんだ（笑）。

目黒　えっ、ちぎるの？　角を折ればいいじゃん、おれみたいに。

椎名　だって何行目か、それじゃあわからなくなるだろ。

目黒　えっ、気にいった台詞とか、後で引用しそうな箇所の、そのちょうど上をちぎるということか。

椎名　そうそう。

目黒　初めて聞いたなあ、そういう人（笑）。

椎名　後ですぐにわかるぜ（笑）。

目黒　まあねえ。あとはえっと思ったんだけど、小泉八雲《やくも》の『仏領西インドの二年間』という本の話が出てくる。Ａ５判上下二巻の長編というんだけど、これ、なに？

椎名　面白いぜ。いまも持っている。

目黒　小説なの？

椎名　小泉八雲の滞在記だよ。おれ、そういうの、好きだから。

目黒　こんな本があるなんて知らなかった。それではクイズです。

椎名　またかよ（笑）。

目黒　雑誌「Tarzan」の特集で「人生で一番心のなごむスグレモノ」ってのがあって、そのときに椎名が選んだものがあるんですが、それは何でしょう。

椎名　心のなごむ――。

目黒　すぐれもの、というんだから、この場合は道具ですね。
椎名　じゃあ、シェラカップ。
目黒　何に使うの？
椎名　ウイスキーを飲むんだよ。
目黒　あとは？
椎名　ビーチサンダル！
目黒　好きだねえ（笑）。
椎名　ギブアップ。
目黒　寝袋とヘッドランプと一人用テントの三点セット。おぼえてないんだ。
椎名　記憶には限度があるからねえ（笑）。

鍋釜天幕団フライパン戦記　あやしい探検隊青春篇

本の雑誌社
1996年7月30日発行

目黒　『鍋釜天幕団フライパン戦記』です。ようするに、椎名のサラリーマン時代から作家としてデビューするまでの仲間たちの旅写真を集めて、そしてその写真を見ながら椎名と沢野が対談したもの。本としては「椎名誠・編」となっているけど、これは椎名と沢野の共著だよね。ここで訂正しておきます。
椎名　沢野と対談しているのか。
目黒　椎名と沢野が船で八丈島だったかなあ、何かの仕事でとにかく長い時間船に乗るんで、カメラとテープを渡したの。二人で対談してきてと。帰ってきてからテープをおれがまとめた。

椎名　そういえば、船の中で対談したなあ。

目黒　それはおぼえているんだけど、それ以外の記憶がない。これ、やっぱり、経営が苦しくてでっちあげた本かなあ。

椎名　そうだろ。

目黒　でもね、いま見るとすごくいい本だぜ。鈴木成一《すずきせいいち》の装丁もいいし、何よりもタイトルがいい。『鍋釜天幕団』っていうんだ。もうこれだけで、雰囲気がわかるよね。これ、椎名がつけたの？

椎名　そうだよこれは。

目黒　これ、いいタイトルだよねえ。それに写真がまたいいんだ。一般読者にどう思われるかわからないんだけど、個人的には感慨深い写真ばかりなんだよ。たとえば、帯にも使われていて、この本の最初のページにも載っているのは三宅島《みやけじま》の写真で、おれが初めて東《トウ》ケト会に参加した回なんだけど、例によって沢野が意味なくカメラに向かって足をぱかっとひろげているし、他のみんなは手をあげている。「あやしい探検隊青春篇」という副題通りに青春だよねえ。この三宅島遠征は一九七〇年だから、なんと四十三年前。椎名と沢野が二十六歳、長老も三十歳そこそこでしょ。みんな、ただの若僧だよね。それが嬉《うれ》しそうにみんなで笑っている。

椎名　本当だなあ。

目黒　笑っちゃうのが、琵琶《びわ》湖の写真。椎名が日本酒の瓶にゴムチューブを差し込んでいて、その瓶を持った沢野が砂の上にいるのに水中メガネをかけている。何してるのかねえ（笑）。

椎名　沢野がかぶっているのはなんだ？

目黒　シャツかタオルを頭の上に載せてる（笑）。

初期「あやしい探検隊」の面々。当時は、「東ケト会」(東日本何でもケトばす会）と言った。メンバーは、左から、松崎弘明、高橋勲、加藤健吉、左足を無意味に伸ばしているのが沢野ひとし。そのうしろで首をかしげているのがフジケンこと藤井賢治。森根武、山森俊彦、目黒考二、椎名誠。撮影者は小安稔一。場所、三宅島。

Coca-Cola

椎名　その琵琶湖旅には東京から酒を持っていったんだよ。

目黒　売ってるでしょ琵琶湖に。

椎名　酒が現地にないと困るっておびえたんだよ（笑）。

目黒　式根島《しきねじま》もいいよ。このときは何人？

椎名　十四人だったかなあ。キャンプ客は全部一箇所の砂浜に集められてなあ。このときの「ヤマダ騒動」については『あやしい探検隊　北へ』に書いている。

目黒　この写真は、たぶん到着してテントをたてた直後の写真だろうけど、沢野が意味なくカメラに向かって両手をひろげている（笑）。

椎名　あいつはいつも足か手をひろげてるんだよ（笑）。

目黒　いちばん感慨深いのは、椎名と沢野と小安《こやす》と依田《よだ》君の四人が冬の粟島に出かけたときの写真。このときのことは椎名が幾度かエッセイに書いているけど、海が荒れて船が出ないんで何日か民宿に延泊したと。そのときの四人の写真なんだけど、部屋の中でみんなでみかんを持ってふざけている写真がある。椎名も沢野も若いんだけど、ここに写っている小安と依田君がいまは亡くなっているということを考えると、なんだか感慨深いよね。この本の副題通りに、本当にこれが青春だったなあと。

椎名　そうだなあ。

目黒　しかし、よくこんなに写真が残っていたよねえ。

椎名　カメラおれが持っていたんだ。

目黒　この琵琶湖の沢野の写真を見てよ。カメラに向かってこいつはいつも何かするんだ。このときはコーラの缶を突き出している。

椎名　ばかだねえ（笑）。

目黒　この本の最後に、東ケト会の現存するパンフレットが、「第五回式根島」と「第七回粟島」のときのものがまるまる復刻されて載っている。これを書いたのは当時の椎名で、いまとなっては貴重な資料だよねえ。だから、すごくいい本なんだ（笑）。おれの記憶では椎名から渡されたテープがひどくて（笑）、まとめるのに苦労した記憶があったから、これを再読するとき、ひどい本なんだろうなと思ってたんだけど、その対談も面白いんだよ（笑）。これが絶版とはもったいない。

（二〇一五年に文庫化）

麦酒主義の構造とその応用力学

集英社
1996年7月31日発行

目黒　これは不思議な本だねえ。

椎名　不思議って？

目黒　十二本のエッセイをまとめた本なんだけど、刺身の話、モンゴルで映画を撮っているときに息子が会いに来る話、肛門《こうもん》から内視鏡を入れて調べる話――この三本を除くと、あとはことごとく、いかに小説が書けないかという話に終始している。居酒屋を出たものの西武新宿駅になかなかたどりつかないという話もあるから、これも相当ヘンだよね。それも除けば残りの八本すべてが、小説が書けないことの愚痴なのさ。

椎名　ひどいな（笑）、我ながら。
目黒　たとえば、札幌に向かう飛行機の中で原稿用紙をひろげたけれど、まったく書けなかったとか、三日間家にこもって小説を書こうとしたけど書けなかったとか。あとは、こういう書き出しで始めたけど、結局は行き詰まってしまったとか、そんなのばっかかし。こういうエッセイが一本や二本まぎれこむのは珍しくないけど、十二本中八本を占めるというのはすごいね。
椎名　そうかあ。
目黒　これはやっぱりタイトルがよくない。
椎名　どういう意味だ？
目黒　これ、もともとは「白い原稿用紙」というタイトルで連載したんですよ。で、その意味について椎名はこう書いている。
「もともとこの連載タイトルの《白い原稿用紙》というのは、原稿用紙を前に何も書けなくて七転八倒している状態をあらわしたものだからいざとなったら何も書いてない白い原稿用紙を編集者に渡し、それを丸めて頭をボカボカ殴ってもらうしかないのだ」
つまり、タイトルからして弱腰なんだよ。原稿が書けなくて七転八倒することをすでに予言しているんだぜ。最初からこういう姿勢だから、原稿が書けないって話ばかりになってしまう、ということなんじゃないかな。
椎名　苦しくてもタイトルは強気で攻めろと。
目黒　さすがにこのタイトルじゃまずいってわけで、単行本のときは『麦酒《ビール》主義の構造とその応用力学』と改題したんだろうけど、これも意味がわかんないし（笑）。
椎名　人間にはそういう苦しい時期もあるってことだよ（笑）。
目黒　あとは個別の質問に移ろうか。「たよりない冬の陽《ひ》ざし」の中に、サラリーマンのときにどんな漢字でもすらすら書けてしまう川田という同僚がいて、彼にいろんな難しい字を書かせ、それで賭けをした話が出てくる。これは実話なの？

椎名　実話だよ。

目黒　たとえばA君が「隔靴搔痒《かっかそうよう》！」と言って、それを川田君が書くことができるかどうか、まわりの連中が百円とか二百円とかを賭ける。

椎名　川田君はすごい読書家で、難しい漢字をいっぱい知っているから、よく酒場で賭けをしたなあ。これ、ずいぶんあとに映画に使ったよ。

目黒　え、どういうこと？

椎名　『あひるのうたがきこえてくるよ。』の中に難しい漢字をいっぱい知っている郵便局員を出したんだよ。亡くなった小沢昭一《おざわしょういち》さんにやってもらった。で、居酒屋でみんながこの郵便局員に漢字問題を出すの。

目黒　で、まわりの人間が賭けをするの？

椎名　シチュエーションはそっくりにした。

目黒　川田君は郵便局員になっていたわけだ（笑）。あのさ、このエッセイの中で川田君は銀座《ぎんざ》のバーに勤めている女性に惚《ほ》れて会社を辞めるってことになるんだけど、これも実話？

椎名　それはおれの作り話だな。

目黒　あのさ、これ、絶対に作り話だと思うんだけど、念のために聞くけど、「怪しいめざめ」というエッセイで、そのむかし、やぶれかぶれで「かつをぶし物語」という小説を書こうと思ったことがあると椎名が書いているんだ。朝起きたら、かつをぶしになっていた男の話だというんだけど、これは創作だよね？

椎名　そんなの、書くわけねえよな（笑）。

自走式漂流記1944-1996

新潮文庫
1996年9月1日発行

目黒　これは小説新潮臨時増刊「椎名誠の増刊号」の文庫化です。椎名誠のさまざまな仕事を紹介する本で、いちばん最後は映画の項。そのいちばん最初が一九七四年に制作した二十分カラーの『神島《かみしま》でいかにしてめしを喰《く》ったか…』という八ミリ映画の紹介で、その冒頭に載ってる写真はおれだよおれ（笑）。

椎名　いきなり何を言いたいんだ（笑）。

目黒　いや、おれも若かったなあと。「本の雑誌」を創刊する二年前だね。あのさ、いま気がついたんだけど、この『神島でいかにしてめしを喰ったか…』って、カラーだよ、すごいね。同じ年に制作した『われらペリカンっ子』は四十分でモノクロなのに。

椎名　当時は八ミリのカラーは高かったからな、四十分もまわすとなるとモノクロじゃないとできなかった。

目黒　ふーん。これは二十分と短いからカラーにしたのか。ところで、この文庫は売れたのかね？

椎名　「増刊号」は十六万部売れたと聞いたけど。

目黒　資料としてはいい本だよ。とても参考になる。でも特に言いたいこともないなあ

（笑）。ところで、「月刊幕張じゃーなる」の創刊号の表紙が載ってるけど、これ、誰が持ってたの？

椎名　おれ。

目黒　椎名って意外に物持ちがいいね。

椎名　どこかにまとめて放り込んでいたやつが出てきただけだよ。

目黒　「月刊おれの足」五号もまるまる載ってるし。

椎名　それは沢野が持ってたやつだな。まわりが焼け焦げてるだろ。あいつんちの火事場から出てきたやつだから。

目黒　なるほどそうか。東ケト会の合宿パンフは、毎回笑いころげて読んだ記憶があるけど、これもよく残ってたよねえ。

椎名　それもおれじゃなくて、誰かの手元に残ってたやつじゃないかなあ。

目黒　この本の年譜のいいかげんさについては『本人に訊《き》く』一巻で話したので、いまさらとりあげるまでもない。たとえば、この文庫の二二五ページに、小さな船に乗った東ケト会の面々の写真が載っていて、いちばん手前の帽子をかぶっている青年が若き日のおれだけど、そこに粟島遠征時の写真というキャプションが付けられている。でも本当に粟島遠征時の写真なのかどうか、おれは疑問があるんだよ。でもね、いいと思うんだ。

椎名　いいって？

目黒　たとえ事実と違っても、誰に迷惑をかけているわけじゃないからね。もっとあとに『本の雑誌血風録』という小説を椎名が書いているんだけど、その文庫解説をおれが書いていて、そこで事実との違い、大きな誤りをいくつか指摘している。ひどいんだよ（笑）。間違いが多すぎるの。でも、そのときにも書いたんだけど、それでもいいとおれは思ってる。第三者に迷惑をかけたのならまずいけど、誰にも迷惑をかけてないなら事実と違っててもいいだろうと。

椎名　それ、大きな字で書いててくれる（笑）。

目黒　つまり、それが椎名の記憶なら、それを正すのはおかしいとおれは思うのさ。それが椎名の見た歴史かもしれないんだから。そのくらいかなあ。あ、そうだ。「椎名誠、全自作を語る」というのが巻末に付いているんだけど、こういうふうに自作にコメントをつけたのってこのときが初めて？

椎名　編集者のインタビューに答えただけだけど、これが初めてだな。

目黒　作者がどう考えているのかがよくわかって、こういうのはいいな。

風の道　雲の旅

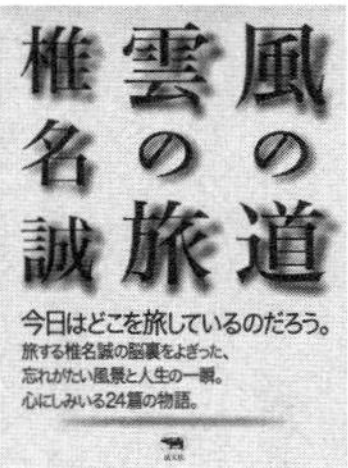
風の道
雲の旅
椎名誠
今日はどこを旅しているのだろう。
旅する椎名誠の脳裏をよぎった、
忘れがたい風景と人生の一瞬。
心にしみいる24篇の物語。

晶文社
1996年10月10日発行

目黒　ええと、写文集だね。だから横長の本が合う、ということは当然なんだけど、この文庫もそんなに悪くはない。というのは、その文庫カバーに犬の写真が使われている。これがいいんだよ。犬が店の外にじっと座って、たぶん飼い主が出てくるのを待っているの。これ、いいよねえ。

椎名　どれ？

目黒　本の中でも使われている写真だけど、カバーに使うところをみると装丁家も気にいったんじゃないかなあ。犬の話を続けると、椎名がこの本で書いているんだけど、フランスのパリの高級ホテルで人を待っていたら、毛脚の長いアフガンハウンド系の巨大な犬が入ってきたと。それがまた、胸を張って堂々としてる。で、ロビーにいる客もボーイも眉ひとつ動かさない。そこに長いコートを着た老夫婦らしき二人が遅れてやってくる。犬はどうやらその老夫婦が飼っているものらしい、と文章が続いていくんだけど、とてもいい「絵」だよね。

椎名　犬が入ってくと、ドアマンがドアを開けるからね。

目黒　ほお。アメリカでもそうなの？

椎名　アメリカでは、そういう光景を見たことがない。歴史のあるヨーロッパならではだろうね。イギリスは行ったことがないのでわからないけど、世界で一番犬を大事にする国だからたぶんそうだと思うよ。

目黒　あとね、世界中に共通して言えることは、犬がいちばんくつろいでいるように見えるのは少年と一緒にいるときだって。これは名言だね。それとこんな文章がある。

「多くの国が、犬を紐《ひも》でつながずに自由にさせているのは、犬に定期的に餌をあげる余裕がないからでもある。犬に何か食べ物を与える心配をする前にニンゲンが食べるものを捜さなければならない」

なるほどなあと納得するよ。

椎名　そういう国で繋《つな》がれている犬は、病気の犬なんだ。

目黒　え？

椎名　人に噛《か》みつくとかさ、危険だから繋いでいる。

CULO DE ARTESANOS

目黒　なるほどなあ。

椎名　お前、犬のことばっかりだな。

目黒　犬好き読者は、犬の話や犬の写真がどうしても最初に目に飛び込んでくるんだよ。たとえばね、イルクーツクのくだりでは、犬は交互に片足をあげる話が出てくる。マイナス三〇度だからそうでもしないと冷たくて仕方がないって話なんだけど、こういうのを読むと犬も大変だなあって思うんだよ。そうだ、そのくだりで「イルクーツクは〝シベリアのパリ〟といわれている」と出てくるんだけど、どんな点がパリに似てるの？

椎名　樹《き》が多くて、古い建物が多い。街並みが美しいんだ。

目黒　おやっと思った箇所もある。映画の撮影で石垣島《いしがきじま》に行ったときの話があるんだけど、これはヘンだよなあ。

椎名　何が？

目黒　中学生くらいの少年に声をかけられるんだけど、少年はその七〜八年前に西表島で椎名と会っているというわけ。数日間、一緒に遊んだというんだ。そういえば、カメラを持って村の道を歩いていると、「チンチン出すから写真とっちょくりい！」って少年から声をかけられて写真を撮ったことがあるな、と椎名は思い出す。でも、少年は一緒に遊んだことはおぼえていても、チンチン写真のことは忘れてたというわけ。

椎名　それがどうかしたのか？

目黒　このインタビューの八回ほど前に『椎名誠写真館』をテキストにした回があるんだけど、そこにこの「チンチン少年」のことが出てきたんだよ。

椎名　そうだっけ？

目黒　那覇空港でね、青年になった「チンチン少年」に声をかけられるんだ。少年は小さなときに椎名に写真を撮られたことをおぼえていて、「椎名さんはおぼえていますか。ぼくがあのときのチンチン少年です」って声をかけられる。

椎名　そう？

目黒　つまり、『椎名誠写真館』に出てきた少年は、チンチン姿を写真に撮られたことをおぼえていたのに、この『風の道 雲の旅』に出てくる少年は、それをおぼえていない。

椎名　ホントか？

目黒　どっちが正しいの？　それとも、チンチン少年は二人いるの？

椎名　お前これは取り調べか！

目黒　じゃあ、どっちの記述が正しいの？

椎名　那覇空港で会ったときの記述だな。

目黒　それではここでそう訂正しておきましょう。

椎名　はい写真は私が撮りました（笑）。

あやしい探検隊 焚火発見伝

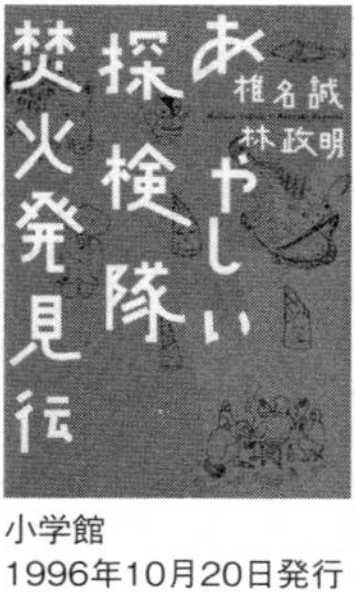

小学館
1996年10月20日発行

目黒　これは林政明さんとの共著になっています。

椎名　「週刊ポスト」に連載したやつか。

目黒　このインタビューにあたってテキストになる椎名の本を再読して、気になるところに付箋を貼って、そして椎名にあれこれ質問するというかたちでやってきているんですが、今回、この本を再読して付箋を一枚も貼らなかった。

椎名　(笑) 毒にも薬にもならないか。

目黒　いや、最初に言っておかなければならないんですが、本としてはいい本です。たとえばね、料理の写真が全部カラーになっている。料理というのは色が大事なんで、それをカラーにしていることは素晴らしい。おかげで料理のおいしさが伝わってくる。あ、そうか、その前にこの本についてもう少し説明を加えておかないといけないね。

椎名　ようするに、おれとリンさんがいろんなところへ行って、リンさんが作る料理を食べて帰ってくると。

目黒　リンさんがどうやって料理を作るのかがメインで(この部分はもちろん、リンさんが執筆)、毎回その旅に参加したメンバーの座談会がつく。野田知佑《のだともすけ》さんや沢野や、佐藤秀明《さとうひであき》さんやP高橋など、だいたい四～五人。多いときで六～八人。椎名は毎回、冒頭に短いエッセイを書くだけ。あやしい探検隊シリーズの中では番外編という位置づけだろうね。

椎名　そうだな。

目黒　だからね、正しくはこれ、リンさんの著作なんだよ。そこに椎名がゲストで出ていると。そう考えれば違和感もない。数えたんだけど、文庫で三〇〇ページあるのに、椎名のエッセイは全部で六十数ページしかない。それも特に鋭いことを言っているわけではないしね(笑)。毎回の座談会にもちろん椎名も出ているからそこでの発言はあるんだけど、これも酒飲みのよた話だよね。別にどうってことない。つまり、リンさんの料理のページがいちばん充実している。ということはこれ、正しく言うなら料理本だよ。

椎名　そーか。

目黒　このインタビューをはじめてもう二年になるので百冊くらいやってきていると思うんだけど、付箋を一枚も貼らなかったのは初めてで――。

椎名　つまらなかったと。

目黒　いや、違うんだ。つまらないからではないんだ。つまらない箇所にも付箋を貼るんだよ。どうしてこんなひどい文章を書いたんだとか、椎名に聞かなければならないからね。付箋を一枚も貼らなかったのは、対象外だろうという気がしたからだと思う。一応、椎名も共著者として名前を連ねているから、こんなことを言っちゃいけないんだけど、これは椎名本ではないという気がして仕方がないんだ。

椎名　たぶん印税も半分もらっているんだろうから、いまさら私の本ではありませんとは言えないだろうな（笑）。

目黒　すごくヘンな箇所があるんだけど、言っていい？

椎名　いいよ（笑）。

目黒　これ、旅に参加した人が旅先でリンさんの料理を食べながら座談をするんだよね。旅とは別に、座談を収録したりはしてないよね。

椎名　そんな手間がかかることはしてないと思う。どうして？

目黒　その旅の写真が載っているんだよ。焚き火を囲んで飲んでいるところとか、みんなで料理を食べているところとか。その写真にゼンジが写っているのに座談会にゼンジの発言がない。普通さ、実際の座談会で発言が少なかったりすると、ゲラの段階で加えてくださいと編集者が言ったりするよね。そのままだとおかしいから。特に写真に写っているの

タヌキ下ごしらえ

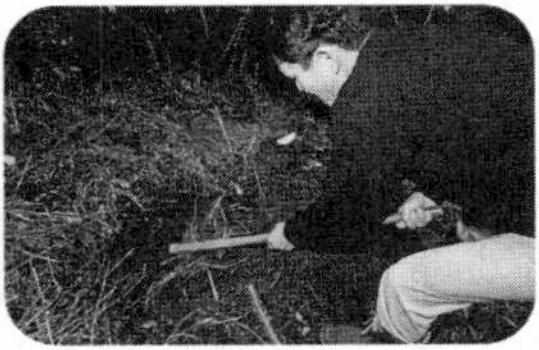

❶臭みを抜くため稲ワラに包んだ肉を土の中に埋めること1週間。さあ、掘り出すぞ。

❷ワラ〜にまみれてよ〜。

❸泥とワラくずをしっかり洗いおとす。

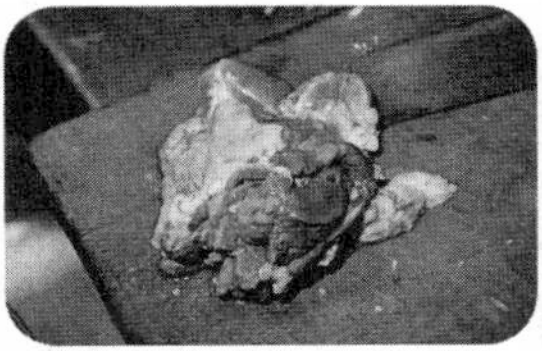

❹これがたぬきの肉だ。

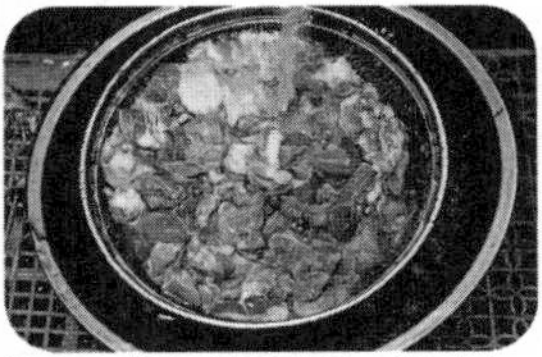

❺一口大に切りわけさらに流水で洗い、臭みを抜く。

❻パパイヤと一緒に和えると肉が柔らかくなる。(1時間ほどおく) あとは各種料理に供す。

『あやしい探検隊 焚火発見伝』13ページより

に一度も発言がないのはヘンだよ。こういう場合は必ずゲラで発言を加えるのに、ここではそういう痕跡がまったくない。

椎名　これ、阿部《あべ》ちゃんがいた頃に作った本だけど、阿部ちゃん、すべてアバウトだからそんなことは気にしていないんだ（笑）。

目黒　ほら、この旅にもゼンジが写っているけど、こちらの座談会でもゼンジの発言はない。ゲラで埋めれば済むんだぜ。簡単なことなのに、なぜしないんだろ？

椎名　おれも、あまり気にならないからなあ。お前が異常なんだよ（笑）。

人生途中対談

目黒　椎名と東海林《しょうじ》さだおさんの対談集です。以前の本に未収録のものが二本、語りおろしが一本ありますが、それ以外の六本は刊行済みの本に入っていました。最初の「僕らはカレーライスの中の肉が、ただひとつの肉だった」が一九八一年で、「サントリークォータリー」に載せた「地球は串焼きで結ばれる」が一九九五年。なんと十五年間にわたる対談です。

椎名　これ、タイトル、変わったよな。

目黒　『人生途中対談』が文藝春秋から本になったのが一九九六年十月で、一九九九年九

文藝春秋
1996年10月25日発行

月に文春文庫に入ったときは『シーナとショージの発奮忘食対談』。

椎名　最初の『人生途中対談』はそれほど売れなかった。いや文春の人は売れたと言うんだけど東海林さんはタイトルがよくなかったと言うのさ（笑）。それで文庫にするときに改題したんだけど。あんまり変わらないと思う（笑）。

目黒　椎名の単独著作ではないので、全体の評価印象は避けます。ここでは個別のコメントをつけるだけにしておきます。ええと、銀座に昔、キャバレー「ハリウッド」があり、サラリーマンのときにボーナスが出ると行っていたと書いていたんで驚いた。

椎名　そうかあ。

目黒　だって若いときの椎名が行っても、楽しくないだろ（笑）。サラリーマンとはいいながら、喧嘩三昧の日々を送っていた頃だぜ。絶対に、あの頃の椎名とキャバレーは合わない。銀座のクラブに仕事のつきあいで行くのならまだ理解できるんだけど、同僚とキャバレーとはなあ。あと、ちくわは子どもの頃の貧しい弁当のおかずだったという箇所が出てくる。

椎名　ちくわを甘辛く煮たやつを入れてな。

目黒　かつおぶしと梅干しだけなら、貧しい弁当だろうけど、ちくわが入るなんて贅沢《ぜいたく》だなあって。

椎名　贅沢じゃないよ。ちくわだぜ。それとさ、養鶏場の息子がいてさ、毎日彼の弁当のおかずは玉子焼きなんだ。おれにすれば、すごく豪勢なんだけど、彼は恥ずかしいから弁当を隠して食べるんだ。

目黒　ちくわと交換すればよかったのに。彼はちくわを食べたかったんじゃないかなあ。

椎名　そうだよなあ。そういう知恵があればよかったなあ。

目黒　それと、古本屋の棚に「椎名誠」「東海林さだお」と作者名のついたボードがあった話が出てくるんだけど、これは面白かった。新刊書店で使っていたものが古本屋まで流れてきたんだろうけど、この二人の作者名しかボードがないというのが面白いよね。

椎名　いいことなのか、悪いことなのかがわからないと。

目黒　それはさあ、新刊書店でこの二人のボードはもういらないから捨てておけって言われたとしか考えられない（笑）。絶対に喜ばしいことではないよ。

椎名　そうだよなあ。

目黒　東海林さだおさんが「青木《あおき》まりこ現象」（書店に入ると便意をもよおしてしまう生理現象）に触れ、自分もそうだと言っているのも興味深かったな。つい最近、「本の雑誌」がまた「青木まりこ現象」の特集をやってたでしょ。

椎名　おお、やってたな。

目黒　青木まりこさんにインタビューしてたけど、もう娘さんが高校生になっているとは月日のたつのは早いものだね。

椎名　青木さんという人と結婚したんだよな。

目黒　「本の雑誌」に投稿したときはもちろん独身だったんだけど、その後結婚した相手の方が青木姓で、「青木まりこ現象」からこれで一生離れられなくなったというのがおかしかったけど、もう娘さんが高校生なのかって。

椎名　そうだ、この本、もう一度改題したな。

目黒　二〇一二年一月に朝日文庫に入ったときは『大日本オサカナ株式会社』。こんなにタイトルを何度も変える本も珍しいよね。

椎名　あんまりタイトルを変える本はよくな

いよな（笑）。それはタイトルに問題があるんじゃないんだと思う（笑）。

みるなの木

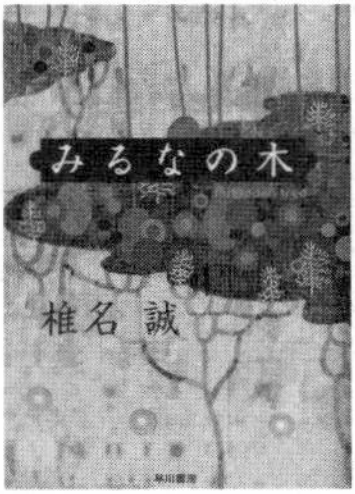

早川書房
1996年12月31日発行

目黒　ＳＦ短編集ですね。早川書房から本になったんで、てっきり「ＳＦマガジン」に書いた作品をまとめたものと思っていたら違うんだね。

椎名　違うのか？

目黒　「海燕」が五本、「小説新潮」三本、「別册文藝春秋」二本、「小説トリッパー」二本、「青春と読書」一本、「ＳＦマガジン」一本で、合計十四本。「ＳＦマガジン」に載った作品は一本だけだよ。

椎名　へーっ。

目黒　一九九三年から一九九六年にかけて書いた作品だね。これはすごくいい。傑作短編集だ。

椎名　「海燕」には何を書いたんだ？

目黒　あれですよ。〈北政府もの〉。

椎名　そうかあ。

目黒　正確に言うと、「北政府」という名称は出てこない。だけど、明らかに『武装島田倉庫』の世界を背景にしている。単行本のあとがきでも、椎名はこう書いている。
「『みるなの木』『赤腹のむし』『海月《くらげ》狩り』

『餛飩《こんとん》商売』は一九九〇年に出した『武装島田倉庫』で書いたシチュエーションの延長である。ぼくのここに書く世界は、どこかの世界であった何かとてつもないスタイルの最終戦争のあとの〝戦後〟が舞台になっている」ね、やっぱり〈北政府もの〉なんだ。これがすごくいいよ。椎名のSF短編集の中でもベスト3に入るんじゃないか。

椎名　本当かよ。

目黒　というのはね、これまでのSF作品集って、たとえばのちに『雨がやんだら』と改題する、ええと、なんだっけ？　そうそう、『シークがきた』は、はっきり言って玉石混淆だよね。いい短編もあるんだけど、何なのこれ、って作品もあったりする。だから一冊の本として見た場合、必ずしも珠玉の作品集とは言いがたい。ところがこれは、すべてがいいよ。

椎名　〈北政府もの〉以外にはどんな作品が入っているんだ？

目黒　これがいいんだよ。奇妙な入社試験を描いた「突進」とか。

椎名　「別冊文藝春秋」に書いたやつだ。

目黒　不思議な海と泉を描く「漂着者」とか。

椎名　それ「SFマガジン」に書いたやつじゃないか？

目黒　意外におぼえているんだね。あとは、なにが起きてるのか全貌が見えない「対岸の繁栄」とか、〈北政府もの〉以外の短編もなかなかいいんだよ。

椎名　ほお。

目黒　不満を一つだけ言うならばね。

椎名　やっぱり不満はあるんだ（笑）。

目黒　この書名はどうかなあ。収録作品の中ではいちばん古いということと、〈北政府もの〉の代表ということなんだろうけど、独特のイメージを与えすぎちゃうと思う。

椎名　お前なら、どういう書名にする？

目黒　「南天爆裂サーカス団」。「海燕」に書いた一編なのに、これだけ〈北政府もの〉ではないから、書名にするとヘンだということだったのかもしれないけど、椎名のＳＦ短編集の書名にはぴったりだよ。イメージがひろがるぜ。

椎名　ふうん。

目黒　以前も言ったように、いちばんいいのは〈北政府もの〉をまとめて一冊にして、タイトルを『続・武装島田倉庫』とすることなんだけど（笑）。

椎名　それはなあ。

目黒　いや、あちこちの作品集に入っている〈北政府もの〉をまとめて読みたいんだよ。いいと思うけどなあ。（二〇一九年『椎名誠［北政府］コレクション』として刊行）

机の中の渦巻星雲

新潮社
1997年4月20日発行

目黒　ええと、『机の中の渦巻星雲』と『屋根の上の三角テント』なんですが、それぞれ、「超常小説ベスト・セレクション」「日常小説ベスト・セレクション」として、一九九七年四月に同時発売になったものです。ようするに、この時点における椎名作品の傑作アンソロジーですね。まず、『机の中の渦巻星雲』からいきましょうか。これは「超常小説ベスト・セレクション」で、収録作品は、「いそしぎ」「ジョン万作の逃亡」「雨がやんだら」「蚊」「水域」「胃袋を買いに。」「アルヒ…。」「武装島田倉庫」「猫舐祭《ねこなめさい》」「スキヤキ」「みるなの木」「ねずみ」「妻」「餛飩商売」の十四編。誰が選んだの？

椎名　お前だろ？

目黒　えっ、おれなの？

椎名　そうだと思うなあ。

目黒　そう言われてみると、収録作品に異存はないね（笑）。たとえば、巻末に「著者による収録作品解説」があって、そこで「ジョン万作の逃亡」について、椎名はこう語っている。

「批評家たちの間では賛否両論なのだが、ぼくは好きな作品である。何かの雑誌で『椎名誠の傑作・駄作』が選ばれた時に、駄作の代表に選ばれていた。そういう、賛否両論を問われた作品の方があとに残るのかもしれない」

これを読んで、えーっと思ったよ。傑作じゃんあれ。

椎名　賛否両論だったよ。

目黒　本当かよ。この『本人に訊く』第一巻のインタビューのときに、あれは筒井康隆の「ブルドッグ」でしょと言ったら、いや違う、それは読んでないと椎名が言い張って、じゃあそういうことにしておきましょうって結論づけたら、そういうことにしておくじゃなくて、そうなんだよと念を押されたよね（笑）。あと、『雨がやんだら』に入っている「いそしぎ」も、筒井の「佇《たたず》むひと」でしょと言ったら、あ、あれはインスパイアされたことを認めたんだっけ？　違うわ、「悶絶《もんぜつ》のエピライライス」だ。筒井の「走る取的《とりてき》」を下敷きにした作品だとおれは思うんだけど、それを椎名は認めなかった（笑）。ええと、何の話だっけ？　そうそう、この『机の中の渦巻星雲』の収録作品は傑作ばかりという話だ。

椎名　あとは何が入ってるの？

目黒　だから、「いそしぎ」だろ「雨がやんだら」「蚊」「アルヒ…。」と、傑作ばかりですよ。「スキヤキ」もいいし、「妻」もまあまあの作品だし。この「妻」は『鉄塔のひとその他の短篇』に収録されている作品で、このインタビューのテキストになったときに、椎名が「全然おぼえてないなあ」と言うんで、ストーリーを全部紹介したことがある（笑）。

椎名　ああ、見知らぬ女性が家にいるんだ。

目黒　いろいろあった後で主人公が「あんたはいったい誰なんだ？」と尋ねるわけ。

椎名　誰なんだろう（笑）。

目黒　そのときに説明したんだけど（笑）。いや、おれがヘンだなって思ったのは、この『机の中の渦巻星雲』が著者の自選なら、その内容を忘れた作品を自分で選ぶだろうかと思ったからなんだ。それはヘンだよね。

椎名　この『机の中の渦巻星雲』は間違いなく自選じゃないな（笑）。

目黒　あとね、この本が素晴らしいのは、巻末に「椎名誠　超常小説系短篇リスト」が載っていて、作品名、雑誌名と月号、収録単行本名が付いている。つまり、椎名がどんな短編をどこの雑誌に書いて、さらにその作品がどの本に入っているのか、すべてわかるんだ。これは素晴らしいよ。

椎名　編集者が作ったんだな。

目黒　もう一冊の『屋根の上の三角テント』には、「椎名誠　日常小説系短篇リスト」が付いているから、この二冊が手元にあれば、一九九六年までに書いた椎名の短編がすべてわかる。椎名の短編で、超常小説と私小説以外の作品があれば、この二つのリストからこぼれるんだけど、そんな短編ある？

椎名　さあ（笑）。

目黒　違うよ椎名。この本の帯をよく見て。

椎名　なんだよ。

目黒　帯にこう書いてあるよ。

とにかくこれだけは読んでほしい！
著者が自ら選び解説を加えた
超常小説系短篇アンソロジー。

おれじゃないよ。椎名が自分で選んでいるよ。

椎名　そうかあ。

目黒　この本は一九九七年四月に出ているから、そのときは「妻」の内容もおぼえていたんだけど、このインタビューでその作品を取り上げるまで十五年以上あるんだし、その間に忘れてしまったということじゃないの？

椎名　ふーん。

屋根の上の三角テント

新潮社
1997年4月20日発行

目黒　こちらの編者は絶対におれではない。まあ、帯に「著者自選」と書いてあるから、もともとおれではないんだけど。

椎名　おれが選んだのか。

目黒　というのはね、おれが批判した作品が結構入っている。とりあえず収録作品十編を先に紹介しておくと、「米屋のつくったビアガーデン」「土星を見るひと」「きんもくせい」「ガク物語」「ハーケンと夏みかん」「蟬《せみ》」「三分間のサヨウナラ」「カイチューじること」「ハマボウフウの花や風」「皿を洗う」の十編。
椎名　全部おぼえている（笑）。
目黒　いちばん象徴的なのは「土星を見るひと」だよ。土星をずっと観察している人に会いに行った日に、娘の飼っていた犬が死んで、それは全然関係のないことなんだけど、宇宙のずっと遠くにある土星と、犬の小さな命が繫《つな》がっているように感じたことを小説に書きたかったと、『本人に訊く』第一巻で椎名自身が語っている。
椎名　これは好きな小説なんだ。
目黒　でもね、ラストに語り手の水島《みずしま》が自宅に電話するシーンがある。そこで犬が死んだことを水島は聞くわけよ。で、娘はどうしてると尋ねると、泣き疲れて眠ったと妻が言うわけ。いいシーンだよね。ところがこのシーンが効果的に浮かび上がってこない。それはまだ小説の構成をはじめとして技術的なことが未熟だったからだと思う。ということもおれが言った。
椎名　なるほどな。
目黒　「ハーケンと夏みかん」もそうだよ。青春の一ページだよね。すごくいい話なのに、沢野と学校をさぼって山に行く話で、技術が伴っていないからそれが活《い》かされていない。いまならば、絶対にもっとうまく書けるよ。でも、自分で選ぶんだから好きなんだろうね。
椎名　そうだな。

目黒　それに「三分間のサヨウナラ」もわからないな。これを選ぶなら他の作品がまだいくらでもあるだろうって気がするんだけど、何か個人的な思い出があるのかな。これは『さよなら、海の女たち』に入っている作品だけど、その作品集なら「秘密宅急便」がいいと思う。

椎名　全然おぼえていない（笑）。

目黒　この作品でいいのは後日譚《ごじつたん》だよね。

椎名　後日譚？

目黒　うん。あなたが言った後日譚。ずいぶんたってから北海道で講演をやったときに楽屋に手紙があった話。もう結婚して娘もいるんだけど、十七歳のときに海辺で撮られたことを思い出しましたってやつ。いい話だよね。

椎名　それは書いてないぜ。

目黒　だから、その後日譚を書けばいい話になるけど、なければどうってことのない話だってことだよ。それと、わからないのが「米屋のつくったビアガーデン」。

椎名　これは最初に「海」に書いたやつだから。

目黒　最初は「ラジャダムナン・キック」でしょ。「米屋のつくったビアガーデン」は「海」に書いた二作目だよ。

椎名　「ラジャダムナン・キック」は旅話だし、何もストーリーがないから。

目黒　これだって、ストーリーはないよ（笑）。

椎名　でも、「ラジャダムナン・キック」は小説ではないだろ。

目黒　いや、「ラジャダムナン・キック」のほうが作品としてすぐれているという話ではないんだ。「米屋のつくったビアガーデン」と大差はないという。だったら、最初に書いたほうに愛着があるのが普通だろうから、こういう著者自選のアンソロジーには「ラジャダムナン・キック」のほうを選ぶんじゃないかって思うのさ。まあ、この作品に愛着があるってことなんだろうね。

むはのむは固め

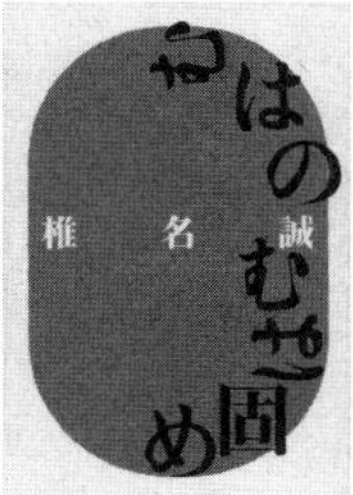

本の雑誌社
1997年4月25日発行

目黒　本の雑誌社から出て、角川文庫に入ったときに、『くねくね文字の行方《ゆくえ》』に改題したんだけど、この改題はよくない。この「むは」シリーズはこれまでも角川文庫に入るときに全部改題してきて、違うか、最初の二冊はそのままだ。『むははは日記』と『むはの断面図』は改題せず、そのあと改題するようになってこれが三冊目。その改題一発目の『ばかおとっつあんにはなりたくない』は素晴らしかったけど、よかったのはそれだけ。前回の『やっとこなあのぞんぞろり』もよくないよね。今回はよくないシリーズの二発目だ。何なのよ、くねくね文字の行方って。やっとこなあのぞんぞろり、も意味わからなかったけど（笑）。

椎名　これ、もともとのタイトルもよくないんじゃないかなあ（笑）。

目黒　そうだねえ。むはのむは固めって何なの？

椎名　お前が作った本だぞ（笑）。

目黒　わけわかんないタイトルだよねえ。中身は椎名の行動録エッセイで、山形林間学校に行ったり、映画『白い馬』を撮ったり、本の雑誌二十周年記念で京都、札幌、名古屋《なごや》、福岡の四都市で公開座談会をやったり、相変わらず忙しい日々を送っている。だいたい一九九五年から一九九六年にかけてだね。で、何から聞いていこうか。そうだ、この本の冒頭に、シルヴァーバーグの『夜の翼』をモンゴルで読むくだりが出てくるんだよ。「三十年たっても話の筋道はおぼえていたが、こまかいディティールはまるっきり忘れていたから再び素晴らしく感動した」って言うんだよ。読みたい新刊がたくさんあるっていうのに、どうして以前に読んだ本をまた読むの？　仕事ならわかるけど、そうではないでしょ？

椎名　保険なんだよ。長い旅に新しい本を持っていって、もし外れたら困るだろ。だから、安心できる本を持っていきたい。

目黒　なるほど、それで持っていった本を読んだわけだ。それとですね、おやっと思ったのは、サラリーマン時代に新橋《しんばし》の酒場で四十代の冴《さ》えないおとっつあんが「ヒトの考えていることがわかる」と椎名の考えていることをずばずば的中するという話が出てくる。「気持をしずめて集中させるとわかる」とそのおとっつあんは言うんだな。そこで、酒場の隅にいる男の考えていることを読んでくれと頼んだら、そのうちに荒い息を吐き出して、あわてて酒場を出ていっちゃうの。これ、実話？

椎名　おぼえていないんだよ。創作じゃないかなあ。

目黒　これ、小説みたいな話だよね。まるごと短編にできるぜ。創作ならエッセイに書かずに短編小説にすればよかったのに。

椎名　才能があふれていたんだなあ（笑）。
目黒　じゃあ、そういうことにしておきましょう（笑）。ええと、車の中で大月《おおつき》みやこを聴いていくというくだりがあるんだけど、椎名は演歌が好きなの？
椎名　好きだよ。通信販売で演歌大全集を買って、車の中でよく聞いていた。
目黒　ふーん。あとね、『風の谷のナウシカ』が完結したので七巻までまた揃《そろ》えて買って読んだという話が出てくるんだけど、これはマンガ？
椎名　うん。その後、大判の三巻本をまた買って、いまは孫が読んでる。
目黒　宮崎駿《みやざきはやお》のファンなの？
椎名　いや、それはSFだからね。
目黒　あ、そうか。SFへの興味なのか。
椎名　面白いぜ。
目黒　あとね、自分の本のタイトルでいちばん気にいっているのは『長く素晴らしく憂鬱な一日』であると。
椎名　あの小説は中身に関してはかなり批判されたんだけど。
目黒　おれも批判したなあ（笑）。
椎名　でもタイトルは好きなんだ。
目黒　この本は一九九七年春に出ているから、一九九六年ごろまでの椎名本が対象になっている。でもそれから十八年たっているから、その後椎名もたくさんの本を出しているよね。そういう本を足しても、『長く素晴らしく憂鬱な一日』がベスト1？
椎名　そうじゃないなあ。
目黒　じゃあ、いまの時点のベスト1は何？
椎名　急に言われてもなあ（笑）。
目黒　それと、これは前にも言ったんだけど、角川文庫の解説を沢田康彦《さわだやすひこ》が書いている。ホント、沢田の解説が多いよね。困ると沢田に頼んでない？
椎名　ＳＦ以外はそういうケースがあるかもしれない。
目黒　しかもあいつ、結構うまいから。そこそこのものはあげてくる。
椎名　そうなんだ。

本の雑誌血風録

朝日新聞社
1997年6月1日発行

目黒　椎名があとがきで書いているけど、『哀愁の町に霧が降るのだ』『新橋烏森口《からすもりぐち》青春篇』『銀座のカラス』に続く「仲間シリーズ」だね。『哀愁』が実名で、『新橋』と『銀座』は仮名、この『本の雑誌血風録』は実名と、必ずしも同じ方式では書かれていないけれど、椎名とその周辺の男たちの実録、ということではシリーズになっている。この書名は、目黒が一九八五年に書いた『本の雑誌風雲録』（二〇〇八年に新版）と対になっていると、椎名があとがきで書いている。
椎名　風雲録と血風録か。
目黒　中川右介《なかがわゆうすけ》『昭和45年11月25日』という本があるんだよ。これは三島由紀夫《みしまゆきお》が自決した日に人は何をしていたかをさまざまな書から引用した本で、着眼点がなかなか面白かった。小説とか日記とかエッセイとかにこの日が出てくるとそれを拾っていく。手間のかかる本だよね。

椎名　それがどうかしたのか？

目黒　その本のなかにこの『本の雑誌血風録』が出てくる。

椎名　そうなのか。

目黒　冒頭近くに、椎名が新橋の居酒屋「ねのひ」で、目黒考二と菊池仁《きくちめぐみ》に会うシーンがある。ちょっと引くとこんな感じ。

「『まあ結局は耽美《たんび》文学のひとつの破綻じゃないのかな』

　菊池仁がハリハリ漬けをかじりながらやや結論的にそう言った。

『いや、違うんじゃないですかねえ。ああいう死に方はむしろ完成かもしれないじゃないですか』

　目黒が答えている。

『でも、三島の文学は正直いって自分にはいまはどうでもいいですね。菊池さんは相変わらず全然興味をもってないでしょうけれど、これからは断然ＳＦですよ』」

　このくだりが『昭和45年11月25日』に引用されているんだ。驚いたなあ。これは椎名の創作だって、おれが朝日文庫の解説に書いているのに、この人は読んでないのかと思ったね。ちなみに、事実と異なる点を列記すると書いておれは八点を指摘している。八点というのは大きなことだけで、細かなことは無数にあるんだけどね（笑）。その冒頭で、この三島をめぐる会話を、これは椎名の創作で、こんな会話をしたことはないと書いているんだよ。その解説を読めば、こんな間違いはしないだろうと思ったら、そうか、この人は新潮文庫版を読んだんだと気づいたわけ。おれの解説が載っているのは朝日文庫で、新潮文庫の解説は吉田伸子《よしだのぶこ》が書いているから、新潮文庫版にはこの「事実と異なる点」は列記されていない。

椎名　なるほどな。

目黒　その朝日文庫の解説でも書いたんだけど、事実と違ってもいいと思うんだ。『本の雑誌血風録』はかなり事実と違うところが多いんだけど、それでも誰かに迷惑をかけているならともかく、そうでないなら、いいと思う。でもこういうことがあると、やっぱりまずいのかなあっていう気がするね。あとね、もう一つ。

椎名　何？

目黒　完全な間違いがある。これだけは直して欲しい。

椎名　どうでもいいことじゃないのか？

目黒　いや、これはまずい。

椎名　なんだよ。

目黒　終わり間近なんだけど、目黒の様子がおかしくて、それがどうもチンチロリンという博打《ばくち》のせいだとわかるくだりなんだけど、そのルールを説明するところで重大な誤りがある。

椎名　なんだよ？

目黒　いろいろルールが紹介されていて、その中に親が四の目を出すと親の総取りというくだりがある。そんなバカなことはない。これは六の目の間違い。調べてみたら、朝日文庫も新潮文庫も間違ってて、待てよと思って最初の朝日新聞社の単行本を見てみると、そこからすでに間違っていた。ルールの引用はおそらく前後の文章から類推するかぎり、おれが書いた『戒厳令下のチンチロリン』（一九八二年情報センター出版局、一九九二年角川文庫／どちらも絶版）からだと思うけど、それを資料として椎名に渡すときにゼンジが間違えたか、椎名が写し間違えたのか、そのどちらかだね。それを朝日新聞社の校正担当者も、業界で有名な新潮社の校閲部も見事にスルーしてしまった。悲しいね、チンチロリンがいかにマイナーなギャンブルであるかということのこれは証左だからね。もし今後機会があるなら、これは直してほしい（笑）。

椎名　いいじゃんか、そんなの（笑）。

ギョーザのような月がでた

文藝春秋
1997年7月10日発行

目黒　赤マント・シリーズの八冊目ですね。最初に、スバラシイ本を見つけたと、柳田《やなぎた》理《り》科《か》雄《お》の『空想科学読本』を紹介する「ゴジラはなぜ火を吹くのか」という回があるんだけど、この前にこういう本はなかったの？

椎名　初めてだったねえ。この本が素晴らしいのは、ウルトラマンはその体重が三万五〇〇〇トンなんだよ。それが船なら浮くけれど、二本足で三万五〇〇〇トンでは地面に足がずぶずぶはまって歩けないっていうんだな。すごいだろ。これ一発ではまったな。この『空想科学読本』シリーズは全部買ったよ。

目黒　あとね、こういううくだりがある。「むかし、サラリーマンの時のほうがパーティや銀座のクラブによく行った。編集者をしていたから、パーティはそこで業界の有力者と会って話を聞けるチャンスでもあったから、そこでは忙しかった。そのあとのバーやクラブではたいていタダでおいしい酒がのめ、あまつさえ普段とてもご近所へ行けないような銀座のオネーさんと隣りあってすわれる。だから銀座でイッパイ、と誘われれば積極的に行った。その時代のほうが人生おもしろかったような気がする」と書いているんだよ。これが意外だった。

椎名　だっていまはパーティに行ってもいろんな人が近寄ってきて、あいさつだとかな、何も食えないんだぜ。結構おいしいものもあるはずなんだけど。若いときはそれが食べ放題、あんなに楽しいことはなかったなあ(笑)。

目黒　なるほどね。意外だなあと思ったのは、「青年の頃、ぼくは信頼したい年上の男を求めていた」ってくだり。

椎名　意外か。

目黒　だってね、椎名は若いときからリーダー体質というか、親分肌というか、みんなから頼られていたよね。いちばん年上でもないのにあやしい探検隊の隊長だったし、そういうふうにみんなを引っ張っていく存在だった。そういう人が、「信頼したい年上の男を求めていた」っていうのは驚きだよ。

椎名　あやしい探検隊に出てくる長老と野田知佑さんはおれより六歳上で、お二人は同い歳《どし》なんだけど、そういう歳上で信頼できる相談役をいつも求めていたってところはあるな。あともうひとつ、『十五少年漂流記』の影響があるかもしれない。

目黒　どういうこと?

椎名　ゴードンという最年長の少年が出てくるんだけど、これは危ないとかいろいろなことを少年たちに教えてくれるんだよ。そういう存在がほしいという刷り込みがあったのかも。目黒が言うようにおれは若いときから「隊長」的な役割をしてきたけど、鋭い洞察力や知識があって「隊長」になっていたわけではないだろ？

目黒　暴力的ではあったけどね（笑）。

椎名　だから、そういうおれの間違いを正してくれたりする歳上の信頼できる人を、人生のなかで求めていたんじゃないかなあ。

目黒　なるほどねえ。あとね、それとは逆のことなんだけど、「もう新しい人間関係をつくるのは面倒くさいな、という気持もあるのだ」というくだり。初対面の人と話をする機会があると、中にはとても魅力的な内容を持っている人がいて、そうすると「再度会ってさらに話をしたら、きっとより深いつきあいになるかもしれない」と思うんだけど、それも面倒くさいと。この心理、わかるなあ。椎名がこの文章を書いたのは一九九六年だから五十一歳のときで、そのくらいの年齢の人ならみんな共感するんじゃないかなあ。そのくだりで椎名はこう書いている。

「つい数カ月前に、なんとなくこれからは『捨てる人生』だな、と思ったことも起因している。もう余分なモノはいらないし、新しい友人というのもこれ以上いらない」

本当にそうだよね。そういうふうに思うことが「老境」の始まりだという気がする。

椎名　五十一歳で老境は早くないか？

目黒　そのくらいの歳の頃、気分は初老ってよく言ってたよおれ。だから早くないよ。それと驚いたのは、飲み屋のトイレの前で、おしぼりを持って若い男が立っている姿。トイレから出てくる恋人だか女友達だかのために、おしぼりを持って待っているの、これ、本当？

椎名　驚くよな。おれも目を疑ったよ。

目黒　椎名はこう書いている。

「即座にまたバカヤロウと思ってしまった。

いまの若い男たちはこんなことをしているのか！　女がありがとうでもなくひょいとそれを使ってまたひょいと男の手に戻しているのを見て、その女のバカデカケツをケトばしたくなってこまってしまった」

いつも行く新宿の居酒屋、と書いているから池林房か。いやはや、驚くね。

2　波風グルグル時代

——夕日が落ちるまでにはまだだいぶ時間がある。なんだか気持ちがむらむらしてきた。ボールさえあれば、バットはそこらの流木を削ってなんとかなる。

『突撃　三角ベース団』あとがきより

あるく魚とわらう風

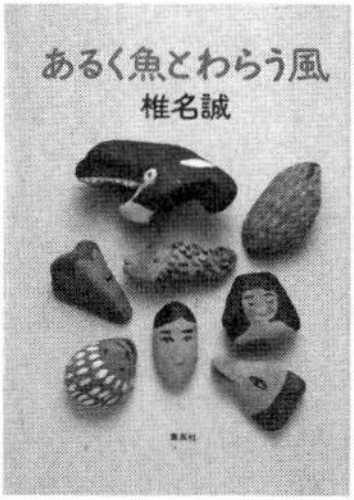

集英社
1997年12月10日発行

目黒　これは日記ですね。一九九五年五月二十九日から翌年十月三十日まで約一年半の日記。これまでも日記は何冊かあって、後から読むと日記は面白い。ただね、この本はかなりヘン。

椎名　何がヘンなんだ?

目黒　本文と関係のない写真がどんどん挿入されている。文庫本の六五ページに砂浜で寝ころぶ犬の写真があって、「やつはこうしてときおり体をねじって眠る。しかしあともう15分で汐《しお》がみちてきておこされるのだ」というキャプションが付いているんだけど、この近辺の文章に犬はいっさい出てこないんだよ。

椎名　本当か?

目黒　七七ページの写真もそうだよ。女性二人が写っていて、「みゆきちゃんはイリオモテ島へ行って島の女となった」とキャプションが付いている。みゆきちゃんが右の女性なのか、左の女性なのか、わからないんだけど、この近辺の本文に、そのみゆきちゃんは登場しないんだ。

椎名　へー。

目黒　一三七ページの写真もそうだね。中年男と若い女性が写っている写真で、「鮨《すし》屋の

やつはこうしてときおり体をねじって眠る。しかし
あともう15分で汐がみちてきておこされるのだ。

二階で打ち上げ。なんだかいい感じの二人をパチリ。むかしの上司と部下だという。にぎやかな晩だった」とキャプションが付いているる。でも、その鮨屋の二階の打ち上げそののが本文にはないんだよ。かなりヘンだよね、この本。

椎名　それは気がつかなかったな。編集者がいけないいんじゃないかなあ（笑）。

目黒　もちろん本文と関係のある写真もたくさんあるってことは付け加えておきます。えええと、どうでもいい話なんだけど、気温三八・九度の日に熱いラーメンを食べるくだりがあるんだけど、椎名は冷し中華は食べないの？

椎名　おれ、冷し中華は信用してないんだよ。

目黒　信用してないってどういうこと？

椎名　知っている店ならいいけど、知らない店で冷し中華を食べるって信用できないんだよ。

目黒　まずいかもしれないってこと？

椎名　冷し中華は難しいからな。

目黒　熱いラーメンならいいの？

椎名　知らない店で食うなら断然、熱いラーメンだな。

目黒　へーっ、そうなんだ。

椎名　おれは麵のプロだからね（笑）。

目黒　わかりました。それと、「ＳＦマガジン」で隔月連載がスタートするって話が出てくるんだけど、これは本になってるの？

椎名　なってるよ。『長さ一キロのアナコンダ』がそうだよ。

目黒　じゃあ小説じゃないんだ。エッセイか。

椎名　ゆくゆくはここにも出てくるはず。

目黒　ええと、二〇〇八年五月に出た本だから、まだだいぶ先だな。

椎名　いまは何年なの？

目黒　この『あるく魚とわらう風』は一九九七年の本だから。

椎名　『長さ一キロのアナコンダ』はまだ十一年も先だ。

目黒　そうだ。小笠原《おがさわら》で会った彫物師の話があるよね。椎名の本をたくさん読んでいて、沢野のイラストと、ホネ・フィルムのマークを自分の太股《ふともも》に彫っている人。神楽坂《かぐらざか》の写真展にまで来るから熱心なファンだよね。後日その人から手紙がくると、そこに「いつかぼくや沢野やその周辺の人たちみんなにいろんな入れ墨をしたいというお願いが書かれていた」っていうんだけど、おれには紹介しないでね（笑）。

椎名　おれ、腕に蛇の彫物いれるのもいいかなと思って聞いたんだよ。痛いんでしょって。そしたら、そんなに痛くないですよって。

目黒　おれ、痛いのだめなんだよ。

椎名　痛くないって言ってるぜ（笑）。

目黒　いや、おれはいいから。

沢野絵の謎

目黒　発作的座談会の番外編ですね。椎名誠、沢野ひとし、木村晋介、目黒考二の四人が、沢野の絵を一つずつこれはいったいなんだと検証していく。これがね、実はいま読むと面

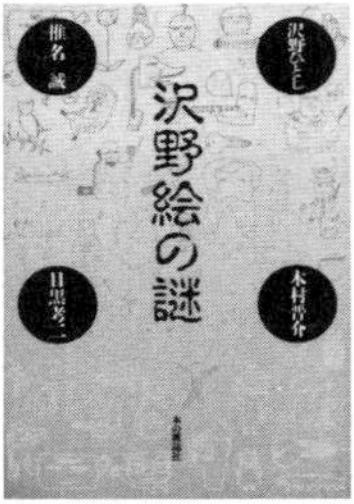

本の雑誌社
1997年12月20日発行

白い。

椎名　へー。

目黒　おれ、つまらないと思ってたんだ。

椎名　お前が作った本だろ？

目黒　だから、本の雑誌社の経営が苦しくて、資金繰りのためにでっちあげた本だとばかり思ってたの。ところが、いま読むと面白いんだよ。

椎名　沢野の絵の謎を解いていくのか。

目黒　作者に、この絵はどういう意味なのか、とか、いったい何を描いたのか、とか問い詰めていくんだよ。ところが、作者本人もわかってないケースもあって、沢野が「これ、どういう意味？」って言うんだ。すると椎名が「お前が聞くな！」って怒るのがケッサク（笑）。

椎名　思い出した。この食パンはいいよな。

目黒　「正しいものに○をつけなさい」とあって、解答が①アメリカ人②日本人③ドイツ人④人間⑤ネコ、とある。どうして、アメリカ人、日本人、ドイツ人の次が「人間」なのか。

椎名　普通なら「インド人」とか「フランス人」とかが来るよな。

目黒　初期の絵はすごくいいよね。おれが好きなのは、「ストロボでとらえたベンケーシーのジャンケン」。あの頃、沢野は事務所に顔を出すたびに落書きを残していったんだけど、その中の一枚。初期の落書きには名作が多いよ。これは推測すると、口と鼻を描けないからマスクをかけて、髪も描くのが面倒だから帽子をかぶらせて、次に手を描いたら失敗したんだな。あれ違うかなこうかなって何度もやっているうちにこうなっちゃった（笑）。

椎名　沢野はその推理に対してどう言ってた？

目黒　おぼえてないって（笑）。あと、この単行本のときに椎名が好きって言ったやつがこれ。男三人が絡み合ってるの。これも初期の作品だね。これは落書きじゃなくて「本の雑誌」に載せたやつかな。

椎名　いいなこれ。

目黒　単行本のときにやった座談会でも、「何を言いたいのかよくわからないけど、これは好きだね」と椎名は発言している。

椎名　しかしバカだよなあ（笑）。

正しいものに○をつけなさい
①アメリカ人
②日本人
③ドイツ人
④人間
⑤ネコ
モノサシはいらないの
オレの本にさわるな

目黒　あとね、「来週はハワイに行くから、おれの締切を三日早めてくれって、こいつは自分の都合で言うわけ。彼が苦しんでいるならおれは許すよ。でも、彼がこんな絵を描いているなら、嫌だなあ、おれ（笑）」という椎名の発言があるんだけど、小説でもエッセイでも文章にイラストがつくことがあるよね。そういうとき、イラストが優先するってことはあるの？

椎名　おれは聞いたことがない。

目黒　じゃあやっぱり友達だから言ってみたのかな沢野も。

椎名　これは文庫になってないのか？

目黒　なってない。おれもみんなも、たぶんつまんない本だろうって先入観で決めつけすぎちゃったんじゃないかなあ。ぜひ再読してほしい。くだらなくて面白いよ。

旅の紙芝居

朝日新聞社
1998年3月1日発行

目黒　「アサヒカメラ」に連載している「写真プラス文」が四年やってたら一冊になったと。まず、文庫版一一ページの写真。女の人が一人、日傘をさして橋を渡っているやつ。これは映画の一場面だよね？

椎名　どれ？　ああ、これは映画だね。『ガクの冒険』だ。

目黒　そうだよね。どこかで見たなって思って。でもここの文章には映画のことがまったく書かれてないから、違うのかなって。

椎名　ずるいところだな。

目黒　いや、椎名もうまいんだ。たとえばね、そこではこう書いている。「沈下橋の上を女が一人、日傘をさして渡っていった風景も、夢の中のときめく残像のように、ながいことぼくの思いをとらえていた」と。どうにでも受け取ることができるようになっている。

椎名　さすがは作家だな（笑）。

目黒　おれが好きなのは、五三ページの手作りのお面をかぶった少年の写真。

椎名　ああ、これな。

目黒　おれもまったく同じことをした写真がある。あと、一〇二ページのガクの写真もいいなあ。車の助手席に座ったガクが、後部座席にいる椎名のカメラを振り返る写真。上目遣いで、ちょっと気弱そうで、かわいいなあ。

椎名　やつは人間の感情がわかってたからな。

目黒　それとすごいのは、小平《こだいら》の「大勝軒」のラーメン。メン玉五つの大盛りラーメンはすごいよね。

椎名　最初はつけめんで食べるんだよ。

目黒　あっ、そうなの？

椎名　だって、そうしないと食べられない。メン玉五つということは、どかんと盛り上がっているから、別皿のスープに少しずつ取って食べていかないと山が低くならない。

目黒　そうかあ。椎名はこのメン玉五つの大盛りを食べたことあるの？

椎名　一度だけある。

目黒　値段はいくらくらいなの？　この大盛りは？

椎名　いくらだったか忘れたけど、でも学生

「しあわせラーメン」より

「しあわせラーメン」より

「山の音、花の音」より

相手だからそんなに高価ではないよ。

目黒　この本の取材で行ったときは、もうメン玉五つはやっていなくて、メン玉三つだったと書いてあるけど。

椎名　この後で『すすれ！麺の甲子園』のときだったかなあ。行ったときはメン玉二個だった。もう食べる人がいないいんだって。

目黒　ふーん。

椎名　おいしいんだよ。ああ、食べたくなってきた（笑）。

目黒　文庫版二五七ページのおでこにサインした女性の写真が載っているけど、これ、面白いね。

椎名　池林房にいたら、おでこにサインしてくれって言うんで、ホネ・フィルムのホネマークをマジックで書いたんだ。それで写真を撮らせてもらったんだけど、あのおでこのまま帰ったのかなあ。

目黒　いつでも撮れるようにカメラを持ち歩いているんだ？

椎名　この頃はな。

目黒　いまは？

椎名　在庫がいっぱいあるから、最近は持ち歩いてはいないな。

目黒　以前にも他のエッセイに出てきて、そのときに聞いた記憶があるんだけど、アメリカの恐怖小説の話が出てくる。あるセールスマンが車で海ぞいの小さな町を通りかかる。季節は夏、海岸にはたくさんの人がいて、みんなが楽しそうにしている。セールスマンはその海岸を通りすぎてから、いま見た風景がどうもなんだか気にかかって、車でその海岸に戻ってみる。そこで初めて疑問がとける。その海岸にいるたくさんの人は全員が陸のほうを見ていた――海を見ている人は一人もいなかった、というところで終わる小説で、何がなんだかわからないままに記憶にずっと残っている、というんだけど、この題名はおぼえてないの？

椎名　それがおぼえてないんだなあ。

目黒　フレドリック・ブラウン？

椎名　雑誌に載った短編ではなくて、本のかたちで読んだ記憶がある。ブラッドベリだったかなあ。確証はないけど。

目黒　読んでみたいなあ。

これもおとこのじんせいだ！

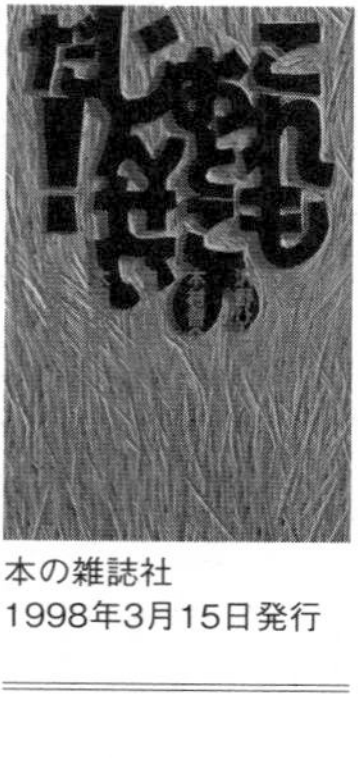

本の雑誌社
1998年3月15日発行

目黒　初出欄を見ると、タウン情報誌に連載したものと、「資生堂ホールセーラー」に書いたものとなっているんですが、タウン情報誌の全国版みたいなものに書いたのはおぼえているんだけど、この「資生堂ホールセーラー」に書いた三回分がよくわからない。わかっているのは、最初は椎名のところへエッセイの依頼がきたこと。ところが一人で書くのはしんどいからみんなで分担して書こうと椎名が逃げちゃって、六人のリレーエッセイになったこと。

椎名　（笑）

目黒　各回のテーマは「女」「人生の転機」「お金」「部屋」「失敗」「旅」と椎名が決めて、

そのテーマで六人が好きに書いていく。メンバーは椎名誠、沢野ひとし、木村晋介、目黒考二の四人に、ゲストが中村征夫と太田和彦。一九九八年三月に本の雑誌社から刊行されました。この方式、つまり六人でテーマ競作エッセイを書くというのは、簡単に単行本にできるんで、これはいいともう一作、本の雑誌社から同方式でその後単行本を作りました（笑）。

椎名　六人で書けば六分の一の負担でいいんだから、たしかに単行本はすぐに出るな。

目黒　いやそのときは書き下ろしだったんで、なかなか書かないやつもいたから（笑）、それなりに大変だったけどね。

椎名　おれの顔を見るなよ（笑）。えっ、おれ？

目黒　おれの記憶では、椎名と沢野が遅れたと思う。

椎名　そのときもこの六人？

目黒　いや、椎名、沢野、木村、目黒の四人は変わらず、ゲストの二人が新メンバーだったような記憶があるけど、自信はないなあ（笑）。で、今回、久々に再読してみたんですが、特に、何の感想もない（笑）。そうだ。

椎名　法廷に窓がない理由を知ってる？

目黒　その窓から逃げられちゃうからか？

椎名　普通はそう思うよね。違うんだって。

目黒　じゃあなんなんだよ。

椎名　気が散っちゃうからだって。証人尋問のとき、窓外に犬を連れた妙齢の婦人がパラソル片手に通りかかったら気が散るっていうんだけど、これは木村晋介の推理なので、これで本当に正しいのかはわかりません。

目黒　なんだ、木村の推理なのか。

椎名　あと、椎名が業界誌の記者だった頃、デパートの重役室で重役を待っている間に寝てしまったのは面白かった。

椎名　デパートの重役室って空調は素晴らしいし、ソファもいいし、眠たくなるんだよ。

目黒　でも、その失敗のあと、秘書課のお姉さんが友好的に取材依頼を取りついでくれるようになった、というのはいいね。「そういうところに配属されるくらいだから応対のしぐさ言葉つき物腰目つきとにかく全面的にしっかりしているし、どの人もきちんと制服を着てまことにりりしく、美しかった」というお姉さんだからね。

椎名　髙島屋に取材に行ったときだな。

目黒　美人といえば、世界の三大美人国は「C」がつく国が有力だとも椎名はここで書いているよ。

椎名　C？

目黒　コロンビア、キューバ、コスタリカだった。あ、こんな文章もある。

「世界美人国の話のついでに、世界のブス国の話もした。これも候補国百出したが、上位進出国ビッグ3はオランダ、イギリス、オーストラリアであった。理由はいろいろあげられたが、これこそ文句が出ると怖いので書かないのだ」

だって。国の名前を出しておいて、「文句が出ると怖いので書かないのだ」もないよね（笑）。

椎名　イギリスを変えたほうがいいな。

目黒　どういう意味？

椎名　だって美人国が「C」のつく国だろ。だったら、ブス国は「O」のつく国にしたほうがいいよ。オランダ、オーストラリア、あと何か。

目黒　なるほどね。

椎名　いや、だめだ。

目黒　えっ、どうして？

椎名　オーストラリアはそもそも「O」じゃなくて「A」だ（笑）。

砂の海
楼蘭・タクラマカン砂漠探検記

新潮社
1998年3月30日発行

目黒　「楼蘭《ろうらん》・タクラマカン砂漠探検記」という副題がついています。一九九八年三月に新潮社から出て、二〇〇〇年十二月に新潮文庫に入って、二〇〇八年十二月に集英社文庫と。ただし、最後の集英社文庫版は、新潮文庫の『砂の海　楼蘭・タクラマカン砂漠探検記』に、『風の国へ・駱駝《らくだ》狩り』を合わせて書名を『砂の海 風の国へ』としている。なんだかまぎらわしいね。

椎名　ようするに、新潮文庫の『砂の海』と、『風の国へ・駱駝狩り』が絶版になったので、両者をくっつけて集英社文庫に入れたと。そのときに「駱駝狩り」だけ外したと。

目黒　そういうことか。それでは『砂の海　楼蘭・タクラマカン砂漠探検記』にいきましょう。これは、ヘディンの本で「さまよえる湖」として紹介されたロプノールと、二〇〇〇年前の幻の王国楼蘭に向けて砂漠を進む日々の記録とエッセイだね。朝日新聞と中国の共同探検隊にテレビ朝日のクルーが一緒に行くかたちで、椎名はそのテレビ朝日のドキュメントのレポーターとして行ったと。

椎名　大所帯だよな。
目黒　全体としては百五十人と。新潮文庫版の解説をこのときに同行したテレビ朝日のプロデューサーの田川《たがわ》さんが書いているんですが、それによると「楼蘭での撮影は許可しない」と通告されたと、でも許可が下りるまで待っていられないと出発するんだよ。それを心配するからと椎名には言わなかったらしいんだけど、知らなかった？
椎名　知らなかったなあ。
目黒　最初にその解説を読んでから本文を読むと、だからスリリングなんだ。許可は無事に下りるんだろうかって。
椎名　すごい旅だったなあ。
目黒　細かなことがいくつもあるんですが、静止衛星を使って日本と通信できる専用車を持っていったと。これは一億円近いらしいいんだけど、これで椎名も原稿を送ったの？
椎名　うん。そういう契約だから。「ニューステーション」も出た。砂漠の旅は快適ですかあと久米宏《くめひろし》が言うから、コノヤローと思ったね。
目黒　ドキュメントのレポーターとして行ったんだよね、そんなこともしたの？
椎名　それが主な仕事だったんだから。
目黒　あと面白かった、と言っちゃいけないんだけど、中国製の缶詰の話。開けると錫《すず》が溶けだしていてカナモノの匂いがするってやつ。
椎名　大きい缶詰なんだ。魚と豆と肉の五種類。まずいんだこれが（笑）。しかも錫が溶けだしている。でな、錫はまわりから溶けるだろ。だから真ん中なら安全だろうからてんで、真ん中から食うんだ。でもほんの少し錫気が薄くなる程度（笑）。
目黒　他にもいろいろ食べ物については大変

だったらしいんだけど、パンが石のように固いとかね。だから面白いのは、成田《なりた》を発《た》つときにカレーを食っておけばよかったとか、出発前日に新宿で飲んだとき、帰り際に「石の家」のやきそばを食っていこうかなと思ったのに食わずに帰ったことを後悔して、あのとき食っておけばよかった、と思ったりするのがおかしい（笑）。

椎名　あとはトイレな。

目黒　オアシスの宿に泊まったらトイレが一つしかないから混雑したって話ね。

椎名　待ってるやつは腹を前のやつにくっつけて、横入りさせないようにしている。ぴったとくっついてぎゅうぎゅう押しているんだ（笑）。

目黒　なにもそんなことしなくても。

椎名　中国人は習慣として横から割り込むのが平気だから、防御のためにそうせざるを得ない。で、糞《くそ》する番になったときのコツは、目の前に立っているやつの顔を見ないことな。

目黒　えっ、どういうこと？

椎名　中国の便所はかこいがないだろ。つまり、糞するときは、みんなが見ている前でする。しかもケツは後ろを向いているから、行列つくって並んでいるやつの顔を見ながら糞することになる。するとな、次のやつはもう糞がしたくて仕方がないんだよ。辛《つら》そうな顔をしている。そんなやつの顔を見ながら糞ができるか？（笑）しかもこっちはしゃがんでいるから、見上げる立場だろ？

目黒　立場が弱い（笑）。

椎名　いやだったなあ（笑）。

目黒　見られながら糞をするってのは、恥ずかしくない？

椎名　糞する姿はすぐに慣れる。最後まで慣れないのは、ケツを拭く姿を見られることだな。これがいちばん恥ずかしい（笑）。

目黒　でも、そこでしなければならないんだ。

椎名　おれはだから、夜になって外に出たんだ。どこかそこいらの暗闇でやっちゃおうって。ところがオアシスは人口密度が濃いから、どこに行っても人がいるんだよ（笑）。しかも犬がすぐにやってきて吠《ほ》えるし（笑）。

黄金時代

目黒　文庫の帯の惹句《じゃっく》はなかなかいいよ。「いつも途方にくれていた」と大きくあって、その下に小さく、「殴り殴られ恋と血と。ろくでもなくてどうにも熱い青春彷徨《ほうこう》。椎名誠待望の熱血純文学四五〇枚」。ね、すごくいいよね。たしかに喧嘩《けんか》のシーンは素晴らしい。問題はラストだね。

椎名　ラスト？

文藝春秋
1998年5月30日発行

目黒　この長編小説は全体が「砂の章」「風の章」「草の章」「火の章」と四章にわかれていて、一人の青年の青春の日々が語られるんだけど、最後の章のちょうど真ん中あたりに、こんな文章がある。

「二十歳になって二カ月をすぎたばかりだった。やるならこの夏の内までだろう、という思いがずっとあった。果して計画したとおりのことをやってみても、うまくコトがはこぶのかどうかはまったく見当がつかなかった。しかしおれの抱いている計画はもともとそういうものだった。行動してみて、考えていたようにいかなかったら諦めるしかないけれど、やってみないうちにしだいに忘れたような気分になっていくのはなんとしても嫌だった」

えっ、と思ったんだ。「やるならこの夏の内までだろう」って、いったい何のことなのか、瞬間的にはわからなかった。すぐに根津《ねづ》の家を探して訪ねていくから喧嘩の決着をつけることはわかるんだけど、それを直接的には描いてなかったので、すっかり根津との問題は片がついたと思ってた。でも、気持ちの決着はまだついてなかったんだと驚いたわけ。つまり物語の底を、根津への思い、こいつを殴らなければ前へ進めないと思う暗い心が流れていたんだね。それにびっくりしたのが一つ。で、それから二〇ページ後に喧嘩のシーンがあって、この語り手は勝つわけだよ。ちょっと長くなるけど、その文章も引いておこう。

「遠くからやってくるバイクの灯のようなものが見えた。おれは歩いた。帰りの方向はわかっていた。片方の手で目を押さえてみた。おれの目はまだふたつとも、そこにあった。なんだかしきりに吐き気がしていた。緩やかな坂道を下り、神社の前にきたときに、おさえきれなくなって、少し吐いた。たいしたものは出てこなかった。まだ吐き気は収まらないので喉の中に指を入れた。しかし吐く物はそれっきりだった。ウイスキーのいやな臭いが鼻先をかすめ、おれはいま自分の口の中に突っこんだ指から血が出ているのを知った。神社の前の電信柱のわずかな灯りでよく見たが、それは喉から出た血ではなく、あきらかに自分の指から流れている血であった。ろくでもない喧嘩の、ろくでもないなり行きだった。吐いたのはこの数分間の緊張やウイスキーのせいなどではなく、体中にべったりまといついている自分への嫌悪のせいであるような気がした」

ここで終わればいいじゃん。譲っても、叔《お》父《じ》さんが拾ってくる猫と部屋にいるくだりまでだよね。そこでストンと終わっていれば、すごく暗いまま幕を閉じることができたと思う。それでタイトルが「黄金時代」なんだ。いいじゃん。帯にある「いつも途方にくれていた」日々で、ろくでもない青春をまるごと描いた長編として強く印象に残る小説になったと思う。ところがさ、そのあとこの主人公は君枝《きみえ》に会いに行って告白して、なんとなく希望が見えてきたところで終わるの。こんな希望はいらないと思う。

椎名　そうか。

目黒　だいたい、木田《きだ》ツネ子と、白系ロシアの血が入っている二歳下の少女、この二人だけでいいよ。肉欲と精神、という二つを象徴する存在として描くのなら二人だけで十分だと思う。つまり君枝は必要ない。このヒロインを登場させることで、少し、というか、かなりごちゃついている。たぶん君枝は一枝《いちえ》さんがモデルなんだろうけど、そういう現実の影響はばっさり切り捨てたほうがよかった。高校の助手になって宿直のときに蛇を見る挿話とか、これまで椎名のエッセイや他の短編などで読んできたことがここには結構まぎれこんでいるから、実体験を巧みにベースにしていることは想像できる。もちろん成功している側面もあるんだけど、君枝は物語に邪魔だったと思う。ホント、もったいない。ラストを除けばなかなかいい青春小説だけにね。

批判に終始して申し訳ないけど。

椎名　いや、そういう回があってもいいんだと思うよ。

目黒　作者の言い分も聞きましょう。

椎名　そうだなあ。まあ、書く前に言ってほしかったな（笑）。

突撃 三角ベース団

文藝春秋
1998年7月10日発行

目黒　赤マント・シリーズの第九弾。椎名は「自著を語る」の中で次のように語っている。「この頃ぼくは沖縄で漁師たちがやっているヘンテコな三角ベースに触発されて、東京にその新しい漁師海浜スポーツとでもいうような昔の遊びをはやらせ、その組織づくりに熱中していた。スタートして三年間ぐらいは集中的にそのことに没頭するという、ぼくの熱しやすくさめやすい性格を、まあひとつきれいに表わした時代の一冊というわけである」

これは浮き球野球についての話なんだけど、本当にそうだよね。木工も映画も、最初は夢中になってやってるけど、気がつくと終わっている（笑）。三年くらいやってると飽きちゃうの？

椎名　いや、十年はやるんだよ。最初の三年は何もないところから組織を作るだろ。これが面白いんだ。すっかりはまっちゃう。で、組織ができると、あとはなんとか転がっていく。で、十年たつ頃には身を引いている（笑）。

目黒　じゃあ、浮き球野球はもうしてないの？

椎名　すべての役職から抜けたから。

目黒　いちばん長かった「遊び」は、もしかすると「本の雑誌」かな。

椎名　そうかもな。

目黒　熱しやすく冷めやすいってのを、自分でもわかってたとは意外だった（笑）。

椎名　お前なあ。

目黒　新宿の中村屋で北上次郎《きたがみじろう》とSFについて対談、という記述があるんだけど、これ、どこの対談？　「本の雑誌」なら中村屋でやらないだろうから、別の雑誌だよね。

椎名　そんなのおぼえてるわけないだろ。

目黒　久しぶりに熱をこめて話した、と書いているのに媒体はわからないから、気になるんだよ。そのくせ、「終了後、麻雀《マージャン》で役満四暗刻《スーアンコ》をあがった」と書いている。こういうことは書いているんだ（笑）。

椎名　まあ、役満をあがるのは珍しくないな（笑）。

目黒　新潟の寺泊《てらどまり》の旅館の広間で大宴会をする話でも、細かなことは書いていない。その直前に、「久しぶりの懐しい顔ぶれが集っている」と書いていても、どういう仲間なのかはわからないんだ。旅館内のスナックでカラオケ大会になり、椎名は独唱で沖縄の「花」を歌っている。これは何の集まりなの？

椎名　「遠灘鮫腹海岸《とおのなださめはらかいがん》」を映画にしたときだな。

目黒　打ち上げか。てっきり浮き球野球の大会があって、そこに行ったのかと思った。この本は書いてないことが多くてね、最たるものが、「黄金のヒミツ島へ」という回。「これまで何百回となくキャンプをしてきたが、その歴代キャンプの中で文句なくベスト3に入ると思われる日々をすごしてしまったので、いまわが精神も肉体もボーッとしてしまい、社会復帰に時間がかかりそうである」というんだけど、島の名前はあえて書かないっていうんだ。秘密にするって珍しいよね。なんで書かなかったの？

椎名　これ、どこの島だろ？

目黒　それ、いいなあ。秘密にしちゃったもんだから、後から読むと本人にも島の名前がわからない（笑）。

椎名　まあ、沖縄の島だろうけどな。

目黒　あとね、「ＡＮＡは喫煙ＯＫで、二階のスーパーシート席など、禁煙席はあってもタバコの煙は狭いキャビンに充満して殆《ほとん》ど意味がない。タバコの煙に弱いぼくはＡＮＡのこの無神経さが嫌いだ」と書いている。この本は一九九七年二月から十二月まで連載した分をまとめたものだから、その頃はまだ飛行機のなかでタバコを吸っていたんだね。ずいぶん前から航空機内は禁煙だとばかり思っていたけど、違うんだ。

椎名　喫煙席と禁煙席の間に、カーテンを引くとかそういう配慮もないんだぜ。だから、喫煙席に近いところにいる人たちのところへは、禁煙席にいても煙がばんばんくる。

目黒　ふーん。そういえば、埼玉県の本庄《ほんじょう》で道に迷うくだりも出てくるけど、ずっと昔からナビがあるような錯覚をしてたけど、この頃ってまだナビがなかったんだ。

椎名　ナビがあれば迷わないよな。

目黒　それと、これは凄《すご》い話だよね。『釣りバカ日誌』のロケ地に全国から三十都市くらいが応募してきて、ロケ地に選ばれると松竹に四千万くらい渡すって、これ、本当なの？

椎名　本当だよ。四千万出してもそれ以上の経済効果があるってことだろうな。

目黒　あとさ、第九弾目で今さらこんなことに気づくのは遅すぎるんだけど、見出しは誰が付けてるの？　椎名、それとも編集者。

椎名　ほとんどはおれ。

目黒　うまいよね。たとえば「小倉で夕陽《ゆうひ》、日田《ひた》で蟬《せみ》」。何気ない見出しだけど、情感がある。これまでも、いい見出しがあったんじゃないかって気がする。

新宿熱風どかどか団

目黒　『本の雑誌血風録』の続編だね。続編があったことをすっかり忘れてた（笑）。前に、どの本だっけ、『血風録』の続編を書く予定だって記述がエッセイ集の中に出てきて、これは何？　と質問したら、椎名が『海ちゃん、おはよう』かなあって。おれも忘れてたけど、著者も忘れてた（笑）。

椎名　続編を書いていたんだ（笑）。

目黒　単行本のあとがきに「本書の最後が少々唐突に終わっているのだけれど、作者としてはあともうひとつこのシリーズの続編を書いて、それを最終回としたいと思っているので、どうかそれをオフクミおき願いたい」と書いている。その「最終回」は本当にない

朝日新聞社
1998年10月1日発行

よね（笑）。

椎名　それは間違いなく、ない。

目黒　細かなことを先に指摘すると、「目黒考二が前に勤めていた会社で不要になった室内型エアコンを一台貰《もら》ってきた」とあるのは間違い。これは沢野の会社からもらったんだと思う。

椎名　そうか。

目黒　シンガポールの伊勢丹オープン時に、開店記念パーティに招待されていく話が出てくるんだけど、このときマレーシアやバンコクまで足をのばしてムエタイを見に行ったんだね。そのときの体験をもとにしたのが、椎名初の小説「ラジャダムナン・キック」だったんだ。

椎名　海外にデパートがオープンすると、たいていおれが行ってたな。

目黒　パリの三越のときも椎名は行ったよね。

椎名　あれは、このシンガポールの伊勢丹オープンの前、あと？

目黒　あれは前だよ。

椎名　あのとき、パリから椎名がハガキをくれてね、それを今でもおぼえている。まだ椎名がタバコを吸っている頃だったから、「シヨートホープの残り本数を淋《さび》しく数えています」って末尾がうまいなあって思った。

目黒　へー。

椎名　テアトル東京と大阪のOS劇場が東西の、つまりは日本にただ二館の、シネラマ上映劇場だという記述が出てくるんだけど。

目黒　それは間違いだな。名古屋の中日シネラマ劇場というところがあった。

椎名　そのシネラマって上映方式は今でもあるの？

目黒　今はないよ。

椎名　テアトル東京に『スター・ウォーズ

帝国の逆襲』を菊池仁をはじめ編集部の面々と観《み》に行くくだりがある。「舞台がなくて客席は前方からぐいーんとせりあがって、スクリーンにまでつながっている独得のつくりであった。音響がとてつもないひろがりと厚さをもっているので、ここで大型映画を見るとその時間は確実に映画の世界に没入した」って、なんだかすごいよね。どうして今はないの?

椎名　撮るのも上映するのも大変なんだ。詳しく説明してもお前にはわからないだろうけど。

目黒　ふーん、じゃあ、いいや。前作の『本の雑誌血風録』は、一九七六年の創刊から一九八〇年までの五年間を描いていたんだけど、この『新宿熱風どかどか団』は、一九八〇年から一九八二年の春までの二年ちょっとを描いている。椎名がマスコミの世界に飛び出していった頃を背景にしているから、たった二年間なのに中身は濃い。

椎名　全然おぼえていないなあ。

目黒　ようするに、『もだえ苦しむ活字中毒者地獄の味噌蔵《みそぐら》』を出して、黒字倒産しそうになってなんとか金をかき集めて税金を払うまでの話が背景になっている。だから、椎名はあとがきで「少々唐突に終わっている」と書いているけど、そんなことはないよ。とてもいいラストだぜ。

椎名　どんなラスト?

目黒　沢野はどうしてる、と椎名が聞くんだけど、「会社のこととか家のこととかシーナさんのこととか、いろんなことに怒って昨日下北沢《しもきたざわ》の寿司屋でテーブルをばんばん叩《たた》いてました」とゼンジが答えると、飲みにいこうか目黒、と言ったあと、椎名がゼンジにこう言うんだ。「ゼンジ、沢野をみつけてつたえてくれ。いま我が社には膨大な借金があるから……そうだなあ約一億円といっておいてくれ。だから『池林房』まで至急くるように、と」。そこで、ストンと終わるんだ。ね、いいだろ？

椎名　ふーん。

活字博物誌

岩波新書
1998年10月20日発行

目黒　岩波新書の一冊として刊行された本ですが、岩波の「図書」に書いたものをまとめたものと思っていたら、筑摩の「頓智《とんち》」に書いたものを足しているんだね。

椎名　そうか。

目黒　最初のほうにこういう一節がある。まず、これを引こうか。

「そのうちに小才のきいた奴《やつ》があらわれて、海岸にある海の家に人を集め、有料でテレビを見せた。料金は大人も子供も一〇円だったが、昭和二十年代はじめの頃の一〇円だからけっこうな値段だ。海の家はけっこう広かったから三〇〇人ぐらいはいただろうか。しかし評判を呼んで沢山ヒトが集まるようになると、さすがにこれは不法商売であろうからじきにやらなくなってしまった。一〇円払っても見たかった我々としては残念しごくであった」

昭和二十年代はじめにテレビ放送はまだなかったから、これは間違いだね。NHKの放送が開始されたのは一九五三年二月一日だから昭和二十八年。日本テレビの放送開始も一九五三年の八月二十八日。街頭テレビのプロレス中継に人々が殺到したのは、だから昭和二十年代はじめではなくて、昭和三十年代はじめだよ。

椎名　こないだ増刷がかかったばかりなんだ。もっと早く言ってくれれば、そのときに直せたのになあ。

目黒　このときのテレビ受像機は二十〜三十万円したというから、庶民には買えなかったよね。週刊朝日編の『値段の明治大正昭和風俗史』によると、昭和三十二年の公務員の初任給が九千二百円だから、その時代の二十〜三十万円はすごいよ。だから街頭テレビに群がったんだろうね。おれも見たなあ街頭テレビ。

椎名　電器屋の前には大勢の人だかりができたよな。

目黒　やがて家がテレビを買うようになると、部屋を真っ暗にして家族全員でテレビを見たというのも懐かしい。

椎名　それは、村松友視《むらまつともみ》さんが『私、プロレスの味方です』で書いている。

目黒　あとね、「貧困発想ノート」という回が面白かった。特に、つきまとうハエの話。ある日、ハエが一匹部屋に入ってきてぶんぶん飛び回る。うるさくてしようがないので捕まえて殺そうとするが、これがしぶといやつでなかなかつかまらない。飛び回っていると目標が定まらず叩けないので、どこかに着地するのをじっと待っていると、これがこっちの待ち伏せを見抜いているようにそういう時になると全然着地しない——という状況を考えたとき、それをハエ側の立場から書けないか、と発想するわけ。で、「爪と咆哮《ほうこう》」というタイトルで、ゴジラふうの怪物が海から陸にあがってくるまでのゴジラの内面思考について書いたというんだ。これ、面白そうだよね、どの作品集に入っているの？
椎名　『銀天公社の偽月』に入っている。
目黒　じゃあ、これからテキストにあがってくるんだ。
椎名　そうだな。
目黒　あと、ここで紹介している『エヴァが目ざめるとき』という本も面白そうだね。少女の記憶をチンパンジーに移植する話。読みたいなあ。
椎名　おれも読みたい（笑）。
目黒　もうおぼえてない？
椎名　全然忘れてる（笑）。
目黒　フォークの背にライスを載せて食べるやり方――あのような面倒な食い方をいつごろ誰がひろめたのかとこの本で椎名は書いているんだけど、誰が言いだしたのかこれはまだ解明されてないの？
椎名　そう。あれ、絶対にヘンだろ。あんなに食べづらい食い方は世界のどの国にもない。
目黒　「ホリイのずんずん調査」があればねえ。こないだ出た堀井憲一郎《ほりいけんいちろう》の『かつて誰も調べなかった１００の謎』って本、読んだ？
椎名　面白そうだよな。
目黒　「週刊文春」に連載したコラムから百本を厳選した本だけど、寿司を「一カン」と数えだしたのは平成に入ってからであるとか、こんなの調べたの、初めてじゃないかなあ。だから、フォークの背載せ問題も、堀井さんにぜひ調べてほしかった。
椎名　あの「ずんずん調査」は面白いよな。
目黒　あと、日本の代表料理御三家は何か、という話が出てくるけど、好きだよねえベスト3とかベスト5とか。そういうの、すぐに決めたがるよね。

椎名 このときはおれは日本の代表料理御三家を何にしたんだっけ?

目黒 寿司、すき焼き、天ぷらが一般的だが、ここから寿司と天ぷらを外して、カレーライスとラーメンを加えている。つまり、すき焼き、カレー、ラーメンというわけ。

椎名 すき焼きはないな。牛丼だ。

目黒 それでは、日本の代表料理御三家は、カレー、ラーメン、牛丼に訂正すると。

怒濤の編集後記

目黒 「ストアーズレポート」と「本の雑誌」の編集後記をまとめて一冊にしたもので、細かく言うと、「ストアーズレポート」の十一年分と、「本の雑誌」の二十二年分を収録した本だね。

椎名 お前が強引に作った本だろう?

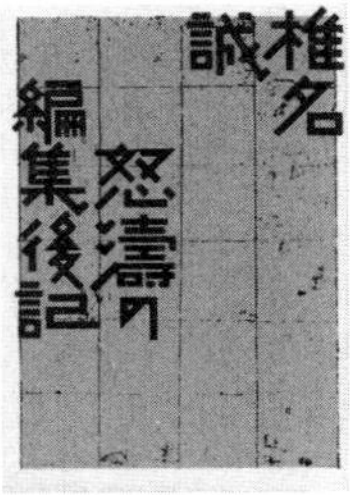

本の雑誌社
1998年10月25日発行

目黒 おれもそう思った。経営が苦しくなると、よく椎名の本を出していたから(笑)。ところがいま読むと、これがなかなか面白い。

椎名 本当かよ。

目黒 「ストアーズレポート」の後記で、エレン・モーガン『女の由来』とか、伊丹十三

『日本世間噺《ばなし》大系』のなかの「走る男」を紹介したりしているんだ。「本の雑誌」の後記ならわかるけど、これがなかなかの異色だよね。アーサー・ヘイリー『マネーチェンジャーズ』という銀行業界の内幕小説を紹介した回では、流通業界を舞台にした小説をそのうちにぜったい書くぞと仲間うちでは予測している――と書いているんだけど、その後、アーサー・ヘイリーは流通業界を舞台にした小説を書いたの？

椎名　書かなかったんじゃないかなあ。おれも全部読んでるわけじゃないけど。

目黒　いちばん面白かったのは、三越―北《きた》の湖《うみ》、大丸―輪島《わじま》、伊勢丹―旭國《あさひくに》、松坂屋―三重《みえ》ノ海《うみ》、松屋は魁傑《かいけつ》、とデパートと相撲《すもう》取りを結んでいく回。この回はオチも素晴らしい。では若乃花《わかのはな》はどこか、と話を進めて、残っているのは、阪急、西武、髙島屋。このうちのどれかと思わせて、「西武はむしろジャイアント馬場《ばば》ではないか」というオチ。絶妙だよなこれ。各デパートの微妙な違い、性格を知っている業界人で、なおかつ相撲好きじゃないと書けないアイディアだよね。

椎名　おれ勝手気儘《きまま》な編集後記を書いていたんだなあ。

目黒　石川《いしかわ》さゆりの「童《わらし》」や、鉄砲光三郎《てっぽうみつさぶろう》の「特選河内音頭」を買ったり、テレビの「コロンボ」を見ていたりと、この頃の椎名の私生活をのぞけるのも面白い。

椎名　コロンボは、その頃日曜の夜八時に放送してたんだよ。ＮＨＫだったはずだ。

目黒　量的には、「ストアーズレポート」が三分の一で、残りは「本の雑誌」分。「本の雑誌」の後記は全部読んでるはずなんだけど、忘れてることが結構多い。たとえば、椎名が得意とするベスト3もの。ここでは日本の三大発明は何か、という話。

椎名　発明ねえ。

目黒　インスタントラーメンに、穴あきブリーフに、ガムテープにウェットティッシュあたりかと椎名は書いている。

椎名　それでは四大発明になっちゃうぜ。

目黒　ここではあえて三つに絞っていないいんだよ。それと「小説NON」の一行情報を読む話も面白い。「執筆カンヅメの多い菊地秀行《きくちひでゆき》氏の息抜き場所はホテルのプール。『水飛沫《みずしぶき》の音で心が和みます』」だって。こんなところまで椎名は読んでるんだと感心したよ。

椎名　いや、送られてくるから、つい読んじゃうんだ。

目黒　わからなかったのが、有限の禁酒に入る話。何のためなのかが書いてない。

椎名　なんで禁酒したんだろ？

目黒　おれに聞かないでよ（笑）。この三年前に、扁桃腺《へんとうせん》で五日間寝込んだとき酒を飲まなかったことがあるが、そのときは五日間、今回は六日間と書いたあとに、今回の六日のあいだに仕事がらみで酒を飲む席に三回いたが、訳を話して番茶とウーロン茶でしのいだ、と書いているね。その訳って本当になんだろう。「しかしわが意志はきわめて強固にして厳然としており本日まで三年間の自己最長不倒記録をのばし続けているのである」だって。今回は扁桃腺で寝込んでないしなあ。気になるなあ。

椎名　外出してるんだから病気ではないんだ。

目黒　ま、いいか。ええと、「鳩《はと》よ！」と「選択」いちばん面白いのは、「鳩よ！」編集後記でいまであるとも書いているね。これは一九九七年の後記だから、「鳩よ！」の編集長が大島一洋《おおしまいちよう》さんの頃だね。どちらもマスコミ・ジャーナリズム周辺の話題について語っている視点が面白い、と書いているんだけど、興味深いのはそのあと。こういう記述がある。

「ひところ『文藝春秋』の編集後記《社中日記》が面白いと言われていたけれど、最近の《社中日記》はどうもあまりに作りすぎて、あざとさがあからさまでなんだか読んでいるとおちょくられているような気がしてあまり面白くない」

きちんと批判もしている。それにしてもよく雑誌を読んでるね。とどめは、漂流記、航海記のベスト5。本当に好きだよねこういうの。

椎名　どんな本を選んでいる？

目黒　その五冊をあげる前に、ほとんど手に入らないものばかりだけど、こういうのを自分の手で選書としてまとめてみたいなあと椎名は書いている。「どこかの出版社、やる気ないですか。力をこめて解説等を書くのだけどなあ」と結んでいることを紹介しておきます。五冊は下記の通り。

『エンデュアランス号漂流』シャクルトン（文藝春秋／一九七〇年）
『無人島に生きる十六人』須川邦彦《すがわくにひこ》（講談社／一九五二年）
『たった二人の大西洋』ベン・カーリン（講談社／一九五七年）
『竹筏《たけいかだ》ヤム号漂流記』毎日新聞社編（毎日新聞社／一九七七年）
『おんぼろ号の冒険』望月昇《もちづきのぼる》（文藝春秋新社／一九六四年）

あやしい探検隊　バリ島横恋慕

山と溪谷社
1998年11月1日発行

目黒　これはどこかに連載したの、それとも書き下ろしたの？　どこにも記載がないんだ。

椎名　これは書き下ろしだね。おれ、おぼえているんだ。この元版が出たとき、お前に批判されたんだよ。つまらないって。

目黒　あっ、そうなの？

椎名　書き下ろしの約束をしてたんだけど、なかなか書けなくて対談をどんどん挿入した。

目黒　問題はそれだよね。対談ではすごく真《ま》面目《じめ》な話をしていて、それが本文にあってない。

椎名　対談を随所に入れたのはページ稼ぎだよな。これは失敗作だと本人も思うよ。

目黒　「あやしい探検隊」シリーズ海外編の第二弾とあるのは、『あやしい探検隊　アフリカ乱入』とほぼ同じメンバー、つまり椎名誠、沢野ひとし、大蔵喜福《おおくらよしとみ》、三島悟《さとる》の四人で、今度はバリ島に行ったと。その二週間の記録だね。だから海外編の第二弾ということになった。対談をいっぱい入れて、真ん中には「沢野ひとし絵画館」とカラーページを差し込んで、さらには椎名による写真も挿入して、やっと一冊にしたという本ですね。面白かったのはね。

椎名　面白かったところがあるのか？

目黒　あるよ。インドネシア語は日本語と似てるって話。あれは面白いよね。その対比表を挙げると、次のようになる。

笑う↓ゲラゲラ
あなた↓アンダ
済んだ↓スダ
飲む↓ミノム
名前↓ナマ
取り替える↓トカル
好き↓スカ
戻る↓モンドール

不思議だよねえ。こんなに似てるの。でも、このくらいかなあ。面白いのは。

椎名　そうだよなあ。

目黒　そうだ。沢野が日本野鳥の会に入っているのを最近聞いた、という話が出てくるんだけど、鳥の観察のために双眼鏡を使うから、あいつ、詳しいんだよ。

椎名　何に？

目黒　だから、双眼鏡に。で、この頃だと思うけど、双眼鏡を買いに行こうと言うんだ。突然だぜ。目黒くんは競馬場に持っていったほうがいいと言うのさ。で、ヨドバシカメラまで連れていかれて、これを買いなさいとカールツアイスの双眼鏡を指さすの。なんと十六万円もするんだよ。ちゃんと講釈もするの。双眼鏡のポイントは倍率ではないって。ポイントは視野の広さだって。ふーんと聞くだけだけど、まあ、双眼鏡があれば競馬を見るときも面白いかなという気もあったから、買って帰ってきた（笑）。

椎名　お前の双眼鏡を買っただけ？

目黒　うん。あいつ、いつも突然言うんだよ。

シャツを買いに行こうとか、靴を買いに行こうとか。おれ、シャツも靴も欲しくないんだぜ。でも、まあつきあってあげようかなと思うわけだよ。だから、沢野とお揃《そろ》いのもの、結構持ってるよ。まったく同じで色だけ違うやつ（笑）。

椎名　なんでお前を誘うのかなあ。一人で買いに行けばいいのに。

目黒　それを思い出したよ。

椎名　ま、けっこうお前はサワノが好きなんだよ。

風がはこんでくるもの

本の雑誌社
1998年12月15日発行

目黒　写真集ですね。おやっと思ったのは、「八重山《やえやま》諸島・西表島」とか、「八ケ岳山麓の村で」とか、「埼玉県、荒川《あらかわ》の近く」とか、その写真を撮った場所を明記していること。これは椎名の写真集で珍しい。これはどうしてなの？

椎名　編集者がやったんだろうなあ。

目黒　なるほど。ええと、この本のあとがきで、本の雑誌社からは一九八六年の『海を見にいく』と、一九九〇年の『小さなやわらかい午後』につづいて三冊目の写真本になった、と椎名が書いているんだけど、『海を見にいく』は写真集というよりも椎名独特の写文集だよね。だから、本書は本の雑誌社から出る椎名の二冊目の写真集であると訂正したい。それだけかな。他に、特に語ることはないのでこれまで一度も聞いてないことを聞こうと。

椎名　なに？

目黒　椎名がそもそも写真に興味を持ったきっかけはなんだったのか。それをこれまで聞いたことがない。

椎名　いづめ、って知ってるか？

目黒　なに、そのいづめって？

椎名　赤ちゃんを入れる竹の籠だな。田舎《いなか》の民具だと思う。

目黒　それがどうかしたの？

椎名　おれの通っていた中学は当時、全体的に荒れてたんだ。それはひどくてな。毎日が喧嘩の繰り返し。おれもほとんど毎日戦っていたから、気が休まらない。だから本当は学校に行くのがイヤだった。学校に行けば、戦わなくちゃならないからな。

目黒　喧嘩をしたくてしていたわけではないと。

椎名　そりゃそうだよ。

目黒　で、いづめがそこに関係してくるの？

椎名　あるとき、いづめの中で赤ちゃんが眠っている写真を見たんだ。いいなあと思った。幸せそのものなんだ。喧嘩に明け暮れているおれたちとはまったく逆の世界だよな。だから、その写真を食い入るように見た。そのときだな、写真ってすごいなあ、力があるんだなあって。

目黒　それ、これまで、エッセイとかに書いたことがある？

椎名　写真集のあとがきで触れた程度かな。

目黒　いい話だぜ。もったいない。

椎名　そうか。

それはつくづく不思議なところだった——
トカラ列島、硫黄島

目黒　それが写真に興味を持つ最初のきっかけであると。それが第一段階とすると、次の第二段階はなに？

椎名　兄貴がスプリングカメラを持ってた。

目黒　なに、そのスプリングカメラって。

椎名　レンズがボディに収納できるやつ。

目黒　収納？

椎名　レンズがジャバラ式になっていて、使わないときはそれをそっくりボディに収めることができる。そうすると持ち運びのときに小さくなるし、衝撃に強くなって頑強になる。

目黒　なるほどね。

椎名　それをこっそり持ち出して、近所の友達を撮ったりした。で、フィルムを抜き取って現像に出してさ。カメラはまたこっそり戻しておけば、兄にもばれない。

目黒　それもいい話じゃん。それが第二段階だ。実際に写真を撮ってみると。

椎名　そうなると次は自分のカメラを欲しくなるよな。

目黒　自然の流れだ。

椎名　兄嫁の実家が鉄工場を経営していたんで、そこでアルバイトした。

目黒　中学生が？

椎名　普通なら問題だけど、兄嫁の実家だから。で、そのアルバイト代で安いカメラを買

った。

目黒　なるほど。今度は何を撮ったの？

椎名　海とか汽車を撮りに行ったな。

目黒　それが第三段階だ。そこまでにしておこうか。第四段階以降のことは、また写真集がテキストになったときに聞くことにします。

ずんが島漂流記

文藝春秋
1999年1月10日発行

目黒　一九九九年一月に文藝春秋から本になって、二〇〇一年十二月に文春文庫と。ただ、どこに書いた作品なのか、単行本にも記載がない。文春の雑誌に書いたの？

椎名　記憶が曖昧だけど、「公明新聞」日曜版に書いたんじゃなかったかなあ。それを忘れちゃったんだ。記載するのを。ああ、いいかげんだなあ、オレ。

目黒　『バリ島横恋慕』にも何の記載もなかったから、あなたの本では珍しいことではないんですが。

椎名　そうだよ。

目黒　これは意外に面白かった。実は読むのは今回が初めて。なんとなく、つまんないいんじゃないかなあって勝手に思ってたことを反省します（笑）。何がいいかというと、構成がいいんだ。

椎名　構成？

目黒　題名から推察できるよね。漂流して、無人島に漂着して、そしてサバイバルしていく話だなと想像できる。椎名は読者としてもそういう話を好きだから、今度は自分で書いたんだなと。ところが、そうではないんですね。いや、その通りに漂流して、島に漂着もするんだけど、そこで終わらない。その島を出て、また別の島へも行っちゃう。結構物語は激しく動き続けている。何か静かなトーンが続いているなあと思うと、新しい出来事が起こる。たぶん、先のことなどまったく考えずに書いたんだろうけど（笑）、奇跡的に構成がうまくいっている。

椎名　おれ、いつも行き当たりばったりだからな。

目黒　プロットをきちんと作らないと、ぐしゃぐしゃになるケースが少なくないんだけど、これは奇跡的に成功している（笑）。しかもディテールもいい。まず、ぼうぼうぼうと鳴く巨鳥。最初は食料にしようと思って近づくのに、あまりに懐いてくるんで食べられなくなり、仲間になるのがいいよ。ユーモラスだよね。それにずっと仲良しのままだと、次に島を出るときに一緒に連れていくことになるから大変で、どうするのかなと思ったら、自然な感じで離反していく。このあたりの処置もうまい。たぶんそれも行き当たりばったりだとは思うけど（笑）。

椎名　深くは考えないでほしい（笑）。

目黒　魚人間や鳥人間が出てきて、ファンタジックな展開になっても、それが物語から浮き上がらず、自然に溶け込んでいるのもいい。特に、鳥人間が松明《たいまつ》を持って空を舞うシーンは美しい。すごいね、絶賛だよ（笑）。

椎名　おー、お前からのそんなオホメ、めったにないよな。これは何かね。少年小説？

目黒　少年三人と少女一人の四人が、幻の「歩く魚」を探して旅に出る話だから、少年小説と言っていいでしょうね。文庫版の解説を神宮輝夫《じんぐうてるお》さんに依頼しているのも編集部がこの作品を児童文学として位置づけたいとの気持ちの表れかもしれない。

椎名　なるほどね。

目黒　冒頭におじいちゃんが出てきて主人公の「ぼく」がおじいちゃんの話を聞くという体裁もいい。これは昔のイギリス冒険小説のかたちだよね。そうやって死の淵《ふち》から生還してきた人間が、特異な体験を語りだすというのが冒険小説の最初のかたちだったから、そのパターンをここでもきちんと継承している。本当にこんなにいいとは思っていなかった。反省しています（笑）。

椎名　まあわかればいいよ（笑）。

ビールうぐうぐ対談

文藝春秋
1999年3月10日発行

目黒　初出が「カピタン」の一九九七年七月号から一年間連載したものというんだけど、その「カピタン」って何？

椎名　どんな雑誌だったかなあ（笑）。

目黒　東海林さだおさんとの対談集で、共著なのでここで論評はしません。私が興味を惹《ひ》かれたことだけを書いておきます。後半になるとゲストを呼ぶかたちに変わって、岸田《きしだ》秀《しゅう》さん、高田栄一《たかだえいいち》さん、そしてラストは沢野ひとし。この沢野の回が白眉。二人が女性にモテる秘訣《ひけつ》を沢野に学ぶんですが、すごいなあ沢野。そういうことに金と歳月をふんだんに使ってきたんだなあということがしみじみとわかる。たとえば、

「飲めない人と一緒のときは、僕も飲まない。そうすると、『あ、よかった。私、あんまり飲む人って嫌いなの』って言うね」

飲まないと間がもたないって男はダメだという沢野説は説得力がある（笑）。

椎名　あいつがおれたちとは違う価値観で生きてきたことが実感できる（笑）。

目黒　この対談集は二つですよ。一つは沢野のこのモテる秘訣の驚き。もう一つは椎名が小学校四年生のときに剣舞を踊ったこと。家に板の間があって、そこで化粧したおばさんたちが三味線をベンベンと鳴らしていたっていうのは、母親が踊りの先生だったということ？

椎名　そう。四年生のとき、鉢巻きを締めて、剣道着に袴《はかま》をはいて、大勢の前で踊らされた。鞭声粛々《べんせいしゅくしゅく》 夜河《よるかわ》を過《わた》るぅ〜をやったと。

目黒　母親に騙《だま》されたんだよな。

椎名　でもさ、この対談の中ですごく恥ずかしがってるのは、やや大げさだよね。まあ、川中島《かわなかじま》という剣舞を小学四年で踊るってのは、少しは恥ずかしかったかもしれないけど、ここまでというのは、ちょっと興ざめだよね。

椎名　そうか。

目黒　あとは細かなことだけ。地球上で最大のウンコたれはミミズであるとか、焼き肉の始まりは山火事でたまたま焼けた肉を食った

らうまいことに気づいて、そこから始まったとか、なるほどなあという箇所も多い。そうだ、椎名は蛇が嫌いなの？

椎名　やだよお（笑）。

目黒　苦手とは意外だな。だって、ヘビ専務の高田さんが持ってくる蛇に毒はないんでしょ？

椎名　そうだけどさあ。

むは力

本の雑誌社
1999年4月20日発行

目黒　本の雑誌社から出て、二〇一〇年四月に角川文庫に入ったときに『麦酒《むぎさけ》泡《あわ》之《の》介《すけ》的人生』と改題しているんだけど、なんなのよこの改題タイトル（笑）。

椎名　（笑）ビールを飲む人生ってことだろ。

目黒　そりゃわかるんだけど、これはないよ（笑）。ええと、これは「むは」シリーズの第六冊目で、最初の二冊は『むはは日記』『むはの断面図』と、文庫になったときにも改題していないんだけど、その後は『ばかおとっつあんにはなりたくない』、これは私が絶賛した改題タイトルですが、そのあとがひどい（笑）。だって、『やっとこなあのぞんぞろり』と『くねくね文字の行方』だよ、まったくの意味不明（笑）。

椎名　まあな（笑）。でも元版のタイトルもひどいだろ。

目黒　そうだなあ。この『むは力』というのは、元版のあとがきによると、その頃ベストセラーになっていた『老人力』の広告を見て、それに対抗して「むは力」にしたい、と。意味はこっちもわからないんだけどね、出版社に冗談で言ったらホントにそうなってしまったと。本の雑誌というのは昔からそういう会社なのであるって椎名が書いている。

椎名　『老人力』ほどは売れなかった（笑）。

目黒　しかし椎名はよく走るよねえ。たとえば、山形で講演があってその翌日はテアトル新宿で『しずかなあやしい午後に』のロードショー初日。舞台挨拶を和田誠《わだまこと》さんや沢野とすることになっていて、一回目はお昼少し前。だから飛行機は九時三十五分発を予約。ところがその朝は猛烈な地吹雪《じふぶき》で、東京からやってくる飛行機が降りられない。結局一時間半遅れで飛ぶけれど、羽田《はねだ》に到着するとテアトル新宿の挨拶まであと十五分。そこで走る。モノレール、ＪＲ、地下鉄と乗り継いで、新宿三丁目からテアトル新宿までもダッシュ。そして、関係者が話をしているなかにようやく間に合うの。間に合うのかよ！

椎名　それだけ走ればなあ。でもそれは飛行機が遅れたんだから、おれの責任じゃないぜ。

目黒　そうだね、これはまあ仕方がない。でもね、新幹線の例もある。自宅から東京駅までは、最寄《もよ》りのＪＲ駅までタクシーで行く時間も含めてだいたい一時間五分から十分が所要時間。東京駅でばたばたするのがいやなので、一時間半前に家を出るっていうんだけど、この計算がそもそもおかしいと思う。だって所要時間が一時間十分なんだよ。それなのに一時間半前に家を出るってことは、その時点で二十分の余裕しかない。おれなら二時間前に出るね。
椎名　それじゃ東京駅に早く着いちゃうだろ。
目黒　早く着いたら、一本前の新幹線に変更するの。いつもおれはそうしてるよ。
椎名　向こうに早く着いちゃうぜ。
目黒　いいじゃん、東京駅で走るよりも。このときもね、東京駅に着くまえに緊急停車。おかげで東京駅に到着するのは新幹線の発車三分前。以前、一分前に着いても間にあったから三分もあれば大丈夫なんだろうけど、このときも中央線のホームから新幹線のホームまで、つまり東京駅の端から端まで走るんだぜ。なんだか、しょっちゅう椎名は走っているような気がするなあ。
椎名　別に本人が困ってないんだから放っておいてほしい（笑）。
目黒　あとね、椎名が小学生の頃に切手を収集していたって知らなかった。
椎名　流行《はや》っていたんだよ。でもおれはすぐに飽きたけどね。
目黒　おれも同じ頃に集めていたよ。でも、中学になってから浅草《あさくさ》の切手専門店に売りに行ったら、おやじの買値が額面よりも安くて愕然《がくぜん》としたことがある。
椎名　あの頃は、コレクターはみんな自分のは高くなるかなあって思ってたんだよな。
目黒　そうだよなあ。それなのに額面より安いんだから驚いたよ。あんまりひどいんで持って帰ってきたけど。ええと、それから、扁桃腺で三日ほど寝込むってくだりが出てくるんだけど、前も書いてたよね。確かに昔は結構頻繁に扁桃腺で休んだよね。最近はどうなの？
椎名　最近というか、四十すぎくらいかなあ、熱が出るってことはない。煙草《たばこ》をやめたことが大きいんじゃないか。
目黒　なるほど。それと広沢虎造《ひろさわとらぞう》の「清水次《しみずのじ》

郎長伝《ろちょう》　全十巻」のCDを聞きながら房総《ぼうそう》に行くってくだりが出てくるんだけど、浪曲を聞くようになったきっかけは何なの？

椎名　むかし世田谷《せたがや》の広い家に居候していたおじさんが浪曲が好きで、よくうなってたんだよ。あと浪曲のSPレコードを聞いていたな。

目黒　椎名のエッセイによく出てくるおじさんだね。それは小学生の頃？

椎名　いつだったかなあ。

目黒　その頃の影響なんだ。

椎名　そうだな。

目黒　あとね、うどんの話がここにかなり出てくるんだけど、麺類のなかでいちばん好きなのは何なの？

椎名　歳を取ると好みは変化するね。

目黒　どういうふうに？

椎名　若いときはラーメンがいちばんだったけど、中年以降になると、うどんがよくなるなあ。

目黒　それはどうして？

椎名　あちこち旅するようになって、各地のおいしいうどんを知ったから、というのが大きいと思う。

目黒　若いときは東京のうどんしか知らなかったということか。今なら東京でも各地のうどんを食べることができるけど、昔はそんなのなかったからね。

椎名　そうだな。

目黒　じゃあ、ラーメンは二位？

椎名　若いときはラーメンがダントツの一位だったけど、いまはそうでもないなあ。

目黒　二位？

椎名　いや。

目黒　えっ、じゃあ麺類の二位は何なの？

椎名　うどん以外は全部横並びの二位だな。

目黒　全部って?

椎名　だから、ラーメン、そば、パスタ、そうめんと全部同じく二位。

目黒　へーっ、それは意外だなあ。

とんがらしの誘惑

文藝春秋
1999年5月10日発行

目黒　赤マント・シリーズの十冊目ですね。これで驚いたのは、宇宙空間をぐるぐる回っている壊れた人工衛星や、不必要になって放棄されたロケットの部品などが二万数千個あるっていうの。

椎名　いまはもっと増えてるだろうな。

目黒　そうか。これは一九九七年ごろの話だからね。おれが驚いたのは、それらを追跡監視している機関があって、一つずつ監視番号を付けているってこと。これは国際的な機関が監視しているってこと?

椎名　いや、各国が独自に監視している。

目黒　へーっ。

椎名　スペースデブリというんだけど、直径一〇ミリくらいの石が宇宙ステーションにぶつかると、全壊はしなくてもかなりダメージを受けるから、そういうスペースデブリの軌道がわかったらぶつからないよう宇宙ステーションの軌道を修正しなければならない。

目黒　だって二万とか今なら三万とか四万も

あるんでしょ。それをぶつからないようにできるの？　すごいねえ。

椎名　お前ねえ、宇宙は広いんだよ。そんなに簡単にはぶつからない。

目黒　あとね、ハインラインの『宇宙の戦士』を映画化した『スターシップ・トゥルーパーズ』を絶賛しているので観たくなった。すごいぜ椎名の絶賛は。こう書いているんだ。「そのＳＦＸが凄い。そしていやはや実にこれこそ映画のワンダーランド！　というくらいに楽しい」。

椎名　まだもっと凄いＳＦＸを観てない頃だったんだな。

目黒　あっ、そうなの。その後の作品と比べると、ちょっと違う？

椎名　これは第三話まで作られたんだけど、いま観るとどうかなあ。まあ原作を読んでるなら面白いかもしれない。

目黒　ふーん。あとね、朝は完全な日本食党だと書いているんだけど、それ、知らなかった。コーヒーにパンじゃないんだ。

椎名　ご飯に味噌汁、魚、卵、納豆だな。おれ、朝しかご飯で食わないから、しっかりおかわりするぜ。

目黒　朝しか食べない？

椎名　昼は原稿書いてると忘れることが多いし、夜は飲むからサケのサカナしか食べないし結局朝だけなんだよ、しっかり食うのは。

目黒　ふーん。

椎名　他には？

目黒　それ以上の感想はないなあ。

椎名　つまらなかったのか？

目黒　いや、これ以上の感想がないだけ。

椎名　そういうので文芸評論って言えるの？　ま、いいか。

南洋犬座
１００絵　１００話

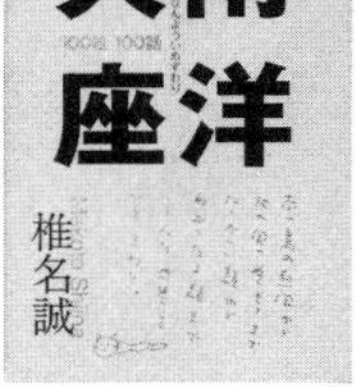

集英社
1999年6月10日発行

目黒　これは「なんよういぬざ」ではなく、「なんよういぬずわり」と読みます。「週刊金曜日」の表紙写真をまとめたもので、「１００絵１００話」という副題がついているのは、その表紙写真についてのちょっとしたエピソードを毎回書くようになっていて、それがここにもそっくり収録されているから。ですから、写真集というよりも写文集ですね。

椎名　これは集英社の担当者が作った本で、おれはまったくタッチしていない。

目黒　あのね、元版の八四ページに、モンゴル人なのかなあ、両手をひろげて筋肉をぶるぶる震わせるお父さんの写真がある。それが文庫版の九八〜九九ページに載ってるけど、お父さんの顔がちょうど本のノドのところにきちゃって、すごく見にくいの。

椎名　そういうことを考えないで作ったんだな。

目黒　その文庫本の解説を堀瑞《ほりみず》穂《ほ》という人が書いているんだけど、この人は写真家？

椎名　「アサヒカメラ」の編集者だ。

目黒　その解説の中に「日の丸写真」という言葉が出てきて、興味深かった。人物を画面の中央に入れて撮る写真のことらしいんだけど、これはプロの世界では邪道と教え、最近ではアマチュアも避けているというんだけど、「椎名さんはあまりこだわらない。むしろ撮るべき人は真ん中におきたいというのが持論である。徹底して人物真ん中主義といっていいかもしれない」と書いてある。

椎名　カメラのレンズは真ん中がいちばん解像度が高いんだよ。そこに人物を入れて撮るのはだから当然で、なにも気取ってずらすことはない。

目黒　これ、全部、雑誌の表紙に使った写真なの？

椎名　そうだよ。

目黒　よそで見たことのある写真が何枚かあるんだ。例の「チンチン少年」の写真がそうだし、港にいる子どもたちを後ろから撮ったやつとか、これ、好きなんだよなあ。左端の二人が片足をあげているやつ。

椎名　どれ？

目黒　文庫版でいうと九二ページ。

椎名　お前、以前もそう言ってたな。

目黒　そうか、あとがきに書いてたね。「そ

鳩間島の、まさしく四方八方に、濃すぎて黒く見えるような
青空が広がっている――

の中には別の誌面などで、すでに発表した写真なども含まれています」と椎名が書いていた。あとは特に、言うことはないなあ。あ、そうか。このタイトルだ。

椎名　なに？

目黒　南の島に住んでいる犬は独特の座り方をすると。どんな座り方かというと、後ろ脚をそのまま後ろに伸ばし、胸から腹までべったり一面を地面にくっつける座り方。ようするに、あまりの暑さに対処してお腹《なか》を地面にくっつけることで、体を冷やしているのではないかと、南の島をよく知るダイバーが言ったというんだね。あとがきを読むと、その「南の島をよく知るダイバー」とは中村征夫さんのことととわかるんだけど、「自分もあっちこっちの南の島でこういう座り方をする犬を見ておかしいなあと前から思っていたのだ」と中村さんの言葉を紹介している。で、椎名もそうだと。

椎名　何か問題があるのか？

目黒　本当にそうなのかな。

椎名　犬には汗腺がないから汗をかかないんだよ。しかも毛が生えているから南洋の犬は暑いんだ。だからお腹を地面につけて、ラジエーター代わりにしているってことじゃないかな。

目黒　南の島以外で、そういう座り方をしている犬を見たことはない？

椎名　ないよ。

目黒　ふーん。ま、いいや。

椎名　なんだよそのそっけなさは！　疑ってるのかよ。

目黒　ところで「週刊金曜日」の表紙写真って、椎名はまだやってるの？

椎名　いまはもうやってない。でも、この『南洋犬座』に続いて、『南洋犬座2』を編むだけの写真の量はまだあるんだ。
目黒　もう一冊分の写真はあると。
椎名　出してくれないかなあ。

アメンボ号の冒険

講談社
1999年8月1日発行

目黒　三編の中編というよりも短編を集めた作品集。表題作は「別冊文藝春秋」に書いたもので、あとの二編、「ぼくたちのトロッコ鉄道」と「サンチョ山の秘密基地」は書き下ろし。ええと、もともとは児童書として刊行されたのかな。
椎名　そうだね。
目黒　冒頭に「この物語は、ぼくが小学五年の頃住んでいた町で実際に体験した、海と川と小さな丘陵地帯での〝大冒険記〟です」とあるので、実話をもとにした創作と言っていい？
椎名　うん。
目黒　つまり東京湾に面した千葉の田舎町を舞台にした少年小説で、登場人物は四人。体が大きくて頭もでかい六年生のオボ、風呂敷が好きでスーパーマンのマントのように背中にくくりつけている四年生のフーちゃん、そして五年生の中島君とぼくの四人。この四人のさまざまな冒険を描く連作集だけど、あとがきに「それから永い年月がたち、悲しいことにオボは一九九五年に五十一歳の若さで死にました。肺ガンでした」とある。ということは、オボのモデルは実在したということ？

椎名　微妙に変えているけど、オボのモデルはいる。いつか大人向けの小説に書こうと思っているんだけど、ちょっと事情があって、なかなか書けないでいる。

目黒　ふーん。

椎名　書き下ろしの二編は、正月に書いた記憶がある。

目黒　この絵がいいよねえ。松岡達英《まつおかたつひで》という人は有名な人？

椎名　大ベテランの画家で、たくさんの本を描いている。福音館から出た『海辺のずかん』は超ベストセラーだよ。

目黒　なんだかすごく懐かしい香りがする絵だよね。たとえば、糸巻き戦車も懐かしい。すっかり忘れていたけど、この絵を見て思い出した。こういうオモチャを当時は自分で作って遊んでいたんだ。

椎名　そうか、お前の頃もそうなのか。

目黒　二歳しか違わないんだから同世代だよ。幻灯機も懐かしい。小学生の頃にクラスの友達を何人も呼んで自宅で映写会をしたことがある。そうだ、竹馬も自分で作って遊んだなあ。

椎名　当時は自分で作るのが当たり前だった。

目黒　電気機関車のオモチャが欲しくてさ、でも高いからだめと言われて、すごく悲しかった。初めて買ってもらったのは小学四年のときのローラースケートかな。当時は車も少なくてほとんど通らなかったから、あ、おれの家の近所には、ということだけど、一日中道路を独占してみんなでローラースケートで遊んでいた。あれは楽しかったなあ。

椎名　おれはローラースケートを自分で作ったよ。

目黒　えっ。

椎名　戸車の下に付いている小さなローラーを下駄《げた》の裏に打ち付けるのさ。

目黒　それで滑って遊んだの？

椎名　うん。二メートルぐらい進む。

目黒　そういう遥《はる》か遠い昔のことが、この本を読むと蘇《よみがえ》ってくる。若い読者がどんな感想を持つのかはわからないけど、同世代の読者なら懐かしいんじゃないかな。特に、割り箸ゴム鉄砲のイラストを見て、あ、これ作ったと突然思い出した。どうしてこれまで忘れてたんだろと不思議に思えるほど鮮やかに記憶が蘇ったよ。絵の力ってすごいね。

鍋釜天幕団ジープ焚き火旅　あやしい探検隊さすらい篇

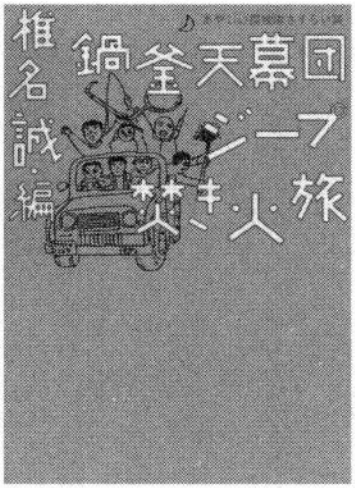

本の雑誌社
1999年8月25日発行

目黒　副題は「あやしい探検隊さすらい篇」となっています。この前に出た『鍋釜天幕団フライパン戦記』が「あやしい探検隊青春篇」となっていたので、対になっている。その『フライパン戦記』はまだ東ケト会といっていた頃の初期探検隊の写真を掲載して、椎名と沢野がそれを見ながら対談するという構成だったけど、この『ジープ焚《た》き火旅《び》』は椎名が物書きとしてデビューしたあとの探検隊、小安や依田セーネンや米藤《よねふじ》、ゼンジなども写っているから、具体的にいうと「週刊宝石」に書いていた頃かな、「いやはや隊」が結成される直前の、初期探検隊の最後の頃だね。今度は沢野との対談ではなくて、おれが椎名にインタビューする構成になっている。

椎名　見せてそれ。

目黒　「本の雑誌焚き火叢書《そうしょ》」の一冊です。

椎名　これと同時発売が、高橋昇《のぼる》さんの『笑った。』だ。

目黒　これ以前に刊行したのが、椎名の『フライパン戦記』の他に、中村征夫『僕が帰る場所』と野田知佑『雲を眺める旅』。「焚き火叢書」はこの五冊で終わったような記憶がある（笑）。

椎名　売れなかったんだな（笑）。

目黒　でもね、面白いんだよ。たとえばこの『ジープ焚き火旅』は全六章にわかれていて、その見出しを並べるとこうなる。

覆面男とトランシーバー《冬の東北うろうろ編》
でかテントと火吹き男《海はベタ凪《なぎ》粟島編》
無人島ハシゴ旅《瀬戸内キャンプのんびり編》
さらば東京の灯よ《ヨットゆらゆら猿島《さるしま》編》
国境の島は寒かった《北の果てイソモシリ島編》
東ケト会の鍋釜顚末《てんまつ》《カヌー犬ガク初登場の琵琶湖編》

という六章で、最初の「覆面男とトランシーバー」は、『あやしい探検隊　北へ』で書かれた塩屋崎《しおやざき》の旅の写真なんだけど、木村さんが初めて覆面をかぶったらそれが楽しくて、

初めてのトランシーバーに我々は夢中だった。旅の間中、トランシーバーがなくても口調は「こちらキムラです、どうぞ」「ハイ何ですか、どうぞ」だった。

さあそろそろガソリンをぶっこもう！

ずっと覆面をつけたままの写真が並んでる（笑）。テントの中で酒盛りしているときも焚き火にあたっているときもずっと覆面のまま。

椎名　あいつ、寝ているときも覆面のままなんだ（笑）。

目黒　バカだよねえ（笑）。それに写真も面白いけど、文章というか、おれの質問に椎名が答えていることも面白いんだよ。たとえばね、パンツは何を穿《は》いてるって聞くのがおれたちの間で流行ってた、と出てくるんだけど、本当かよ（笑）。

椎名　高田馬場《たかだのばば》の飲み屋で長老が、おれはアリューシャンブルーのパンツを穿いてるって言うのさ（笑）。

目黒　何なのよそのアリューシャンブルーって（笑）。

椎名　ただの青だよ（笑）。ズボンをちょっとさげてパンツの端を見せるんだよ。

木村晋介は初めての目出帽が嬉しくて、テントの中の
宴会でも寝ている間もとにかくずっとかぶっていた。

目黒　それが流行っていたの？　ばかだねえ（笑）。あと面白かったのはおれも忘れてたんだけど、沢田が隊員になったばかりの頃、おれのところにきて、「今回はどこに行くんですか」って聞くわけ。そんなの知らないって言うと、「気にならないんですか」ってしつこい。お前が知りたいなら椎名のところへ行って聞けよと言うと、「いやぼくからは聞きにくい。どこに行くのか誰も知らないんですか」ってすごくびっくりしたのをおぼえている――という話をおれがすると、椎名が次のように言うの。

椎　いい話だね（笑）。行き先を知ってどうするんだってのがあるよな（笑）。

――そりゃそうだ（笑）。

椎　でも、おれ思うんだけど、行っても何も楽しいことはないいんだよな（笑）。

――それ、隊長が言っちゃいけないよ（笑）。

初期のあやしい探検隊の雰囲気をよく伝えるエピソードだよね。

椎名　面白いなこれ。どうして文庫になってないんだろ。（二〇一五年文庫化）

目黒　前作の『フライパン戦記』と一緒に文庫にするのがいいよ。この『ジープ焚き火旅』の五八ページの写真を見てよ。椎名が大きなザックを担いで、港に立って笑っている写真。「隊長シーナ。島旅の『基本第一体型』」とキャプションがついている写真だけど、この頃の探検隊を象徴する写真だと思う。隊長も大きなザックを担ぐと。そして本当に楽しそうに笑っているんだ。椎名の青春が、そして探検隊の青春がこの一枚の写真の中にあると思う。

椎名　ほお。

隊長シーナ。島旅の「基本第一体型」。

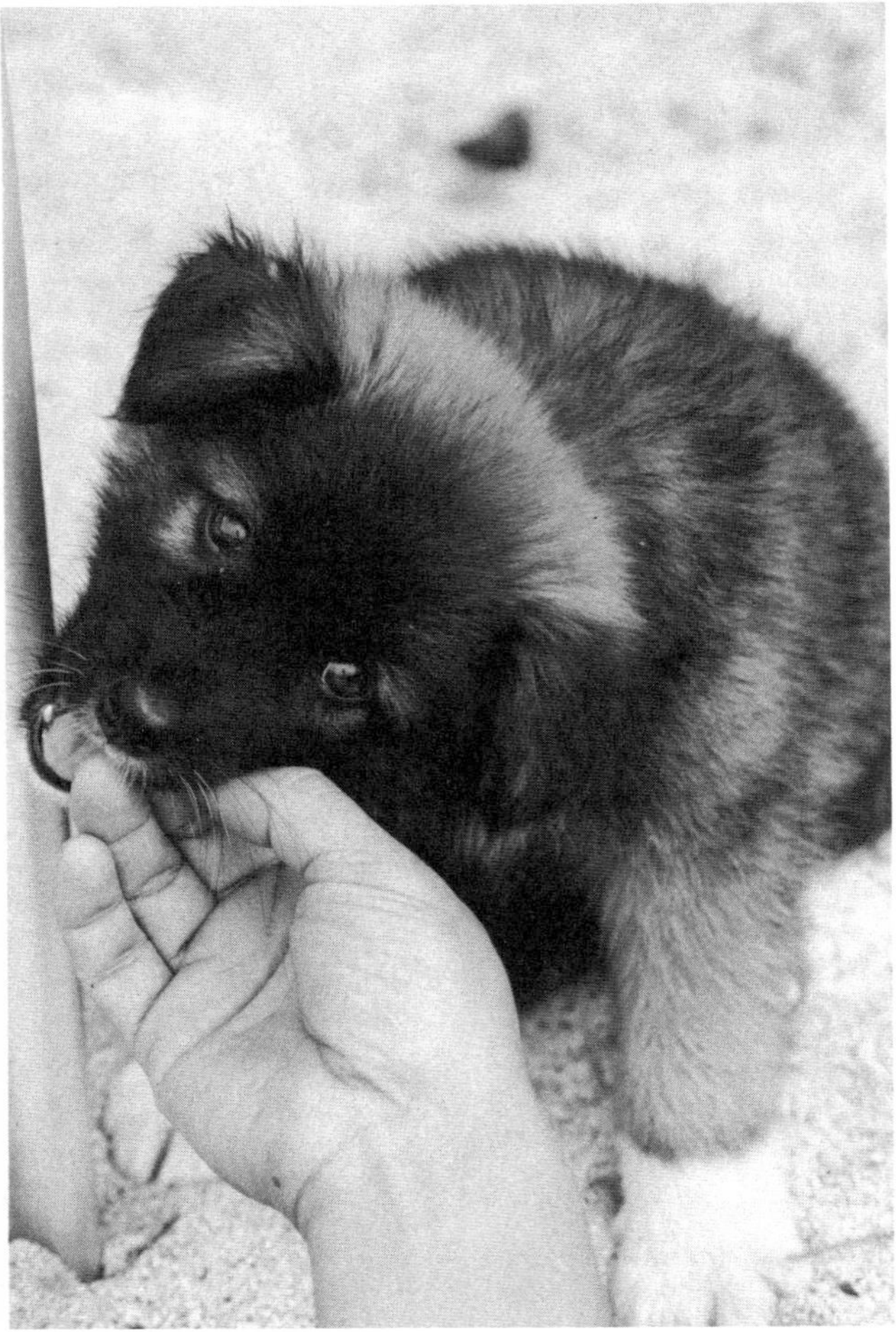

ガクが椎名の手をカジカジする。

目黒　あ、そうだ。最後にこれ。巻末の琵琶湖編には野田さんも登場しているんだけど、子犬の頃のガクがかわいいの。見てこれ。まいっちゃうぜ。

春夏秋冬いやはや隊が行く

講談社
1999年9月16日発行

目黒　この本は、カバーにも奥付にも、著者は椎名誠となっているけど、内容を読むと明らかに共著だよ。

椎名　そうか。

目黒　分量という面から見ても、他のメンバーが椎名の本に文章を寄せたというレベルではない。たしかに椎名の文章量がいちばん多いけど、全体の半分以上を書いているということではないんだよ。それに内容を読めばすぐにわかるんだけど、椎名にもあやしい探検隊にも関係のない話が多い。野田知佑、林政明、岡田昇《おかだのぼる》、中村征夫、太田和彦、川上裕《かわかみゆたか》、佐藤秀明《さとうひであき》、谷浩志《たにひろし》、越谷英雄《こしがやひでお》、大蔵喜福といった人たちが、滝をよじ登るとはどういうことかとか、幻のイワナを追う話とか、海中散歩の楽しさとか、それぞれの専門ジャンルのさまざまな話を書いているんだ。時々はそのうちの何人かが集まって、どこかへ行くという話もあるんだけど、そういう文章が全部集まって一冊の本になったという体裁だから、これは明らかに共著だと思う。

椎名　そうだよな。

目黒　椎名のことだから印税はみんなでわけていると思うけど、そういう本の表記が「著者・椎名誠」となっているのは少し違和感がある。

椎名　なるほどな。

目黒　それぞれは面白いんだよ。まあ、みなさんプロだから、専門ジャンルの話はやっぱり面白い。椎名が出てこない話はたくさんあるんだけど、たとえば、その中に「治助《じすけ》」という幻のジャガイモをリンさんと佐藤さんが食べる話が個人的には面白かった。これ、おいしそうなんだけど、椎名も食べた？

椎名　うん。うまかったよ。

目黒　あとは、「最上川《もがみがわ》発作的筏下り」の回で、小学五年の夏休みに仲間たち四人で筏を作り川を下ったと椎名が書いているんだけど、その筏作りって『アメンボ号の冒険』のもとになった話だよね。

椎名　そうそう。

目黒　この「最上川発作的筏下り」を読むと、筏を作るのはとても大変で、小学生にできたとは思えないんだけど、少年の頃はまあ簡略化して作ったということだろうね。それよりも、この「最上川発作的筏下り」で驚いたのは、最後に筏を解体すること。せっかく大変な思いをして作ったのに、筏下りが終わったら岸にあげて、木を縛ったロープを切って解体するの。なんでこんな面倒くさいことを？

椎名　そのときは筏作りのプロにゲストとして参加してもらって、その人の指導にもとづいてやったからなあ。

目黒　ふーん、ま、いいや。あとは「南島熱風三角ベース団」で座間味島《ざまみじま》で浮き球野球をするくだりがあるけど、これが「浮き球野球」の第一回じゃないのかなあ。

椎名　そうか。

目黒　浮き球野球という名称はまだ出てこないんだけど、「発泡スチロールのような質感であるけれど、それよりもだいぶ強烈に硬い」と出てくる。拾ったのはトカラ列島の宝《たから》島《じま》らしいけど、それを座間味島に持っていったんだね。宝島ではやらなかったのかな？

椎名　宝島にはそんなスペースがないから。

目黒　じゃあ、この座間味島が記念すべき第一回だよ。「素材がしょせんそういうものであるから、思いっきり打っても、コキンッといい音をたてるのだが、軟球ほどには飛ばず、日頃運動不足のおじさんたちにはちょうどいい」と。バットは木の棒のちょうど手頃なのを見つけナイフで削っていい具合にグリップをつけたと書いてあるね。四十三対三十七の僅差で椎名チームが逆転負けだって。これが「浮き球野球」の記念すべき第一回の成績です。

椎名　そうか。座間味だったのか。

問題温泉

目黒　十三編を収録した超常小説の作品集なんですが、なによりもおやっと思ったのは、巻末の自作解説。つまり椎名が自分で解説を書いている。これは珍しいよね。このあとも

文藝春秋
1999年11月30日発行

ないでしょ？

椎名　これだけだね。

目黒　だよね。なぜこのとき自作解説を書いたの？　おぼえている？

椎名　解説ってさ、人選が面倒くさいんだよ。先方がその本を好きならいいけど、わからないわけで、このときも編集者から「誰にしますか」と何度も催促されて、面倒なので「自分でやります」と言っちゃった。だから仕方なくだな。

目黒　作家が自分で解説を書くケースがないわけではないんだ。いちばん有名なのは都筑《つづき》道夫《みちお》さんで、あの人は評論家でもあったから、自作解説を書かせると、本人だから裏話は知っているし、意図もわかるし、評論家だからその分析も鋭いし、他の評論家の出番がないから困っちゃう（笑）。椎名のこの解説はそこまで鋭いというわけじゃないけど（笑）、でも面白かった。たとえば「狸《たぬき》」の解説では、「狂気とサスペンス。余韻の残る怖い結末。作者が自分でそう言っているのだから間違いはないのだ」と書いているけど、実はそんなに怖くない（笑）。

椎名　ははは。

目黒　いや、小説は面白いんだよ。この作品集は全体としてもレベルはかなり高いよ。おれ、読んでなかったのかなあ。もっとつまらないと思ってた（笑）。

椎名　作者としては「机上の戦闘」を気にいっているんだけど。

目黒　おれは「飛ぶ男」とか「考える巨人」が好きだな。そうだ、おやっと思ったのはね、「三角洲《す》」の解説で「ぼくの好きな未来の戦後ものSF」で、このシリーズの話の核になっているのは『武装島田倉庫』だと椎名は書いている。ということは、この「三角洲」が

〈北政府もの〉だということだよね。ここに「北政府」の文字が一度も出てこないからわからなかったけど、ここに出てくる「サキシマ人間」（改造人間）って『武装島田倉庫』に出てきた？

椎名　出ているぜ。

目黒　「サキシマ人間」という名称で出ているの？

椎名　いや、その名称はここが初。

目黒　でしょ。いや、この「三角洲」も面白かったんだよ。この作品集は外れがないと思う。でも、個人的には〈北政府もの〉がここにもあったんだという驚きのほうが大きい。いろいろな作品集にまぎれこんでいる〈北政府もの〉をぜひ一冊にまとめてほしい。まとめて一度に読みたいんだ。二冊分はないかもしれないけど、一冊分なら十分に作品数があるよ。

椎名　それでタイトルを『続・武装島田倉庫』にしろって言うんだろ（笑）。

目黒　だめかなあ。

くじらの朝がえり

文藝春秋
2000年3月10日発行

目黒　赤マントの十一冊目です。前作の『とんがらしの誘惑』が十冊目で、それを記念して東京と大阪で、読者招待の関係者公開座談会をやったと出てくるんで思い出した。椎名、沢野、木村、目黒の四人に、嵐山光三郎《あらしやまこうざぶろう》さんが出席した会なんだけど、大阪のときに公開座談会が終わってから椎名たちは船上パーティに行ったのね。よくおぼえていないいんだけど、読者を何名か招待した船上パーティだったんじゃないかなあ。でも、おれは座談会が終わるなりすぐに京都に行った。

椎名　なんで京都へ行ったんだ？

目黒　その時間に新幹線に乗らないと京都へ行けないいんだよ。いや、せっかく大阪に行くのなら翌日、京都競馬場に行こうと思ってさ。もちろん主催者の了解を得て行ったんだけど。それを思い出した。

椎名　なんだ。

目黒　あとこの本で面白かったのは、日本の美人産地は、日本海沿いにほぼ一県置きの説があるという回。カッコでくくった県が美人産地だというんだけど、そのくだりを引用すると、「蝦夷《えぞ》」青森「秋田」山形「越後《えちご》」富山「加賀《かが》」福井「京都」島根「出雲《いずも》」山口「博多」佐賀「長崎」鹿児島「琉球《りゆうきゆう》」、と微妙に一県置きじゃないところもあるのがおかしいね。どこで聞いたのこの説？

椎名　さあ、忘れた。

目黒　あとは「カーナビゆうこ」の話。これは以前も読んだエッセイで面白かったけど、カーナビの声って全部女性の声なの？

椎名　そうだよ、知らないのか。

目黒　知らない。じゃあ、その声って機械の合成音？　それとも誰かが、たとえば役者が吹き込んでるの？

椎名　役者の卵がやってるんじゃないかなあ。あれ、地域によって違うんだぜ。

目黒　えっ、どういうこと？

椎名　全国の道案内を一人の人が吹き込んだら大変だろ。だからずっと車に乗っていくと、あれっと思うことがある。違う人が担当する地域に入ると声の主が変わるんだ。

目黒　ゆうこじゃなくなるんだ。

椎名　ときには、怖い声の人もいる。

目黒　怖いって？

椎名　そこ曲がりなさいって怒るような口調で言う（笑）。

目黒　嘘《うそ》でしょ（笑）。

椎名　本当だって。

目黒　あとね、友人のミステリ評論家がコシマキで「共感を寄せる」と書いていたので、ピーター・ガドル『長い雨』を買った、と出てくるんだけど、この「友人のミステリ評論家」っておれのことだよね。

椎名　お前以外に知らないよ。

目黒　でも『長い雨』っておぼえてないんだ。

ピーター・ガドルって作者も知らないし。

椎名　お前、責任持てよ（笑）。

目黒　買ったと出てくるだけで、面白かったと出てこないから、つまらなかったのかな。

椎名　いや、面白かった記憶がある。

目黒　じゃあ、いいじゃん。あとね、屋上でポーカーをしていた頃が「思えばわが人生、あの頃が正真正銘の黄金時代だった」と出てくるくだりがある。屋上でポーカーをしていた頃って、『新橋烏森口青春篇』で描いたサラリーマン初期の頃だよね。その頃が「わが人生の黄金時代」だったというんだけど、椎名の著作にそのものずばりの『黄金時代』があるよね、あれは高校時代を描いた小説だったけど、もうおれたちの歳《とし》になると、過ぎ去った季節がそうやって高校時代からサラリーマンの頃まで、全部黄金時代に思えてくるってない？

椎名　そうだな。

目黒　そのときは黄金時代だなんて全然思っ

てもいなかったのにね。むしろいらいらしたり、不安だったり、何かが欠けているような気がしたりして、なんだかなあって思っていたのに、過ぎ去ってみるとそれが全部愛おしく思えてくる。

椎名　不思議だよなあ。

にっぽん・海風魚旅

怪し火さすらい編

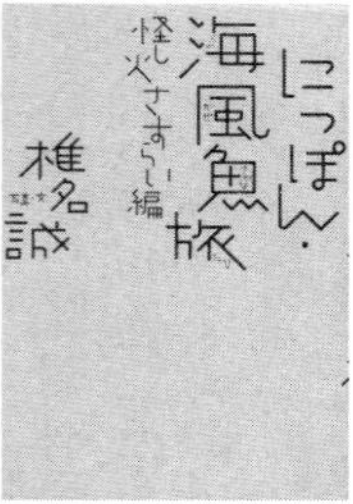

講談社
2000年6月12日発行

椎名　「週刊現代」のグラビアに連載していたやつだな。

目黒　エッセイと写真で見開き二ページの連載だね。「行きあたりばったりに出会った人々やできごとを写真や文章でまとめていく、という最も初歩的な旅話ですが、こうして日本のあちこちを回ってみると、予期していなかったような日本のいいところいやなところなどが見えてきて個人的には大きな収穫になりました」とあとがきに書いているね。

椎名　六年もやったからなあ。

目黒　この連載は全部で五冊本になっていて、これはその第一冊目と。

椎名　四人で海べりをまわっていたんだよ。

目黒　それ、前に聞いたことがあるなあ。絶対に四人もいらないよねって言った記憶がある。あれ、なんだったんだろう？

椎名　おれもそう思ったけど（笑）、でも多

いと楽しいよな。それに四人いないと麻雀が
できない（笑）。

目黒　この連載、最初から四人だったの？

椎名　そうだよ。

目黒　でもこの本の中にはキャラクターとして登場しないぜ。だから最初の頃は椎名が一

三隻の漁船が「コ」の字形に並んで少しずつその距離を縮めていって、もうどうだまいったか、というような距離になると定置網を取り込む。理屈はよくわかる。わからないのは「あっなんだなんだ」といってここに捕らえられていった沢山の魚たちだろう。

こんなふうにして港の岸壁に並べられていても
カツオはいつでも絵になるのだ。

人で旅してたんだと思ってた。面白かったのは、椎名漁港に椎名神社。あるんだね、そんなところが。

椎名　その町はいたるところに、椎名商店とかさ、そういう看板におれの名前が出ているんで驚いたよ。

目黒　土地の名前が椎名なんだ。室戸岬《むろとみさき》の近く。知ってたの、そういうところがあるって？

椎名　現地に行ってから知った。この旅は、出発前に何も調べずに行ったんだよ。どこへ行く、という目的地だけは決めていくけど、あとは行き当たりばったり。だから、現地に着くまで知らなかった。昔は椎名城もあったらしい。それが滅ぼされて椎名神社になっている。

目黒　椎名漁港の子どもが描いたサカナ図鑑が写真として載っているけど、うまいよねえ。ただね、丸亀《まるがめ》でうどんを食べるくだりで、「つめたいの二タマ、あつあつ汁、おろしショーガ、ネギ、なすの天ぷら1、すりゴマたっぷり、七味トウガラシ付」を椎名が食べるんだけど、この値段が書いていない（笑）。これ、知りたいよね、幾らだったのか。

椎名　全員分をまとめて支払うからおぼえていないんだよ。

目黒　日本の三大うどんは、四国のさぬきうどん、秋田の稲庭《いなにわ》うどん、五島《ごとう》列島の椿《つばき》あぶらをつかったうどん、って椎名は書いているんだけど、これは椎名の選んだベスト3でしょ？　一般的な三大うどんは別でしょ？

椎名　あのさ、だいたい「三大なんとか」というときはさ、自分の郷里のものとか個人的に好きなものをまぜるのさ（笑）。

目黒　一般的には何なの？

椎名　なにかなあ。

目黒　五島列島の椿あぶらをつかったうどん

って、東京で食べられるの？

椎名　どうかなあ。おれは取り寄せてるけどな。

目黒　瀬戸内の塩飽《しわく》諸島の民宿に泊まったときにごはんがまずかったと書いているんだけど、これ、クレーム来なかった？

椎名　来ないよ。だって本当なんだから(笑)。

目黒　えっと思ったのは、西表島の人口が、一九八〇年に一五五三人だったのに、一九九八年に一九〇五人になっていると。つまり十八年後のほうが増えている！　普通、地方というか離島の人口は減るよね。

椎名　石垣島の人口も増えているよ。

目黒　「人口増は本土からやってきて観光業などの仕事につく『新西表人』によるところが大きいらしい」と書いているね。

椎名　あのさ、これくらいしか話がないのかね？

目黒　ないよ。

椎名　本当か。

目黒　じゃあ他になにがあるのか言ってごらん(笑)。

椎名　そう言われると。

超能力株式会社の未来

新発作的座談会

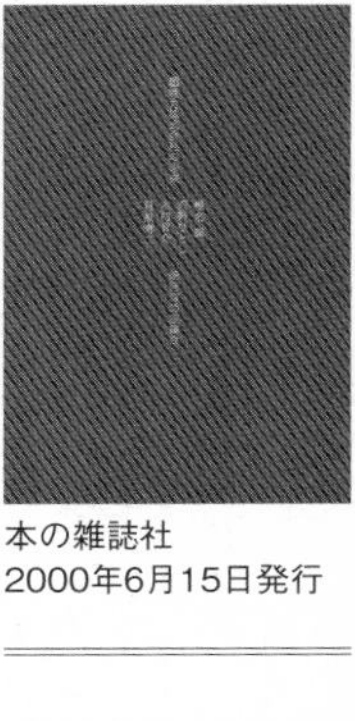

本の雑誌社
2000年6月15日発行

椎名　四人座談会は何冊も出ているけど、これは何冊目？

目黒　三冊目かなあ。最初の本はいま読むと意外につまらなくて、がっかりしたんだけど、これは面白い。

椎名　そうか。

目黒　以前も言ったんだけど、沢野が活躍している回は面白いんだよ。たとえばね、「遺言の書き方講座」の回があって、木村さんに遺言の書き方を具体的に教えてもらうって回。わからないことがあると、あれはどういう意味って質問して、晋ちゃん教室が突然始まったことが何度もあるけど、これもそういう回だね。

椎名　あったなあ。円高をサバにたとえて教えてもらった（笑）。

目黒　あったあった。誰かが円高を説明してくれって質問したんだよ。詳細はおぼえてないけど（笑）。

椎名　アメリカからサバを輸入するとき、最初はイワシ五匹とサバ一匹を交換してたんだけど、イワシ五匹でサバが二匹もらえると。それが円高だって。

目黒　よくおぼえてるねえ。そういう晋ちゃん教室が何回もあったんだけど、このときは沢野が木村さんに質問したんだよ。「目黒君の子どもをぼくが遺言で勝手に認知していいの？」って（笑）。普通、遺言の書き方講座なら、他にもっと聞きたいことがあるだろ（笑）。なんなのよこの質問は。想像を絶しているよね。

椎名　ばかだねえ（笑）。

目黒　他人の子どもを勝手に認知しないでほしい（笑）。でもこういうふうに沢野が活躍すると、他のみんなもいきいきとするんだ。たとえば、「超能力株式会社の未来」の項、単行本の表題になっているこの回は面白かったよ。何度も吹き出して笑ってしまった。十五年くらい前に出た本で、いまでも笑えるってすごいよ。この四人座談会の一冊目が信じられないほどつまらなかったことを思えば、奇跡的だよね。

椎名　そんなに言うなら読み返してみようかなあ。

目黒　ぜひすすめるね。で、その「超能力株式会社の未来」の項で、超能力者を募集してテストをしようってくだりが出てくる。鉛の板の向こうに魚とリンゴを置いて、何が見えますかってテスト。すると木村さんがすかさず、「鉛が見えます」だって（笑）。

椎名　くだらないねえ（笑）。

目黒　鉛しか見えないなら不合格（笑）。

椎名　ばかだねえ（笑）。

目黒　「語源の謎に迫る」って回も面白いよ。ここでも沢野が活躍していて、「ゆだん」の語源について天ぷらを油で揚げなくちゃいけないのに、ある人が水で揚げちゃったところからきたんじゃないかって沢野が言うのよ。水じゃ揚がらないって（笑）。

椎名　ゆだるだけだ（笑）。

目黒　「どさくさ」の語源の項で、これは木村さんの発言だけど、「昔ね、日本に来たフランス人で、ピエール・ド・サクサという人がいたんだ」って(笑)。これをうけて椎名が一言。「よくいたな、そんな奴《やつ》」(笑)。

椎名　いねえよ(笑)。

目黒　ただね、全体的にはこの本、いま読んでも面白いんだけど、全部で十七本の発作的座談会を収録しているんだけど、その中の二本がつまらない。それが、「昔話『桃太郎』の謎」と「昔話『浦島太郎』の謎」、この二本。

椎名　そうか。

目黒　言葉の遊びに終始していて、正直言ってこれはちょっと辛い。で、どうしてかを考えてみたんだ。昔話の新解釈ってのは、方向としては「語源の謎に迫る」と同じなんだよ。どっちも言葉の遊びだし。それなのに、十五年たっても面白い「語源の謎にせまる」と、読むに耐えない昔話の回との差は何なのか。

椎名　なんだ?

目黒　だから、これも沢野の差だと思う。「語源の謎にせまる」は沢野が大活躍しているからみんなも引っ張られる。でも昔話の回は、ほとんど発言がないと思われるほど、沢野に精彩がない。そうすると、みんなの発言も空回りしてしまう。そういうことじゃないかなあ。

椎名　ふーん。

目黒　ではどうして、昔話の新解釈では沢野に精彩がないのか?

椎名　そうか。簡単だ。沢野に知識がないからだ(笑)。あいつ、ものごとをよく知らないから、突っ込みようがないんだ。

目黒　たぶんそういうことのような気がする。

椎名　いまごろ気がついても遅いけどな(笑)。

もう少しむこうの空の下へ

講談社
2000年7月5日発行

目黒　すべて旅の話で共通している。しかも海べりの町に行く話だね。八丈島、沖永良部《おきのえらぶ》島《じま》、奄美大島《あまみおおしま》、幕張《まくはり》、寺泊、知床《しれとこ》と。エッセイでもなければ、かといって小説かというと、なんだろう、ジャンル不明の作品集だね。これ、おぼえている？

椎名　一回二十枚でジャンル不明のものをおれはいくつか書いているんだけど、これはその無意識の練習だな。

目黒　あ、書いてるの？　こういうやつ。じゃあ、これから出てくるのかな。

椎名　小説は難しいからさ（笑）。

目黒　この形式は書きやすい？

椎名　うーん、どうなのかねえ。

目黒　あのさ、沖縄のケータ島ってあるの？いや、違うわ。解説で太田和彦が、慶良間《けらま》諸島と思われるって書いてるわ。このケータ島を舞台にした短編が二編あるんだよ。「花火のまつり」と「そこにいけば……」の二編。

椎名　ああ、親子が出てくる。

目黒　そうそう。島崎幸子《しまざきさちこ》と翔《しょう》の親子。これが妙に実在感というか、リアルなんだ。

椎名　それはモデルがいるんだ。石垣島で映画を撮ってるとき、翔がまだ二歳だったかな。

海岸で焚き火をしてたら、なぜかヤドカリがいっせいに近づいてくるんで、焚き火のまわりに砂で堤防をつくったんだよ。翔と二人で。話は飛ぶんだけど、そのときのことは後日、光村図書の教科書に「ヤドカリ探検隊」という短編を書いた。

目黒　書き下ろしたの？

椎名　そう。その後もこの親子とはずっと付き合いがあって、その初期の頃のことを書いたのがこの二編だね。

目黒　なるほどね、面白いのは逆にね、「風に舞う島」という短編があって、そこに博多天神《てんじん》の居酒屋の女主人が出てくる。でね、こういう文章がある。「結局この島にやってきたのは、ゆりえへの思慕をまだ断ち切れずにいる自分のことを確かめにきたようなものだな、と思った」。字面を信じちゃうと、おお、恋愛の告白かよって思う箇所だけど、これは創作だよね。

椎名　そうだな。

目黒　実体験ならこういうふうには書かないよね。でもこれ、モデルはいるの？

椎名　いろんな人をくっつけてるな。

目黒　椎名がよくエッセイで書いているけど、博多の女性が飲み屋で男を叱る場面を見て、方言で怒る女はいいと。何度も書いてるよね。その人がモデルではない？

椎名　その要素も入っているかもしれない。

目黒　島崎幸子、翔の母子のような実在感、リアル感がこちらにはないんだよ。

椎名　それは小説家としてはまずいよな（笑）。

目黒　「木の踊り」に出てくるアツエという女性がいるんだけど、これはモデルがいる？

椎名　これはおぼえてないんだよ（笑）。

目黒　そのアツエは「沖縄の人特有の、目鼻だちが整って眉のくっきり濃い美しい女性だった」と書かれている。

椎名　沖縄の女性は、みんなそうだからなあ（笑）。

目黒　このポイントはね、アツエも幼い子をもつ母親なんだよ。

椎名　ポイントってなんだよ。

目黒　この本は、海べりの町を訪れる話で共通しているると最初に言ったよね。もう一つの共通点は、幼い子をもつ若い母親が何人も登場すること。島崎幸子のようにね。つまり、これが椎名の理想の女性とは言わないけれど、憧れの女性なのではないかと。だから、『もう少しむこうの空の下へ』は海べりの町を訪れる男のエッセイとも小説ともつかない話ではあるんだけど、そういう著者の秘かな憧れをモチーフにした作品集と言えるような気がする。

椎名　そう言われるとそうかもしれない。さっき、そこで若いお母さんが自転車に幼い子を乗せて走っていく姿を見たけど、真剣な表情で、綺麗《きれい》だったよね。たぶん、化粧もしてないんだろうけど、その真剣さが美しい。

目黒　なるほどね。全体的なことを言えば、これは椎名の作品のなかでそれほど優れた出来の作品ではないと思うんだけど（笑）。

椎名　まあな。

目黒　でも、島崎幸子とかアツエとか、妙に実在感のある女性が強い印象を残す作品ではあるよ。

めだかさんたろう

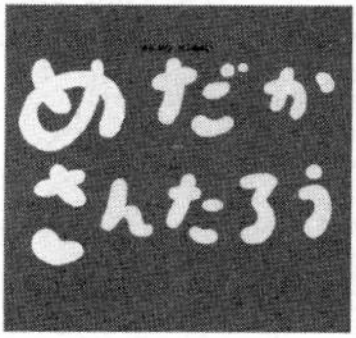

講談社
2000年8月11日発行

目黒　絵本は『なつのしっぽ』が同じ講談社から出ていて、これが二冊目ですね。『なつのしっぽ』は絵が沢野だったけど、これは村《むら》上《かみ》康成《やすなり》さん。どうして変えたの？

椎名　どうしてかなあ。この村上さんは有名な人で、魚を描くのがうまいんだよ。それで編集者がそういうコンビにしたんじゃないかなあ。沢野は何を描いても同じになっちゃうから（笑）。

目黒　魚の種類を描きわけられないか（笑）。

椎名　そうそう（笑）。

目黒　でも、この『めだかさんたろう』は、もとは沢野と組んだんだよね？

椎名　紙芝居を作ったんだ。おれが話を書いて、沢野が絵を描いた。それがもとになってるね。

目黒　めだかさんたろうが海で冒険をするという話で、それはいいんだけど、最後はこれでいいのかなあ。だって、ラストは鯨に食われちゃうんだよ。「けれど、そのからだは、あまりにもでっかくて、ふるさとのおがわには、どうやっても、かえることができなかった」というんだぜ。全然カタルシスがない（笑）。これ、刊行前に問題にならなかったの？

椎名　多少論議はあったような気がする（笑）。

目黒　幼児絵本なのに、こんな悲観的な結末でいいのかね。

椎名　まあ、純文学だな（笑）。

目黒　ところで、以前も聞いた、椎名と絵本のかかわりについてなんだけど。

椎名　かかわりって？

目黒　椎名が幼いときに絵本を読んでたっていう話。

椎名　ちっちゃいときから絵本には接してたよ。母親が買ってきたやつとか。おれ、けっこう絵がうまいだろ。

目黒　うまいというより、味があるっていうのかな（笑）。

椎名　ちっちゃいとき、よく貼り出されてたよ。

目黒　教室の壁とかにってこと？

椎名　金賞とかもらってたぜ。

目黒　それは意外だなあ。その頃の絵って残ってないよね。

そこで ずんずん およいで いくと、
ようやく ナマズを みつけた。
「あんたが いちばん でっかい さかなですね。」
めだかさんたろうは むねを はずませながら
おおごえで きいた。

ナマズは ねむたげに いった。
「なんのなんの。 かこうには もっと でっかい
さかなが いる。 わしの じまんは ひげだけさ。」

椎名　それはないな。つまり、絵を描くのも、読むのも好きだったんだ。

目黒　残っていれば面白かったなあ。

椎名　金賞を証明できたのにな（笑）。

目黒　その頃に読んだ絵本で印象深かった本はどんなの？

椎名　ディズニーの絵本で、犬が出てくるやつかな。

目黒　ごはんがだいすき、どろさえついていなければばっていうやつね。前も聞いた。しかし、よくおぼえてるねえ。

椎名　三〜四歳の頃に読んだ絵本だね。

目黒　そういえば、小学校だと、教室の後ろのほうとか図書室とかに絵本があったよね。自宅にあったものだけじゃなくて、ああいうのを読んでいたりした？

椎名　うん。好きだったよ。

目黒　それが意外なんだよな。椎名は外の野原で駆け回っていたと思ってたから。

椎名　絵本には物語があるからさ、それに惹かれていたんじゃないかなあ。

ここだけの話

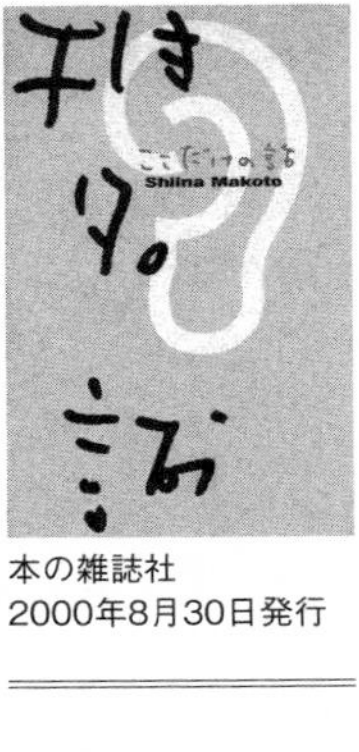

本の雑誌社
2000年8月30日発行

目黒　この本の成り立ちについては、椎名の「自著を語る」から引くと、次のようになります。

「これは不思議な本である。一九九三年頃から三年ほど、ぼくは原宿《はらじゅく》にあるユニオン教会で二ヶ月に一回、二時間たっぷりの絵本についての講演をしていた。毎回一〇冊前後の絵本のテキストがあり、ある程度テーマにそってそれらの絵本を語っていったのだが、たいてい前半部分はそのテーマといくらか関係のある日常的よもやま話をしていた。後半は授業のようにテーマにそった絵本についての話になる。この本はその速記録をもとにして、目黒考二がその講演の前半部分だけを集めて一冊にしたものである。だから聞き書きのジャンルにもなるものだ。その講演の後半部分はクレヨンハウスから『絵本たんけん隊』としてまたべつの単行本になっている。どちらも優れた編集者がいたから可能になった二冊で、ひとつの講演をそんなふうに真っ二つに割って上下それぞれ独立して単行本にしてしまうなど、話をしているぼく自身にはとてもできないことである」

膨大な速記録をまとめるのが大変だった記憶があるなあ。ネタに困って椎名に何かないって聞いたら、これがあるぜって渡された速記録が膨大な量なんだよ（笑）。

椎名　あまりにも膨大なんで、誰も手がつけられずに残ってた。

目黒　そうだよね。一九九三〜一九九六年の講演なのに、本の雑誌社から出たのが二〇〇〇年ということは、しばらく眠っていたんだ。でも、いま読んでもなかなか面白いよ。

椎名　ほお。

目黒　映画『白い馬』の次は、イヌイットの話、その次はアメリカ・インディアンの話、と続けば、モンゴロイドの系譜を追った一つの映像記録になるのではないか、というくだりにはえっと驚いた。そんなことを考えてたの?

椎名 真面目に検討してたよ。

目黒 ふーん。あとは、作家になったとき、家を捨てるということをかなり真剣に考えてたってことも意外だった。「火宅の人」になろうとしていたっていうんだよ。単身でスペインに移住することを考えていて、そのためにスペイン語を習っていたなんて全然知らなかった。

椎名 おっかあには言ってたよ。

目黒 でも、椎名が作家になったときって一九七九年だから、まだ二人の子どもも幼いよね。離婚するわけじゃないけど、単身でスペインに行くってことは、しばらく子どもとも会わないいってことだよね。そんなことを考えていたなんて驚くよ。

椎名 まあ、ずっと行くって話じゃなくて、三カ月くらいってことだけどな。

目黒 あの有名な「長崎の女」とほぼ同じ頃だよね。その少しあとか。「長崎の女」について少しだけ説明しておくと、椎名が長崎に行ったとき、バスの停留所に立っていた現地の女性と目が合って、思わずここで降りちゃおうかと思ったと。ここで降りてその見知らぬ女性と一緒に暮らそうかと。つまりそのとき自分がもっている職業も家庭も、すべて捨ててしまおうという衝動にかられる瞬間をエッセイに書いていて、それは後に『パタゴニア』に収録されているから、ファンにはいまさら説明するまでもないんだけど。つまり、そういう衝動は長崎に行ったときだけではなくて、しばらくずっと続いていたということだ。いやあ、びっくりしたなあ。

椎名 結局は、スペインには行かなかったけどな。

目黒　ええと、あとは細かなことばかりだな。石焼き芋は昔、壺《つぼ》焼き芋だったとか。

椎名　壺の中でコークスか石炭の火を焚いて、そこに芋をつり下げて焼くんだよ。

目黒　石焼き芋が登場したとき、すっごく新しい方式だなって思った記憶があるんだよ。でも、その前の方式を忘れてた。壺焼きシステムだったんだ。あとね、面白かったのは幼いときに餅を隠していたって話（笑）。

椎名　うちは家族の人数が多かったから、食べられないように隠してたんだ。

目黒　誠はお餅を隠しているでしょうって母親に叱られるエピソードがかわいいね（笑）。

椎名　ずっと隠していると、黴《かび》が生えちゃうしな（笑）。

目黒　あとは小学校時代に弁当だった話。前も書いてたけど、おれは給食だぜ。あの悪名高い脱脂粉乳を毎日飲んでたんだ。たった二年しか違わないから年代でもないだろうし、東京と千葉の違いなのかな。

椎名　どうなのかね。やっぱり、弁当といえば養鶏場の子は毎日卵で恥ずかしいから隠して食べてたことをいちばん思い出すな。おれからすれば毎日卵なんて羨ましいのに（笑）。

目黒　潜っているときに笑うと水中眼鏡《めがね》の頬の部分がずれて、その隙間から水が入ってくるからできるだけ笑わないようにしたって話も面白かった。

椎名　それはごくごく常識的な話だけどな。

目黒　ダイバーには当たり前のことでも、知識のない人にとっては興味深いよ。

椎名　はあそうなんだ。

3　空海路ブルブル時代

——自分で考えて、自分で選んだ方向に向かって、自分で生きていくということだと思います。言ってしまえばひじょうにかんたんなことですが、これがいま、なかなかできないんですよね。

『絵本たんけん隊』より

すっぽんの首

文藝春秋
2000年10月10日発行

目黒　二〇〇〇年に文藝春秋から出て、二〇〇三年に文春文庫と。エッセイ集ですね。てっきり赤マント・シリーズの一冊かと思ったら、そうではない。赤マント・シリーズ以外にこんなにエッセイを書いていたんだね。

椎名　その頃は書いていたなあ。

目黒　「別冊文藝春秋」が八本、「小説新潮」が五本、「青春と読書」が一本、そういう構成です。「自著を語る」の中で、このタイトルに触れているので、まずこれを引くところから始めたい。

「表題となった『すっぽんの首』は、しょっちゅう行っていたある川べりのキャンプですっぽんをつかまえた。そいつをみんなで食おうというときに、すっぽんにかまれると大変だから、竹かなにかをくわえさせ首をちょん切るためにぐいぐい引っ張っていくと、首が蛇のように長く伸びるということを知った。あまり伸びると気持ち悪いのでそのちょうど真ん中あたりをナタでパキリと切り落とした。なにかほっとしたような、ひどく悪いことをしたような複雑な気持ちになり、みんなで切られたすっぽんの生首をおがんだ。その強烈なイメージがタイトルになった」

椎名　「別冊文藝春秋」に書いたものが多いと思うけど、この雑誌が好きだから、書くのが楽しみだった。

目黒　いくつか印象に残った話があるんだけど、まず、「チンポコ島滞在記」が面白い。「沖縄那覇から十九人乗りのチビ飛行機で一時間半ほど飛んでいった海の中にポツンと孤立している」島に行ったときの話だけど、島の名前は書いていない。なぜかというと、その島に抗争から逃げてきた池袋《いけぶくろ》のやくざがいて、親しくなるんだね。

椎名　島の人はおれなんか知らないんだけど、そのやくざはもともと東京にいたからおれの顔も名前も知っていて、それで東京の話を聞きたいんだろうね、何度も島のキャバレーに連れていってもらった。

目黒　島の警察署長と幼なじみというのが面白いよね。

椎名　二人並んでもらって写真を撮ったんだけど、これが、どっちがやくざがわからないんだ（笑）。

目黒　その写真、どこかに載せたの？

椎名　いや、どこにも発表していない。椎名さん、これ、ちょっとダメだよって言われたし（笑）。

目黒　千葉の浮島《うきしま》の話もすごいけど――。

椎名　夜寝てたら頭のまわりがなんかおかしいんで、おやっと目を覚ますとネズミがいるんだから驚くよ（笑）。生涯最悪の島で、最悪の宿だった。

目黒　これは十五年ほど前のことだから、いまは違っているんだろうけど。

椎名　そうだなあ。

目黒　なんといってもこの本の中でダントツなのが、三越の話だね。いやあ、びっくりした。創業三百年の記念式典をまず武道館でやるの。あの武道館の半分をステージにして、半分が客席。そこでフルオーケストラの演奏があって、各国来賓の祝辞、取引先二百五十社と永年勤続者への感謝状贈呈。

椎名　映画も上映しただろ？

目黒　そうそう。三越制作の三百年記念映画の上映。主演が東野英治郎《とうのえいじろう》、栗原小巻《くりはらこまき》。そしてフィナーレが三味線三百丁、踊り手三百人による「元禄花見踊《げんろくはなみおどり》」。終了間近に天井から五トンの紙吹雪《ふぶき》。

椎名　それを五万トンの紙吹雪と誤植しちゃったんだよ新聞で（笑）。椎名さん、紙吹雪多くて景気いいんですけどね、武道館の天井に五万トンの紙吹雪を載せたら屋根は確実につぶれてしまうんじゃないですかねえって三越の人に言われてしまった（笑）。

目黒　しかもまだ終わりではなく、その日の夜は帝国ホテルで五千人のパーティ。あるんだね、五千人も入れる宴会場が。宮田輝《みやたてる》が司会で、フランク永井《ながい》をはじめとする芸能人がたくさん出て、四時間の大パーティ。すごいよね。

椎名　その前年にはパリに三越が新店をオープンするんだ。日本から二千人連れて行ってな。

目黒　二千人？　すごいね。

椎名　取引先を連れて行くんだよ。三越の社長（故岡田茂氏《しげる》）がオペラ座の前を羽織袴《はかま》で行進してさ、その姿を日本から連れて行った写真家がみんなで写真を撮るんだよ。恥ずかしかったなあ。岡田茂社長の絶頂期だったな。その後、三越事件が起きて、社長が電撃的に解任されて、横領背任で投獄されるなんて思ってもいなかった頃だ。

目黒　椎名はそのときパリを個人的に観光したの？　いくら仕事で行ったって、ずっと仕事ってわけじゃないでしょ？

椎名　三越ファッションシスターズってのがいてさ、それがパリの各地に行くのさ、その随行取材に追われて、個人的な観光はしていない。

目黒　その取材でパリに行ったときもらった絵ハガキが、例のショートホープがなくなってきて淋《さび》しいっていう。

椎名　おぼえてないんだよなあ、それ。まあ、ほろ苦い一ページということだろうな。

沢野字の謎

目黒　少しだけ説明しておくと、この年「本の雑誌」の創刊二十五周年ということで、四大都市でイベントをやったんだよ。二十周年のときもやったし、その他にも各地で何回かやったんで、どこでやったのかごっちゃになっているから正確な都市名はおぼえていないんだけど、このときは札幌、名古屋、大阪、東京だったかなあ。その楽屋で座談会を収録したの。

本の雑誌社
2000年10月30日発行

椎名　そうだっけ？

目黒　せっかく四人が集まるんだからもったいないと。でもイベント終了後は打ち上げの飲み会だから、まともな座談会はできない。じゃあ、公開座談会が始まる前に各会場の楽屋でやればいいんじゃないかと。どうせ公開座談会はなんの打ち合わせもないんだから、一時間前に会場に行ってもやることがない。そのときに発作的座談会をやってしまおう、というわけだね。これは傑作ですね。沢野の絵の横についている意味不明のコピーを並べ、その意味を考えながら、最強のコピーを決めようという発作的座談会の番外編。この前に『沢野絵の謎』があるんだけど、こちらのほうがダントツに面白い。埋もれた傑作だよ。

椎名　そうなのか。どうして埋もれちゃったんだ（笑）。

目黒　おれはずっと反省しているの。このタイトルはよくなかった。もともと『磯野《いその》家の謎』が売れていたんで（笑）、『沢野絵の謎』という書名にして、その続編だから今度は『沢野字の謎』。すごく安易だよねえ。これじゃ、意味がわからない。

椎名　どういうタイトルがいいんだ？

目黒　「階段のあかりをつけたら妻がいた」。このほうがよかったなあ。

椎名　なるほどな。

目黒　最初から説明すると、沢野が「本の雑誌」の表紙のためにいつも意味不明のコピーを書いていたんだけど、ボツのコピーもたくさんあるんだよね。その採用不採用コピーを全部集めて、最強コピーを決める座談会ですね。トーナメントで戦っていくんですが、妻ものとか動物ものとか地区予選をまず戦って、それで勝ち上がっていく。各会場の楽屋で、沢野のコピーをずらずら並べて、一時間立ちっぱなしで地区大会から決勝まで戦ったのをおぼえているなあ。

椎名　沢野の書き文字をそのまま載せているんだねえ。

目黒　これが味があるよな。太かったり細か

大阪餃子に
千葉のスイカ

鹿児島には
二年もどっていません
代表作はなんですか
秋の夜はブラームスが
いいですよ
西沢渓谷に行きました
六月に自転車で
宮崎まで行きます
ザボンはその時ありますか

房総半島は
もう春ですか
口約束はしません
できることなら、池袋で
お会いしたかった
抽選で千葉に行った
「あの」といったきり渋谷駅
市ケ谷駅に六時二十分

福井県にはでかい魚がいる

スガモの天プラ屋は
すべてが安い

新大久保は
どっちですか

代田橋でキミはころんだ

荻窪のパチンコ屋に
センタク物をわすれた

おしゃれにキメるなら
小田原競輪

私たちがさわいだ
北浦和物語

ったり、臨場感がある。これ、活字にしたらたぶんつまらないと思う。面白いのは、たとえば木村さんが、これはこういう意味じゃないかなあって言って、目黒が「おれは木村説に賛成」って言うと、沢野が「おれも木村説」って言うのさ。すかさず椎名が「お前が当人なんだから、説をたてるな」って怒るの(笑)。

椎名　いかにも沢野らしいな。

目黒　読み返してみると、最強コピーが決まったあとに「戦いを振り返る」という座談会が四六ページもついている。もう一度同じコピーを見直して話をしてるんだ。細かなことは忘れているけど、たぶん決勝戦までだけでは一冊にならなかったのかなあ。面白いのは、どうしてこの地区でこのコピーが勝ち上がれなかったんだろうって発言が多いこと。つまり一カ月にわたって毎週収録してきたから、最後のほうになると、以前のことを忘れているんだね。

椎名　忘れるなあ。ところで決勝戦で勝ったのはどんなコピーなんだ？

目黒　それが最大のミソだろうから、それは言えない。はい、これです。

椎名　そうかあ、これも意味がよくわからないなあ（笑）。

目黒　一冊読んでもらえれば納得していただけると思う。発売以来一度も在庫を切らしたことがないから、読者にも支持されているということだよね。タイトルは失敗だったけど、中身はびっくりするほど濃い。私が発行人をつとめた二十五年間で、いちばん好きな本。

椎名　ほお、そこまで言うのはすごいな。じゃあ文庫版元を探そうか。

目黒　あのね、犬部門のコピーをいくつか並べてみようか。なかなかいいコピーが多いでしょ。この中から犬地区を勝ち上がったコピーは何か。

椎名　難しいな。意味がわからないのもあるけど、どの犬も捨てがたい（笑）。

水しぶきをあげて
犬がやってきた

話し合っても
うなずかない犬

精神的に犬に負けた

お前がいれば犬はいらない

買いやすく売りやすい犬

陽気な犬でもう大変

みきちゃんとさきちゃんは
犬の名だった

母はいった。『犬の写真を
かえして』

身近な犬にははなしかけなさい

夢見るまなざしの
犬だった

犬も
仲良くおフロ

マットレスをかじっていた犬

犬の首をなでてみた

やぶさか対談

講談社
2000年12月8日発行

目黒　これは面白かったです。というのは、収録十本のうち、七本がゲストを呼んでいる回なんですが、これがだいたい面白い。ダントツは大江《おおえ》健三郎《けんざぶろう》の回。

椎名　ああ、あれはおぼえている。

目黒　高額所得者番付で、いかりや長介《ちょうすけ》と同額だった年があり、それ以来親近感を抱いていたとかね、まるでイメージが違うんで驚くよ。そういうことを思ったり発言する人ではないと思っていたから（笑）。

椎名　このときの大江さんはすごかったよ。喋《しゃべ》りっぱなし。

目黒　ノーベル賞をもらった年は、自分が十一位で、志茂田景樹《しもだかげき》が十位だったとかね、そういう世俗的なことに関心を示さないっていうイメージだったので、まずこのあたりで驚くんだけど、なによりもすごいのは、「女性を抱きしめるときは尾てい骨から上に三番目の関節を押さえれば、それがもっとも理想的な抱きしめ方である」と、伊丹十三が教えてくれたというくだり。若いときに教えてくれたと。大江健三郎と伊丹十三は松山《まつやま》東高校の同級生ですから、その頃なのか、もう少しあとなのか。で、大江さんはそれをずっとおぼえていたんだけど、結婚しても向かい合って抱きしめるという機会は、我々のような古い日本人にはなかなかないと。それがあるとき、ヨーロッパのホテルに夫婦で行ったんですね。スイートの小さな部屋に泊まって、で、これはあれを確かめるいい機会だと。ここで、椎名が「お〜お」と発言しています（笑）。

椎名　お〜お。

目黒　で、右腕で妻の肩をつかまえて、左手の小指で尾てい骨を探る。そして心の中で「一、二」と数えて、三番目の関節を押さえようとした瞬間、妻が「三ッ！」って言った（笑）。大江健三郎の奥さんは伊丹十三の妹だから、たぶん伊丹十三から聞いていたんだろうね。このオチは素晴らしい。

椎名　大爆笑したなあ。

目黒　おれは大江さんのいい読者じゃないからよく知らないけど、この話はおそらくエッセイでも書いていないんじゃないかなあ。傑作だよね。この対談集は全体的に面白いんだけど、この大江さんをゲストに呼んだ回がダントツに面白いんで、他の回がかすんじゃっている。つまらないのは、沢野がゲストの回だけだね。前回、沢野をゲストに呼んで、女性の口説き方を聞くっていうのがあったでしょ？

椎名　あったあった。

目黒　あれはすごく面白かったけど、あれに比べると、今度はつまらない。でも他は面白いよ。ドクター中松《なかまつ》とか、鈴木その子さんとか。個人的には、川口隆史《かわぐちたかし》の回がいい。

椎名　どんな人だっけ？

目黒　包丁を売る人。

椎名　ああ、あの人か。包丁だけではなくて、いろんなものを売るんだよ。

目黒　実演販売人。専門家の話ってやっぱり面白いんだよ。我々が気づかないことを教えてくれるんだ。人が寄ってきてもすぐには売らないとかね、コツがちゃんとある。この穴空き包丁って、椎名はその後も使っているの？

椎名　どこかにいっちゃったなあ。

目黒　これを読むと欲しくなるぜ。あとは関係ないけど、ＪＲの切符を買うのにまごつく話が出てくるよね。椎名って電車に乗らないの？

椎名　この頃はＳｕｉｃａのような万能カードがまだなかったから、券売機で買うんだけど、お金を入れるとぱっとついてさ、ヘンなところを押すと英語表記になったりして、難しいんだ。

目黒　いまはＳｕｉｃａを持ってるの？

椎名　いまは持ってるよ。

目黒　全国で使えるようになったからいまは便利だよね。少し前に博多で使えるようになったときは感動したもの。名古屋でも大阪でも使えないのに、博多で使えるって時期がしばらくあったんだけど、羽田から福岡まで行ってさ、空港から地下鉄に乗るときにＳｕｉｃａが使えるってすごいなと。行くたびに感動してたな。

椎名　旅嫌いのお前がなんで何度も福岡に行くんだ？

目黒　毎年、夏に小倉競馬場に行ってるから（笑）。

焚火オペラの夜だった

目黒　まず最初に気になったところから言います。

椎名　何？

目黒　この赤マントが連載十周年だという話が途中に出てくるんだ。そこで椎名は「返せ！　十年。返せ！　青春！」と書いている。こういうときに使う常套句《じょうとうく》だよね。これがいま読むと痛々しい。たぶん二〇〇一年の段階でも痛々しかったと思う。たとえばね、JRの切符の買い方がわからなくて困るという話がその先に出てくるんだけど、そこで六つの選択肢を並べるんだ。①目立たないようにして若者のやっているのを見て学習する②親切そうなヒトを捜し、やり方を聞く③駅員に相談する④切符を購入せず「わあー！」と叫びながら改札を通過する⑤凄《すご》く悔しいのでワンカップ大関を買って飲み、そこらを「ばかやろう！」などと叫びながらうろつく⑥諦めて家に帰る——という六つ。これも椎名がこれまで何度も書いてきたことで、ある種のパターン展開と言っていいんだけど、こちらはいまでもまだ面白い。

椎名　その違いは何なんだ？

目黒　いやおれもわからない（笑）。

文藝春秋
2001年1月20日発行

椎名　なんだよ。
目黒　いや実は最近、ちょっと反省している。
椎名　何？
目黒　このインタビューでさんざん批判してきたのに今さらこういうことを言うのも何なんだけど、椎名の初期の「昭和軽薄体」ね、あれはあれで正しかったんじゃないかって気がしているんだ。
椎名　そうかなあ。
目黒　たしかにいまでは風化してしまったけど、当時はものすごく新鮮だったわけで、そちらの側面も見なければいけないと思う。
椎名　何を言いたいんだ？
目黒　つまりね、その時代における常套句、あるいはパターン化した言い方は避けたほうがいいってことなんだ。たとえ十年後に風化したって、その時代の読者に届く文章を書くべきじゃないかって気がしてるのさ。
椎名　よくわからん。
目黒　だから「返せ！　十年。返せ！　青春！」っていう常套的な言い方をするのはもうやめなさいってことだよ。
椎名　ふーん。
目黒　ということを最初に言っておきたかったんですが、あとはこれを読んで思い出したことを一つ。一九九九年に神奈川の玄倉川《くろくらがわ》の中州でキャンプしていた人々の事故の話が出てくるんですが。
椎名　川が増水して、中州でキャンプしていた数家族が流されてしまった事故だ。
目黒　たまたまテレビのニュースでその映像を見たんだ。みんなが川の真ん中で立っている映像。川の水がどんどん膝、腰、胸と上がっていくのは衝撃的だった。
椎名　テレビで映像が流れたのか？
目黒　いまでもおぼえているのは、全員が呆《ぼう》然《ぜん》と立ち尽くす姿。

椎名　オートキャンプ・ブームだった頃で、安易に出かけていた時代だったな。

目黒　あとは細かなことになるんですが、久しぶりにＦＭスタジオに行ったら、マイクがなかったと。全方位性の高性能マイクがテーブル面に埋め込まれているから、目に見えるマイクがない。すごいね、そういう時代なんだ。

椎名　でもマイクがないとやっぱり喋りにくいんだよ。どこに向かって喋ったらいいのかわからないだろ。だから、またマイクが復活したとその後に聞いたな。

目黒　あとは、椎名の座右の書が、エドワード・Ｔ・ホール『かくれた次元』という本だという話が出てくるんだけど、おれ、初めて聞いた、それ。

椎名　そのことは何度も書いてるよ。

目黒　嘘《うそ》。知らなかった。ライアル・ワトスン『スーパーネイチュア』はこれと通底するものがあるっていうんだから読みたいなあ。どういう本？

椎名　動物行動学の本だ。たとえば、野生の馬は七〜八メートルまでは接近できるけれど、それ以上近づくと逃げてしまうとか、ヤモリは七〇センチまでは接近できるとか。では人間はどうなのかというと、心地のいい距離が民族によって異なっていて、日本人にはコタツに入って向かい合う距離がいちばん心地がよくても、アラブ人は五〇センチ以上離れていると敵対していると思われるとかね。そういう行動学の本だね。

目黒　面白そうだなあ。

椎名　名著だぜ。翻訳されたのも三十年以上前だろ。

目黒　すぐに読みます。

春画

集英社
2001年2月28日発行

目黒　これはね、おれ、読んでなかったのかなあ。すごく面白かった。

椎名　ほお。

目黒　語り手が作家なので、私小説の系譜に分類されるんだろうけど、椎名の現実がほぼ投影されていても、では全部が実話かというと、そうではない。酒場で知り合った女の部屋で明け方を迎える話がちらりと出てくるけど、これ、実話だったら書かないだろうから創作だよね。

椎名　そうだね。

目黒　名前も微妙に変えている。たとえば、「暗闘」という短編では、能代島《のしろじま》の漁師秀次《しゅうじ》が病気になるんだけど、その秀次は、伊良波《いらは》島《しま》を舞台に以前撮った映画の重要な登場人物だったと出てくる。椎名の映画を観《み》ている人なら、あるいはエッセイの読者なら、あの人だとすぐにわかるんだけど、こうして名前を微妙に変えている。

椎名　うんうん。

目黒　この作品集が異色なのは、全編に死の影があること。たとえば、表題作は八十三歳で死んだ母親の話だから、この短編で死がクローズアップされるのは当然なんだけど、他の短編もぜんぶそうなんだ。たとえば、「青空」は高校時代の級友が癌《がん》で亡くなってその告別式に行く話だし、「秘密」は母の三回忌に実家に帰る話で、ここでは父の死や友人の死を思い出す。アメリカで家族が再会する「海流」ではサーファーが死ぬし、「風琴」では飼い犬が死ぬ。最後の「暗闘」では凄絶な喧嘩《けんか》をして相手を殴りつけるシーンで、ずいぶん昔に喧嘩のやり方を教えてくれたゆうさんの死を思い出す。直接の死が登場しないのは「家族」という短編だけだよ。でもこの短編にも死んだ母のことを思い出すくだりが出てくるから、その影がまったくないわけではない。

椎名　意識はしなかったけどなあ。

目黒　でもこれだけ死の影があるということは、この短編群を書いた二〇〇〇年ごろに、死というものに感情を揺さぶられるものが椎名のなかにあったということだよ。そうでなければ、一編二編じゃないんだ、ほぼ全編にここまで死の影が漂う結果にはならなかったと思う。

椎名　思い当たるのは、その頃鬱だったことだな。

目黒　椎名の私小説は、『岳物語』を代表として「明るい私小説」が中心だよね。こういう「暗い私小説」はきわめて珍しい。しかも、それがすごくいいんだ。特に、「海流」という短編は素晴らしいよ。これはさっきも言ったようにアメリカで家族が再会する話で、目の前にあるのは楽しい話のはずだよね。久しぶりの再会だから、普通ならば胸が躍る光景だったりする。ところがこの語り手は「心配性の私」でね、これも豪放磊落《ごうほうらいらく》という世間的な椎名のイメージとはかけ離れているんだけど、そういうなかにいるのに、心が沈んでいる。たとえばこういう文章も出てくる。「娘は私たちのいささか意図の不明の確執を敏感に気づいているようであった」。この「私たち」というのは「私たち夫婦」ということなんだけど、夫婦のなかにある微妙な食い違いをこういうふうにさりげなく描いているし、白眉は「あなたはなぜ物事の本質をとらえることを恐れるのですか?」という義母の声が蘇《よみがえ》ること。これが効いてるね。奥行きのある短編だよ。

椎名　物語のベースはぜんぶ本当のことなんだけどな。

目黒　「暗闘」のラスト近くにこういうくだりがある。

「縞《しま》シャツが私の背後で攻撃をはじめたのだということを一方で理解していたが、でも私はそのまま短髪の鼻のまわりを打ちつづけた。鼻血が噴き出しそれが闇より黒く見えた。やつは呻《うめ》き、しきりに首をのけぞらせ、私の連続した殴打から逃れようとしていた。しかし私は攻撃を緩めなかった。こういう時は殺すまでやってしまうんだ、というゆうさんの声がアドレナリンで充満した私の思考の全てを支配していた。殺すまで殴っても人間の拳ぐらいでは人間はなかなか死にはしないからよう、とゆうさんは言った。若い頃に私に汚いやくざ喧嘩を教えてくれたゆうさんはしかし結局はその喧嘩で死んでしまった」

すごく不気味なくだりだよね。語り手の暗い情念が垣間《かいま》見えるシーンと言ってもいい。これだけ暗い作品集って、他にも書いてるの?

椎名　いや、これだけだ。それに、暗い話ばかりを書こうと計算して書いたわけではないからな。

目黒　そうだろうね。計算したら椎名の場合は、こうは書けない（笑）。

椎名　嘘くさくなったりな（笑）。

目黒　自分で言っちゃいけない（笑）。たぶん、意図していないから行間から滲《にじ》み出てくるんだ。あるいは、義母の声が突然蘇るんだ。素晴らしいよこれ。何かの賞の候補になってもよかったと思う。

日焼け読書の旅かばん

本の雑誌社
2001年4月25日発行

目黒　文庫化のときに『旅に出る ゴトゴト揺られて本と酒』と改題しています。あの、なんだっけ、角川文庫の改題シリーズよりはいいけど、これもそんなにいい改題ではない。

椎名　まあまあ。

目黒　発行人をやめたあとに出た本なので、おれが作った本ではないけど、「本の雑誌」連載のときはまだ発行人だったので読んでいるはずなんだ。でも全然おぼえていない（笑）。たとえば、ナイターおやじに変身するってくだり。中継があると、その日の仕事をやりくりして、七時にはテレビの前でスタンバイするっていうのはすごいね。特に、中日巨人戦がある日は朝から落ちつかないっていうんだから、これはただのアンチ巨人の行動じゃないよね。

椎名　巨人戦以外も見るよ。楽天の試合は楽天を応援して観ている。

目黒　その日の仕事をやりくりしてテレビの前でスタンバイするってのは熱狂的なファンの弁だ。ひやかしではないよ。前からそんなに野球が好きだった？

椎名　いや、若い頃はテレビの野球中継なんて観たことがなかった。

目黒　その頃はどうして観なかったの？

椎名　だって三時間もテレビの前にいるなんて、時間がもったいないだろ。若い頃は他にすることがいっぱいあったし。

目黒　いまは他にすることはないと（笑）。

椎名　中継を観ながらビールを飲むと、幸せだなあって思うよ（笑）。

目黒　でも椎名は映画好きじゃん？　野球を観ている暇があるなら映画を観ればいいのに。

椎名　野球が終わってから映画を観るんだよ。

目黒　なるほど。

椎名　どうせ眠れないから。

目黒　あと、個人的に面白かったのが、「ぼくは二十二歳のときにサラリーマンになったのだが、最初の給料は一万円台だった。歳《とし》の数ぐらいは給料を貰《もら》いたいと思っていた記憶があるから、つまり二万二千円以上は貰いたいなあと思っていたのだろう」と椎名は書いているんだけど、おれもまったく同じことを考えていた。

椎名　そうか。

目黒　二十三歳のときに三万円、二十四歳になったら四万円、二十五歳のときは五万円、歳の数だけ給料が欲しいと思っていたんだけど、いつも一万円足りないんだ。二十六歳のときは五万で、二十七歳になったら六万で、二十八歳で七万。結局その会社を辞めるまでずっと一万足りなかった。しかし考えてみると、あの頃は毎年一万ずつ上がっていたんだ。

椎名　中小企業はベースの給料が低いからなあ。

目黒　忘れていたこともあって、新宿御苑《ぎょえん》に本の雑誌社の事務所があった頃、沢野も同じオフィスにいたっていうんだ。おれ、おぼえていない。あいつ、いた？

椎名　いたよ。野田さんもいたし。

目黒　それはおぼえている。野田知佑さんの秘書を雇って、その机がうちのオフィスにあったのはおぼえている。というよりも椎名に頼まれておれが秘書の面接をしたんだよ。

椎名　だから大所帯だったんだ。沢野と野田さんの連絡先になっていたから、賑《にぎ》やかだった。すぐ斜め前に木村の事務所もあったし。

目黒　椎名が意識して本の話を多く書いたんだろうけど、エッセイ集というよりもさまざまな本の紹介書、といった風情がある。ここに出てくる本で、おれが個人的に興味を持ったのが『敵中漂流』という本。第二次大戦中にフィリピンからオーストラリアまで脱出漂流した男たちを描いたノンフィクション。日本人が悪役なのでちょっとという感じはあるものの、漂流記好きの人にはおすすめ、とほめている本。映画化される予定、と本には書いてあったというんだけど、この映画は日本にきたの？

椎名　こなかったんじゃないかなあ。

目黒　この本のあとがきで、

「そうしたら今回もなかなか自分では考えつかないようなタイトルになっていてびっくりした。中の構成も今までの『むは』シリーズとはだいぶ変ってなんだかスマートである。なかなかやるなあ……などと金子《かねこ》君のコンピュータの画面を見ながら思う。こうして時代とその仕組みはさらにどんどん変っていくのだろうなあ」

　と椎名が書いているように、字組みを変えたりして結構凝っている。多《た》田《だ》進《すすむ》さんの装丁もいいし、おれのつくった本じゃないからあえて言っておきますが、これ、なかなかいい作りだよ。タイトルもやっぱり元版のほうがいいと思う。

扉のデザイン。カバー同様に「本の中に本」というコンセプト。

海ちゃん、おはよう

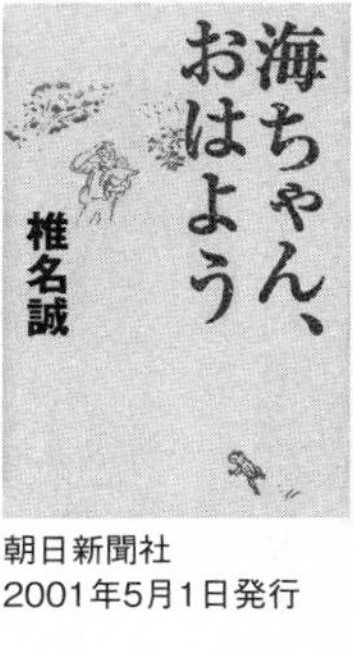

朝日新聞社
2001年5月1日発行

目黒　これは小学館の育児雑誌「Ｐ．ａｎｄ」に同題の小説を書いていて、そちらは作品集『はるさきのへび』に収録されている。この本はそっちの「海ちゃん、おはよう」とは別の作品であると断っておかなければいけないね。

椎名　Ｐちゃんが「Ｐ．ａｎｄ」の編集長になって、何か小説を書いてよと言われたんで書いたんだけど、失敗したんだよなあ。

目黒　母親の視点で書いたやつだ。

椎名　それで懲りて、今度は父親の視点で書き直した。

目黒　それが「週刊朝日」に連載した本書であると。『岳物語』では書かなかった娘のことを書いた長編だね。現実の名前は「海」ではなくて別の名前だけど、この小説では「海」と名付けた。その点では『岳物語』と異なっている。まぎらわしいのは、その新潮文庫版のあとがきで椎名が書いているんだけど、息子の岳が結婚してその娘が「海」と名付けられたこと。つまり、本当の海ちゃんが現れたわけだ。

椎名　小説のなかに出てくる「海ちゃん」は大人になってアメリカに住んでいる。現実の「海ちゃん」の伯母《おば》さんになる。

目黒　そういう現実の話はおいておいて、小説の話に限ると、これが面白いのは、これが中小企業小説であること。
椎名　えっ？
目黒　語り手の「ぼく」は、デパート業界の小さな新聞社で働くカメラマンで、これも『岳物語』とは異なっているね。あちらの語り手は作家だったけれど、こちらは少しフィクショナルだ。名前も原田《はらだ》だし、奥さんはなみえだし。「その頃妻は港区赤坂見附《あかさかみつけ》にある設計事務所に勤めていた」とあるし。
椎名　それは実話だよ。
目黒　あ、そうなの。じゃあ、現実をベースにして微妙にデフォルメしているんだ。
椎名　さっき言った、これが中小企業小説だって、どういうこと？
目黒　単行本のあとがきで、「とくに最初の子が女の子である場合、少なからず若いおとうさんは狼狽《ろうばい》するのではないだろうか。小さな異性のニンゲンがいきなり目の前に現れる――のである。（略）

本書はそんな、多くの若い父親が体験するであろう人生の一時期の、よく訳のわからない戸惑いや力みや不安や、いまだかつて体験したことのないような歓喜の周辺を、自身の体験の記憶をもとに書いてみた」

と椎名が書いているように、あるいは新潮文庫版の表4に「筆者の実体験を基に描く、しみじみ温かい育児物語」とあるように、本書が新米父親の育児奮戦記であることはたしかなんだ。ただね、語り手の「ぼく」の会社の描写がすごく多い。概算でこの物語の半分は会社の話なんだよ。
椎名　へーっ。
目黒　編集長の中谷さん、編集総務の飛田さん、社長は山野種一。明らかに創作とわかる人たちがたくさん出てきて、そば屋の寒月庵でカツ丼の出前を取ったり、初めて原稿を書いたり、みんなで遅くまで会社に残って入稿作業をしたり、海ちゃんが生まれる日には名古屋に出張に行ったり、中小企業で働く「ぼく」のあわただしくも楽しい日々が描かれている。

椎名　半分もあるの？

目黒　椎名の私小説にしては珍しいよね。明るい私小説でも、暗い私小説でも、中心は家族の話であることが椎名の場合は多いんだけど、これは軸が二つあるんだ。家族と会社の二つ。で、その会社の話がほのぼのとして面白い。実体験を反映していないからイヤな上司も出てこないし（笑）。

椎名　それは意図しなかったなあ。

目黒　いい機会なので聞いておきますが、椎名が私小説を書くときに、語り手を作家にしていかにも作者自身だと思われるように書くときと、この『海ちゃん、おはよう』のように職業をカメラマンにしたりして現実を微妙にデフォルメするときがある。エピソードにしても実話をベースにするときとまったくの創作のときがある。それはさ、どういうときに決めるの？

椎名　どういうときって？

目黒　書き出す前に決めるのかってこと。今回はちょっと実名では書きにくいことを書くから職業を実際とは違うものにしようとか、考えるのかということ。

椎名　何も考えないなあ。

目黒　じゃあ、深い考えもなくカメラマンって書いちゃうの？

椎名　そうだなあ。

目黒　いや、たぶんそうじゃないかなあって思ったんだけどね（笑）。

波のむこうのかくれ島

新潮社
2001年5月30日発行

目黒　南から北までさまざまな島を訪ねていく紀行エッセイ。垂見健吾のたくさんのカラー写真が載っている。
椎名　おれの写真もあるだろ。
目黒　モノクロのいくつかが椎名の写真だ。その垂見健吾の写真を見て、しみじみと思うんだけど、たった十四年前とは思えないほど、椎名が若いんだよ。三十代の頃とほとんど変わらないぜ。このとき五十五歳か。若いときは五十五歳のおやじなんて年寄りだと思っていたけど、今から振り返ると五十五歳はまだまだ若い。いやあ、びっくりするよ。何歳が境目なのかなあ。
椎名　何が？
目黒　この歳を過ぎるとめっきり老け込むって歳があるんじゃないの。やっぱり還暦かあ。還暦前の五十代は元気はつらつだね。最近しみじみそう思うんだ。
椎名　どうした急に？
目黒　ま、いいや。ええと、島の地図がイラストで描かれていて、沢野が四点、椎名が六点、この本に載っている。沢野のイラストはカラーで、椎名のイラストはモノクロと違いはあるんだけど、絵も字も、似てるね、あな

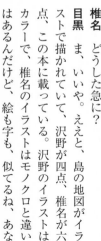

たたちは。

椎名　そうなんだよ。

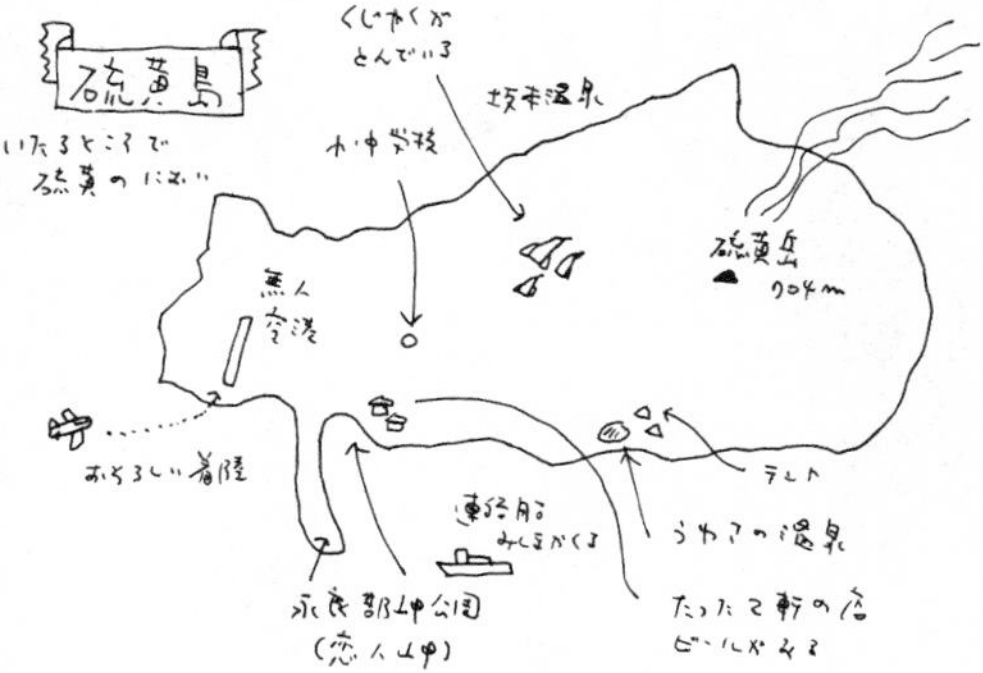

椎名作の地図

沢野作の地図

目黒　あとね、イカスミのカレーを作る話があって、沢野がカレーにイカスミを入れるん

島山島という名の集落で迎えてくれた犬たち。客はよほどめずらしいと見え、すさまじい勢いで吠えられた。

バー「済州島」のヤマネコ美人ママ・文栄心さん（中央）と黒岩瑞穂さん。カメラの垂見健吾は嬉しそうである。演歌話とともに対馬の夜は更けてゆく。

黒鯛を手に現れた青年。こいつの刺身と味噌汁は実にうまかった。

竹島の、数少ない中学生の一人。卒業すれば、進学するにも就職するにも、島を出なければならない。

だけど、まずかったという話。

椎名　あれは失敗だったなあ。何でも入れればいいってもんじゃないんだよ（笑）。

目黒　イカスミの甘くて強い主張がカレーの味を全面的に殺してしまった、と椎名は書いているね。

椎名　カレーの味がしないんだよ。

目黒　それはだめだなあ。ええと、あと印象深いのは、竹島《たけしま》の籠港《こもりこう》に行くくだり。岩波写真文庫で出た『忘れられた島』の表紙写真がこの籠港で、

「はるか下を白波渦まく断崖絶壁の上にはりわたされた粗末な吊《つ》り橋の上を、背負い籠を担いだ若い娘が列をつくって何人も上ってくる。見ているだけで目がくらくらするようなー度見たら忘れられない迫力ある写真だ」

と椎名は書いていて、その写真もこの本には載っているからぜひ見てほしいけど、ホントにすごいよね。おれ、高いところがダメだから、この写真を見ているだけでくらくらしてくる。その籠港をこの旅で訪れて、『忘れられた島』の表紙写真に写っていた人のその後の消息を知るくだりが興味深かった。

椎名　昔の人はああいう断崖を登り降りしていたんだからエライよな。

目黒　おれが気になるのはその竹島のくだりで、硫黄島《いおうじま》が出てくるんだけど、この硫黄島って第二次大戦のときに戦場になった有名な硫黄島《とう》と同じ島じゃないよね。

椎名　違うよ。こっちの硫黄島は、平清盛《たいらのきよもり》の怒りにふれ、俊寛《しゅんかん》が流された島だから。鬼が住んでいそうなので別名が鬼界島《きかいがしま》。

目黒　あのね、おれが言いたかったのは、どうして同じ名前の島があるのかということ。

椎名　そう言われてもなあ。

目黒　島の名前って誰が付けるの？

椎名　誰って？

目黒　勝手に付けられないよね。ということは、国？

椎名　かもなあ。

目黒　どうして調整しないのかなあ。その名前の島は新潟沖合にあるから、こっちの島の名前は変えようとかさ、調整すればいいじゃん。不便でしょ、同じ名前の島があると。

椎名　水納島《みんなじま》も二つあるぜ。

目黒　その水納島はこの本のなかに出てくる。クロワッサンのかたちに近いほうの水納島で、椎名が初めて浮き球を見つけるんだよ。

椎名　そこで初めて？

目黒　椎名はそう書いている。

椎名　そうだったかなあ。

目黒　これはさ、一方がクロワッサンのかたちに近いという特殊な形状だったので、まぎらわしくなかったけど、いつもそうではない

昭和三十年（1955）初版の『忘れられた島』（岩波写真文庫）は、1988年に〈復刻ワイド版〉として復刻された（写真は初版本）。竹島・籠港の断崖絶壁をのぼる荷運びの娘たちの身元がここに来てついに判明したのだ。

でしょ。まぎらわしいよね。まあ本としては島を訪れるというテーマが明確なので、漫然と旅に出るエッセイよりはよかった。

海浜棒球始末記

ウ・リーグ熱風録

文藝春秋
2001年6月30日発行

目黒　浮き球野球、ウ・リーグの顚末記《てんまつき》ですね。まったくあなたはいろんなことを始めるよね。あやしい探検隊に映画制作に浮き球野球、全部そうだ。「本の雑誌」もそういう椎名の思いつきの一つだったのかもしれないけど。

椎名　まあな。

目黒　いまでも椎名は浮き球野球をやってるの？　ちょっと前に離れてなかった？

椎名　いまはまた復活した。こないだ、首都圏大会に出たばかりだよ。

目黒　それは何チームが出場したの？

椎名　二十一チーム。

目黒　すごいよねえ。この本に書かれているチーム数は、北海道四、北日本十、首都圏二十一、西日本十二、九州九で、合計が五十六チーム。日本全国にあるんだね。この数字はいまはどうなってるの？　増えてるの？

椎名　いまは六十チームになったことがある。一時期は七十七チーム以上じゃないかなあ。

目黒　一チームは大体十五人くらいだよね。

椎名　だから総勢が千人を超えることがある。

目黒　いままで椎名が思いつきで始めた「遊び」のなかでは、いちばん壮大なんじゃないの？

椎名　人数だけで言えばな。

目黒　不思議なのはさ、奥会津《おくあいづ》とか、徳島とか、茨城、秋田、福岡と全国大会をやっていて、出場するのは必ずしも全チームではなくて、十チームから二十数チームまでそのときによって違うんだけど、二百人から三百人だよね。どこに泊まったんだろうって不思議だった。

椎名　民宿に分散して泊まるのさ。

目黒　どこに泊まったかをまったく書いてないんで、どうしたんだろうって不思議だった。昼飯は現地の奥さんたちがおにぎりを作ってくれたとか出てくるのに、宿泊については出てこないんだよ。

椎名　テント派もいるし、あとはだいたい現地の市町村が協力してくれるから、町の会館とかを開放してくれるんだよ。

目黒　ふーん。まったく書いてないから、何か事情があるのかと思った。

椎名　ヘンなことが気になるやつだなあ。

目黒　あと、面白かったのは、浮き球の数が足りなくなって、自主制作の案が浮上するくだり。成形型代百万、生産数五千、製造原価二百八十五円という見積もりまで取って検討する。これは結局、作らなかったんでしょ？

これが浮き球。海岸に流れ着いたものを拾って使う。普通の球技用につくられたものと違い、飛ぶ方向がイレギュラーである。相当に野球が上手なひとでも、エラー頻出となる。

「うつぞ青空どまんなか すばらしい浮き球▲ベース10周年記念誌」(2009年2月14日発行)
表紙画：豊永盛人

記念すべき第一号は、椎名さんの手による「切り貼りコピー拡大縮小作戦」で作られた。奥会津がまだ沼沢と名乗っていた時代で、第２戦を終え、首位を走っている。千住のソーサ下山とマグワイア山口の活躍が目立った

創刊号

【ウースポ】
1999年
9月1日発行号

うースポ　1999 9-1

浮き玉スポーツ

ウースポ

南郷村2戦 福島大会大盛況

首位オロチ団（地元）

第一回、第二回の「ウ・リーグ」旗上げ戦の通算成績で「沼沢オロチ団」が四勝一負という好成績をあげ、リーグトップに躍り出た。

「オロチ団」は八月十七日の開幕第一戦の思わぬ苦戦にチームの大改造を敢行。アケミ、ケイコ、ノリコのキャバレー打線に加えて警察マルボウ担当のこわもてスラッガーなどを積極登用、オロチ式恫喝路線で暴れまくった。

浮き玉△ベースボール第二戦が八月二十七から二十九日まで本拠地、奥会津の高原はらばで開催された。

参加六チーム、約五十人が集まった。

試合場はもう一面増設され、同時に二試合行われ、二日間で計十二試合の熱戦が続いた。

この日初出場の「有楽町ゴジカラ団」（銀座をベースにしたOLとその男友達が多く五時からが彼女たちの活躍の場なので）「新宿ガブリ団」（新宿の酒飲み集団）「横浜タマナシ団」（おとっつあん集団、発祥地の玉梨の地名と例のオトコのタマナシとかけているとかく問題のあるセクハラ球団）「千住アネモネ団」（スポーツ万能の女だけのチーム）の予定された四球団のほかに密かに流されたインターネット情報で現地にいきなりやってきた急づくりのチーム「電脳ドコデモ団」が加わり、にぎやかな大会となった。

▲東京に球場を！

東京に四チーム、横浜に一チームあるので、東京にいつでも試合のできる場所を早く見つけよう、という動きが本格化している。希望は「ウ・リーグ」の原点である原っぱが一番なのだが、おそらくそういう場所は皆無と思われるので、似たような所を捜している。

アマゾネス軍団（千住アネモネ団）猛攻無敗強い強い！

注目の「千住アネモネ団」は、予想以上の実力選手揃いで、攻守ともに優れた力を発揮。緒戦の「電脳ドコデモ団」戦は二十九対〇の大差で圧勝。たった一本のヒットを許しただけで二回戦に進み、本大会最強と噂されていた「新宿ガブリ団」も十九対十六で撃破。続く「横浜タマナシ団」のあからさまなセクハラ攻撃も一蹴、無敵の三連勝。

そのあまりの強打に三番の山口さんにマグワイア、四番の下山さんにソーサのニックネームまでつけられた。

10月1～30
宇都宮に集れ！

ボールにキスマーク

「新宿ガブリ団」の加藤捕手がファールチップを顔面で受け、浮玉に見事なキスマークがついた。加藤捕手は悶絶。試合は一時中断。

必死の補球の加藤さんには気の毒ながら全員が腹をねじって笑ってしまった。球はその場で記念撮影。

ウ・リーグ ランキング

チーム名	試	勝	負
①沼沢オロチ団（福島）	5	4	1
②千住アネモネ団（東京）	3	3	0
③新宿ガブリ団（東京）	6	3	3
④有楽町ゴジカラ団（東京）	5	2	3
⑤銀座アブハチ団（東京）	2	1	1
⑥横浜タマナシ団（横浜）	5	1	4
⑦電脳ドコデモ団（全国）	1	0	1

＜未試合＞　宮古ビシバシ団
沖縄ブチクン団
宇都宮新チーム

★ニュースがみたら FAX 03-3221-9010へ

ウ・リーグ公式新聞「ウースポ」創刊号。（「うつぞ青空どまんなか」より）

うーすぽ（こめん）

熱戦の舞台は宇都宮へ

「ウ・リーグ」旗揚げ第三戦は栃木県宇都宮に決まった。開催日は十月一日から三日まで。参加チームは今のところ「有楽町ゴジカラ団」「新宿ガブリ団」「横浜タマナシ団」「銀座アブハチ団」「沼沢オロチ団」の五チーム。この大会で招聘側の地元（主催団体―栃木やまかぜ隊＝代表、飯村和子）の新チームが誕生する。

「ウ・リーグ」はすでに岩手県宮古の「宮古びしばし団」沖縄の「沖縄ブチクン団」がチーム結成されており、それぞれ近い将来の地元招聘大会を希望している。

ギョーザシリーズへ突入!!

宇都宮大会にむけて各カントク吠える！

『銀座アブハチ団』岩切靖明監督

「開幕戦で今リーグ一位のオロチ団の実力はよくわかっている。たいしたことはない。うちの前身は〔読売ドラゴンズ〕と言った。当然〔ウ・リーグ〕のジャイアンツおよびドラゴンズになる」

『有楽町ゴジカラ団』沼田よしこ監督

「うちの所属選手はざっと二十人。みんな独身美人なのよ。おまけにみんなビールおよび日本酒、焼酎、ウイスキーが好きで、勝利の美酒を飲むためにやっているの。まけるわけがないわ」

『沼沢オロチ団』斉藤監督

「ホームタウンデシジョンと言われないためにも宇都宮大会はがんばります。目標は当然シリーズ優勝です」

『新宿ガブリ団』大田トクヤ監督

「うちの所属選手は八人で、前回はそのうち二人が故障した。主砲シーナは打つときは打つが打たないときは打たない。三遊間は時々眠っている。ピッチャーは一人しかいない。球がとどかずバックホームが成立しない。野手は時々空を見て歌を歌っている。しかし次はやる！しかない」

『横浜タマナシ団』阿部剛監督

「あのね、うちのことをとかく問題球団というけどね、勝てばいいんでしょ。まあみていなさいよ。あのね、ビールもう一杯ね。駄目？なんで駄目なの。勝てばいいんでしょ」

文藝ポスト

中村いくお軍団旗揚げか！

ウ・リーグの熱闘を見て、もともと大の野球少年、あや探の中村いくお氏が本紙に密かに語ったところによると故郷の秋田で『秋田いぶりっこ団』の旗揚げを考えている模様。

参戦なると根性の人だけに台風の目となるかも。

気になる去就

「いやはや隊」でのチーム編成を考えていた椎名誠が生ビール飲み放題の誘惑に目がくらんで『新宿ガブリ団』に入団したことによってこのチームの旗揚げが消えた。これによって幻の「いやはや団」の主力選手となる筈だった強打者、谷浩二、名遊撃手太田和彦が事実上のFA選手となりその去就が注目されている。

宇都宮大会の展望

★勢いのある千住チームが欠場なので実力のある選手の多い「銀座アブハチ団」の本腰を入れた調整が第一のみどころ。現在トップの「沼沢オロチ団」は遠征となるとどの程度の人を集められるかで戦力がきまる。有楽町の助っ人だった坂内ユズル外野手がこの地元チームに復帰すると相当な脅威。

★「千住」のソーサ下山外野手が単独出場する。どのチームに一時編入するかも注目のひとつ。

ちぇんじおぶ

まだ見ぬ各チーム話題の選手

▲「ウ・リーグ」秋から参戦予定の「宮古びしばし団」は東北の強豪である。とくに三番高橋、四番渡辺の長打コンビはテポドン打線の中核。

▲これに対抗しうるのが「沖縄ブチクン団」の丸ガクと座間味島出身、タカシのドクハブ砲。噛みついたら泡盛がでるまで離れない。

みんな知ってる各チーム問題の選手

▲「横浜タマナシ団」の監督兼プレーヤの阿部剛内野手は試合開始前からビール四本はプレー中にも最低五本はたいらげるビール強豪。たまに進昂するとビール臭くてつい球を落としてしまうと相手選手から苦情が殺到している。

▲「有楽町ゴジカラ団」の強力助っ人坂内ユズル外野手は打てば長打、守れば絶対確実広範囲の有力選手だが、試合にはいつも農家の主婦が野良仕事などにかぶってくるヒラヒラひだつきの日除け帽子をかぶってくる。遠くから見るととても野球をやっているとは思えず草むしりと間違えられてしまうので関係者が困っている。

発行人　浮き玉△ベースボール事務局
（株）読売広告社：照祖☎[redacted]
大和銀行銀座支店：沼田☎[redacted]
発行日　平成11年8月31日

規　約

1：事務局の業務

全日本浮き球△ベースボール連盟全国事務局（以下全国事務局とする）は、
椎名誠代表（以下代表とする）の承認のもとウ・リーグの運営、大会の企画・実施を行う機関とする。
ウ・リーグ全国事務局のもと北海道、北日本、首都圏、西日本、九州、沖縄地区に担当事務局を設置し、
それぞれが各地域を統括運営する。

2：チーム登録

ウ・リーグへの加盟希望については、代表への申請を行い、代表の判断により決定し、
全国事務局はそれを承認する。

3：選手登録

ウ・リーグ選手は、全選手がウ・リーグへの正式登録のもとに大会に参加できるものとする。

チームは選手を全国事務局に申請し、全国事務局に登録の後、大会参加が可能となる。

登録費については別途記載する。

4：全日本選手権

全日本選手権は年一回、各地域の代表チームの参加により、ウ・リーグ全国第一位をを決定する大会とする。

各地域の出場枠は全国事務局にて協議し、代表の承認を得るものとする。

この大会の運営は全国事務局と実施地域の事務局とでおこなう。

5：全国大会

ウ・リーグは全日本選手権の他に全国大会を実施することができる。
全国大会は代表と事務総長によって協議され、各地域のチーム交流の機会として、
またその地域の強化としてその開催地を検討し決定する。
この大会の運営は全国事務局と実施地域の事務局とでおこなう。

6：全日本選手権及び全国大会の運営について

①大会の決定及び日程

ウ・リーグ大会の実施及び日程については、代表のもと全国事務局及び各エリア事務局にて協議の上
決定される。大会実施決定後は各地域事務局において迅速に担当責任者を決定し全国事務局に連絡する。

②大会の準備と連絡

大会準備については、全国事務局が実施地域の担当責任者と連絡を行い準備を進める。

大会会場の確保・グランドの設営はもとより宴会施設の決定及び参加費用に関する取り決めを行う。

種々条件等の取り決め後は全国事務局より各地域事務局経由にて各チームへメール連絡をすることとし、
その支払いについては各チームがそれぞれの責任を負うこととする。

（実施エリアの事情により各チーム独自での宿手配の場合もある）

③大会実施

大会の実施は、代表の承認のもと全国事務局が現地担当者と行い、開会セレモニー・
試合組み合わせ・試合実施・食事等についても進行管理責任者となる。

④大会のルールと記録

大会における試合の諸規定は全国事務局より代表の承認のもと決定される。

その試合における勝敗、個人成績はすべて全国事務局に管理され大会の記録とする。

7：ウースポの発行

ウ・リーグは「ウースポ」という広報紙の発行を行い、その印刷・発行業務は全国事務局にて行う。

椎名　うん。
目黒　そうそう。徳島大会で優勝した「阿波《あわ》ケンド団」のちょんまげ青年は不思議だよねえ。全国を放浪している青年で、ちょんまげ姿で着流しなの。たまたまこのときは徳島にいたので「阿波ケンド団」の助《すけ》っ人《と》として出場と。
椎名　野球も結構うまかったなあ。
目黒　この青年のその後の人生を知りたいなあ。どこでどうしているんだろ。
椎名　そうだよな。
目黒　文庫本のあとがきに、「続刊となる『棒球放浪＝ウ・リーグ世界を行く』（仮題）にくわしく書くことになると思う」とあるんだけど、この続刊ってのは出たの？
椎名　出たよ。これは面白いよ。スーパー・アジア・リーグを作ろうと、台湾、韓国、ニューギニアに攻めていくんだよ（笑）。

からいは　うまい
アジア突撃極辛紀行

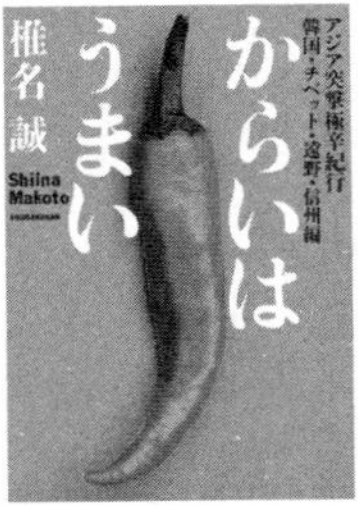

小学館
2001年7月1日発行

目黒　カバーには「アジア突撃極辛紀行　韓国・チベット・遠野《とおの》・信州《しんしゅう》編」とある。ようするに、辛《から》いものを食べ歩いた記録だね。写真もかなり入った本です。
椎名　写真は全部ヤマコーさんか。
目黒　いや、チベットは椎名の写真だね。あとの韓国・遠野・信州は山本皓一《やまもとこういち》さんです。ということは、チベットはヤマコーさんが行ってないんじゃないかなあ。

椎名　韓国はみんなで行った記憶があるな。

目黒　リンさんにＰタカにヤマコーさんに、そして編集のアベちゃんに椎名と五人だね。ソウルのＩＭＦ食堂で、ガイドを含めて六人で七千円というのは安いよね。だってキムチ鍋にマッコリにチヂミ、タコキムチ炒《いた》めにうどん、しこたま食って飲んで七千円だよ。

椎名　キムチ鍋は四人で千円だものな。

目黒　そのキムチもおいしそうだ。たとえば、こんな感じ。

「一同卓上のキムチをパリパリ頬張りマッコルリをぐいぐいと飲む。キムチを食べたあとに、とろりと白濁し甘味と酸味がほどよく混じり合ったマッコルリを口に含むと、さっきのキムチの辛味が急速に甦《よみがえ》る。その辛味が心地よい。口中全体に辛味が広がって、どうだまいったかと言っているかんじだ」

うまそうだよなあ。「辛いけどうまい。うまいけど、辛い」とはこの本の中に何度も出てくるフレーズだけど、本当にそんな気がしてくる。ところで、椎名は若い頃から辛いものが好きだったの？

椎名　そうだよ。

目黒　それは知らなかった。ええと、辛い食べ物とは関係ないことを先に言うと、チベットの民家には暖房がないので、部屋の中でもコートを着ている、というくだりに驚いた。

椎名　最近では電気ストーブを使う家も増えてきたけど、家庭の電気容量に限りがあるから、そんなには使えない。

目黒　ホテルでも従業員が部屋に電気ストーブを持ってきてくれると書いてあるね。

椎名　全館暖房ってないからね。

目黒　あとは、チベットで麻雀《マージャン》が流行《はや》っていたというのが面白かった。

椎名　「白《ハク》・發《ハツ》・中《チユン》」の三元牌《サンゲンパイ》がない。ソーズ、ピンズ、マンズのどれか二種類で手を作る。三種類入ったら失格。点棒もなく、一局ごとに金が賭けられて、勝った人間がその場の賭金を巻き上げる。

目黒　ポンもチーもリーチもないんでしょ。面白いのかなあ。

椎名　いやポンはあった。書いた後で思い出した。まあどうでもいい話だけど。

目黒　ええと、知らないことがたくさんあったのでこの本は個人的に面白かった。トウガラシの原産地は南米のボリビア中部であるとか、ワサビは日本原産であるとか。

椎名　ワサビは眉間にツーンとくるだろ。あれが韓国人はだめみたい。

目黒　あんなに辛いものを食べている国民なのに、トウガラシとワサビは別だということだね。

椎名　どういう辛さを好むのかは民族によってかなり違うんだね。

目黒　あとは巻末の座談会が面白い。たとえば「世界で最も辛いものを食べる国はどこですか」という太田和彦の質問に、小泉武夫《たけお》さんは「ミャンマー」と断言しているのが興味深い。なぜならミャンマーは暑いと。インドより暑い。だから辛いものがないとやっていけないっていうんだね。発汗作用ができないし、食欲が出ないし、働く意欲が湧いてこないと。それから辛いものの説明が続くんだけど、これがいかにも辛そうで。

椎名　翌日肛門《こうもん》が痛いっていうんだから（笑）。

目黒　そんな思いまでして食べたくない（笑）。

椎名　二度辛さを味わえる（笑）。

目黒　小学館文庫の解説を齋藤海仁《さいとうかいじん》が書いて

いるけど、この解説はうまいなあ。タイトルは「からいはホントにうまいのか」っていうんだけど、海仁は辛いのが苦手なようで、その立場から書いている。一七ページに及ぶ長い解説で、いろんな情報がてんこ盛り。たっぷりと読ませて飽きさせない。

飛ぶ男、噛む女

新潮社
2001年10月20日発行

目黒　六編を収録した作品集で、「樹《き》の泪《なみだ》」だけ「文藝ポスト」、あとの五編は「小説新潮」に発表したものと。

椎名　新潮文庫の解説を、深町眞理子《ふかまちまりこ》さんが書いてくれたのは嬉《うれ》しかったなあ。

目黒　でもね、この表題作はないよ。その話の前に、この短編の語り手は、娘と息子が外国に住んでいて、チベット人が二年間居候していたり、チベットに行く妻を成田まで送っていったり、植村直己《うえむらなおみ》冒険賞の選考会に出たりするから、まだあるか、『中国の鳥人』という「私の原作を映画化した作品が」という一節もあったりするので、明らかに椎名自身だよね。ではこの作品集に収録されている短編がすべて椎名自身なのかというと、「すだま」という短編では、「男は自分の作った小さな広告会社の仕事にひた走ってきた」という一節があるから、椎名ではない。だからこの作品集は私小説のようでいて、私小説ではない。ただ表面的には私小説っぽい。このことを踏まえて言いたいんだけど、表題作の語り手が中国の旅の途中で出会う女性が「K」と表記されている。たとえば、

「互いの領域を気づかいながらも私たちはやがてひとつの部屋で眠るようになった。絡み合って激昂《げっこう》すると、Kが〝嚙《か》む女〟であるということを私は知った」

という文章がある。ところが『春画』に収録された短編「風琴」のなかにも、Kが出てくるんだよ。そこを引くとこんな文章だ。

「ベランダから下を眺めていると、数年前、初めてKが私の家にやってきた時のことを思いだす。Kは三十前後の痩せた女性で、なんだかいつも黒っぽい服を着ていた。顎がつんと尖《とが》っており、なんとなく目の周りが青く見えた。世間的にいったら美人というのだろうが、私には不気味で怖い顔としか反応のしようがなかった」

短編「飛ぶ男、嚙む女」と、短編「風琴」は違う作品だから、Kと表記される女性がどちらにも出てきてもいいんだけど、この『飛ぶ男、嚙む女』と『春画』は同じ年に刊行されているんだ。しかもこの年に出た椎名の小説は、この二冊の他に『海ちゃん、おはよう』だけ。あれはまったく傾向の異なる「明るい私小説」で、この『飛ぶ男、嚙む女』と『春画』の二冊はどちらかといえば「暗い私小説」の雰囲気が共通する作品集。つまり、まぎらわしいんだ。明らかにこの二編に登場する「K」は別人なんだけど、何も同じ表記を採用することはないよね。

椎名　そうか。こっちもKにしちゃったんだ。

目黒　『飛ぶ男、嚙む女』に収録されている短編「オングの第二島」にも「K」が登場す

るけど、これは短編「飛ぶ男、噛む女」と同一人物で、つまり作品集『飛ぶ男、噛む女』を読んでいるだけなら混乱しないけど、短編「風琴」のKは椎名が他のエッセイにもたしか書いたことのある人物だから印象が強いんだよ。だから他の作品を読んでいる読者は混乱してくる。しかしそれは技術的なことだから、まだいいんだ。

椎名　他にもある？

目黒　もう一つは、「飛ぶ男、噛む女」のラストがひどい。ネタばらしになるから詳しくは言えないけど、こういうオチをつけることで物語の奥行きをなくしている。これはないよね。

椎名　うーん。

目黒　いや、素晴らしい短編もあるんだ。そのいちばんは「ぐじ」。このラストは、深町眞理子さんが「最後の三行がとびあがるほど恐ろしい」と解説で書いているように、余韻たっぷりで素晴らしい。

椎名　ほお。

目黒　だから、素晴らしい短編「ぐじ」から、読むに耐えない短編「飛ぶ男、噛む女」まで、振り幅の広い作品集になっている、というのが正直な感想です。

椎名　私もそう思います（笑）。

ハリセンボンの逆襲

文藝春秋
2002年1月15日発行

目黒　赤マント・シリーズの第十三弾。「自著を語る」で、この『ハリセンボンの逆襲』についてこう書いている。
「このシリーズは週刊誌一年分の連載で一冊になる、と以前書いたが、単行本にするときはそれらを全部のせるわけではなく、改めて読んでみるととても本に残すような気分になれないいいかげんな話の回もあり、それらはばさばさ捨てていくことになる」
　そのまま単行本にしているのかと思ってた。十三作目にして初めて知ったよ。

椎名　時事ネタの回は落としているな。

目黒　そういえば、一年間の連載をまとめるなら、刊行時期がだいたいいつも同じ頃になるはずなのに、年によって微妙にズレているから、おかしいなと思ってたんだ。

椎名　落とした分だけで一冊になるよ。

目黒　あとね、浮き球野球の話で、最終回同点満塁の場面で椎名に打順がまわってきたとき、「むかしからよくわかっているのだがぼくはこういう目立つプレッシャーに非常に弱い」とあるんだよ。これ、意外だった。プレッシャーなんてあるの？

椎名　そりゃ、あるよ。

目黒　でもさ、面白いじゃん。最終回同点満塁の場面だよ。それにプロの野球選手じゃないんだから、たとえ三振したって翌年の年俸が減るわけじゃない（笑）。
椎名　そりゃそうだけど。
目黒　子どもの頃の運動会でも緊張したっていうこと？
椎名　そういうのは大丈夫。
目黒　じゃあ、何よ？
椎名　おれ、みんなに注目されたくないんだよ。木村晋介と反対だな。
目黒　ああ、木村さんはみんなに注目されると普段以上の力を発揮しそうだね（笑）。
椎名　おれはもっと繊細だから（笑）。
目黒　そうかなあ。ま、いいや。この本の中には意外なことがいくつもあるんだけど、これも意外なこと。手打ちそばを椎名が批判的に見ていること。てっきり手打ちそばが好きなんだと思ってた。こう書いている。
「それはただもうゴワゴワ固くてソバ粉くさくて単一味であまりうまくはなかった。以前からこういう本格的なつなぎなしの固い手打ちそばはあまり好きではないのだ。もっと細くてやわらかいぐにゃぐにゃしたいいかげんなそばのほうが好きなのだ……」
　それでね、駅そばを食いたいと書いている。これ、意外だった。
椎名　いまでも好きだよ。富士そばはいまでも食べている。
目黒　ええっ、富士そばかよ。それは大胆だなあ。あ、そうだ。うどんは手打ちがいいでしょ。
椎名　うどんは足踏みだけどな、たしかにうどんはおいしい。
目黒　面白いのは、残り物系発作的丼の名作として、①肉じゃが丼②マーボドーフ丼③焼いた塩ジャケと大根オロシをショーユでからめたのをのせた丼④キンピラゴボウ丼⑤茄子《なす》とピーマンの甘味噌《あまみそ》炒め丼、といかにも椎名好みの丼を紹介するくだりがある。これは好みの順序？

椎名　そうだな。

目黒　いまでもこのベスト5は変わらない？

椎名　いまはいちばんは、「すき焼き残り丼」だな。

目黒　それがトップに躍り出たと。そうだ、いまでもキャンプに行くだろ。そういうときの残り丼はないの、キャンプのときは残らないか？

椎名　前の日に作ったカレーを、冷や飯の上にかけて食べる。

目黒　それ、ただのカレーライスだろ（笑）。

椎名　そうか。

目黒　この本の中でいちばん強烈なのが、「ポカラ」という雑誌が主催していた第一回ポカラ賞の応募作「幻の女人国」。これはすごいよねえ。雲南《うんなん》省のロコ湖を探訪する話で、寝袋の中で糞《くそ》がたまっていく。その記録。いや、びっくりした。

椎名　すごいだろ。ところが受賞できずに佳作だったのかな。こないだもまた読みたくなって、その雑誌を探したら出てこないんだ。

目黒　佳作として雑誌に載ったんだ。

椎名　そう、どこに行っちゃったのかなあ。

目黒　それとね、沢野が文庫版の解説で、高校一年のときに椎名が自主的な学級新聞を作ったことがあるって書いている。

椎名　なんだそれ？

目黒　何号も続いたっていうんだけど、そんなこと、初めて知った。

椎名　それは沢野の創作だな。

目黒　えっ、嘘なの！

椎名　あいつ、このシリーズの解説をずっと一人で書いているから、もうネタがないんだ。

目黒　とはいっても、だからといって嘘を書いちゃいかんでしょ。あなたも何も言わないの？

椎名　だって、いま初めて知ったもの。

目黒　困ったねえ。

風まかせ写真館

朝日新聞社
2002年4月1日発行

目黒　「アサヒカメラ」に連載している「シーナの写真日記」をまとめたもので、『旅の紙芝居』に続く一冊だね。まずね、こう書いている。

「やっぱり相当に犬好きなのだろう。あっちこっちで撮ってきた写真をぼんやり眺めているとどうも犬の写真が多い」

　つまり意識して犬の写真を撮っているわけではないんだけど、気がつくと犬の写真が多いんだね。

椎名　そうだなあ。

目黒　たとえばね、この写真。アメリカの田舎《いなか》を歩いていたときに撮った写真だけど、路上のテーブルで太ったおやじが新聞を読んでいる。その手が横にいる犬の尻あたりをごにょごにょと掻《か》いているんだよ。だから犬が振り返って、なにやってんだよおと言いたげな顔をしている。かわいいよな。

椎名　ああ、これな。

目黒　あと、モンゴルの犬もかわいい。少年にじゃれているところ。あのさ、犬の写真集を作ってよ。たくさんあるでしょ枚数的には。

椎名　なんかイヤらしくないか？

目黒　そんなことないよ。これだけ犬好きを公言しているんだから、売れ筋写真集を作ったなんて誤解する人はいないよ。ぜひ見たいなあ。あのね、ちょっと話が飛ぶんだけどいい？

椎名　いいよ。

目黒　きのう、犬の映画をテレビでやってたんだよ。近所の人が電話で教えてくれてね。おたくにいた犬にそっくりの犬が出ているって。

椎名　ほお。

「サムライと出会った」より

目黒　うちは雑種を飼ってたんだけど、数年前に十七歳で亡くなった。真っ黒な犬でね、その映画の主役の犬も真っ黒なの。で、真っ黒の犬ってみんなそうなのかもしれないけど、歳をとってくると口の回りだけ白くなるんだよ。そういう細部もそっくりなんだ。妻夫木《つまぶき》聡《さとし》が若かったから、ずいぶん前の映画かもしれない。つい二時間観ちゃったよ。

椎名　いい話だな。

目黒　この本の中に、結婚してすぐの頃、雷の激しい夜に子犬が柵を越えてどこかに行ってしまい、それ以来帰らなかったとあるんだけど、そんなこと、あったの？

椎名　うん。犬は雷が嫌いなんだよな。ガクも逃亡して一週間ほど帰らなかったことがある。

目黒　うちの犬は臆病だったから、雷が鳴るといつも隅のほうで小さくなってたな。

椎名　興奮するとどこかへ行っちゃう犬もいるんだよ。

目黒　和歌山県の太地《たいじ》に行く「クジラの町」とか、慶良間諸島の座間味に行く「オボレ犬とその仲間たち」を読んでいてふと思ったんだけど、椎名って文章がうまいとはじめて気がついた（笑）。

椎名　（笑）

目黒　この二つのエッセイでは、特別なことが何も起きない。現地の子どもたちとの交流が淡々と描かれるだけ。でもね、それがすごくいいんだ。その束《つか》の間《ま》の交流が胸に残っていくから、文章と写真を見ているだけで飽きない。

椎名　心で書いているんだねえ（笑）。

目黒　まあまあ。あのサムライ青年がここにも登場しているんだけど、この人、その後はどうなったのかな。すごく心配だな。

椎名　チョンマゲで着流しを着て、全国を放浪している青年な。

目黒 知りたいよね、その後の彼の人生。

椎名 正しいサムライになっているかもしれない（笑）。

太っ腹対談

講談社
2002年5月21日発行

目黒 東海林さだおさんとの対談集で、専門家をゲストに呼ぶことが多いんですが、やっぱり専門家の話は面白いよね。

椎名 おれ、全然おぼえていないんだよ。誰を呼んだの？

目黒 第一回目のゲストが、医学部教授の冨《とみ》田勝《たまさる》先生。この先生がすごい。たとえば、こんなことを言うんだ。

「年を取ると白髪《しらが》が生えますよね。あれは髪の毛が古くなって白くなったんじゃなくて、白い毛を新しく作っているんです。皮膚もそうです。わざわざ古いものを新しく作っているんですよ」

なぜそんなことをしているんですかとの質問には、「それも謎なんです」と冨田先生は答えている。いやあ、びっくりするよね。

椎名 他にはどんなゲストがいるの？

目黒 ホットドッグ早食い世界チャンピオン。

椎名 おお、その人はおぼえている。

目黒 すごいよこの人。この日の朝食は、パンを二斤トーストで食べて、牛乳を二リットル、丼飯を四杯。卵二パック二十個をオムレツとか目玉焼きにして食べて、あとはスープとサラダ。昼食はあまり時間がなかったからと、カップラーメン六個と、パンを二斤と丼飯四杯。これが普段の食事というからすごいよ。早食いの人なんだけど、練習として大食いに取り組んでいる。

椎名　早食いは短距離、大食いはマラソンであると。

目黒　そういう格言も面白いよね。アメリカ人のホットドッグの食べ方は間違っているという細かな指摘も面白かった。どういう食べ方が早いかというと、パンとソーセージをわけて、パンをじゃぶじゃぶ水に浸す。そうすると口に含んだとき、もう溶けちゃうから、その後でソーセージを食べる。ところがアメリカ人は力にまかせてまとめて食べようとすると。

椎名　この人、体がちっちゃい人なんだ。とても早食いできるなんて思わないよ。

目黒　一六九センチで四五キロ、ウェストは六〇ちょっとというから、とても大食いの人には思えない。あとは、讃岐《さぬき》うどん穴場探検ブームを巻き起こした田《た》尾《お》和俊《かずとし》さんという方も強烈だった。

椎名　どんな話の回だっけ？

目黒　強烈な回だよ。讃岐うどんは麺であると、田尾さんは断言するの。麺がメインなんだから、添え物であるダシと具にどんなに金をかけてもダメであると。

椎名　そうそう。讃岐うどんは、どんなにおいしい店でもダシは濃縮ダシ醤油《しょうゆ》のボトルだったりする。

目黒　日本三大うどんは何と何ですかっていう椎名の質問に対する答えがいいよ。

「さぬきうどんはとにかく無敵です。あと二つ入れるの、いやや（笑）」

面白いのは、三重県の伊勢《いせ》うどんにびっくりしたと椎名が言うと、それを調査しに行ったことがある、そばとうどんの専門誌に伊勢うどんの作り方とアップの写真が載っていたので、これは何やと、これで名物らしいから確かめてこいってメンバーを派遣したことがあると言うんだね。その後、田尾さんはこう付け加えている。「そいつ、近所の人に聞いて、ちゃんとした伊勢うどんの店に行ったのに、ふやけたうどんの上に甘辛いタレがかかっていて、食べたとき、『腐ってると思うた』って（笑）」その自信に満ちた言い方がとにかく強烈。世の中にはすごい人がいるなあって思ったよ。

風のかなたのひみつ島

椎名　『波のむこうのかくれ島』の続編だな。まぎらわしいタイトルだなあ。

目黒　あなたが自分でつけたタイトルでしょ。

椎名　まあそうなんだけど。

新潮社
2002年7月25日発行

目黒　ようするに、あちこちの島を訪ねるドキュメント・エッセイだな。行き当たりばったりだから面白いよ。奄美大島に行く回は、本当は見島《みしま》の予定だったのに羽田に着くと台風が来ていて飛行機が飛ばないと。それで急遽《きゅうきょ》、行き先を変更しちゃう。面白いのは編集者の一人が先に違う場所に行っていて、見島で合流する予定だったのに突然奄美大島に来いと連絡がくるから彼も大変で、合流したときには帰京する日だった（笑）。おれ、わかったよ。椎名のこういう旅は、行く前に現地のことを何も調べずに行くだろ。調べて行ったほうが無駄なくまわれるはずなのに、ヘンな人たちだなあって思ってた。でも、こういうふうに突然行き先が変更になるから、調べていても意味がないんだ（笑）。

椎名　そうだな。

目黒　あとはこの本の中で圧倒的に面白いのは、三重県答志島《とうしじま》の寝屋子《ねやこ》制度の話。もともとは結婚前の若者が集団生活を送るならわしの一つで、それがこの島にいまも残っている。昔は寝屋親の家に住み込んでいたらしいけど、いまは伊勢や鳥羽《とば》の高校に通っている高校生たちが週末に寝屋親の家に集まってくる。つまり週末だけの共同生活。これ、いい制度だよね。

椎名　克美荘《かつみそう》を大きくした感じだよな。

目黒　でも一つ気になるのは、中学を卒業したばかりの九人の少年を毎週末に泊めるとなると食費だけでも寝屋親は大変な負担になるよね。これ、ただなの？

椎名　互助会から出てるって話をちらっと聞いたな。

目黒　そうだよね、そうじゃなければ大変だよ。寝屋親と寝屋子の付き合いは寝屋子が結婚するまで続く、というのもいいね。寝屋子が結婚するときは必ず寝屋親に仲人《なこうど》を頼むっていうの。実の親子ではないから、親に相談できないことでも相談できるというのもいいし、こういう制度を作ったというのは昔の人

の知恵なんだろうね。
椎名　日本各地の島はだいたい過疎化が進んでいるけど、この答志島は若い世代の人口層が飛び抜けて厚い。それもこの寝屋子制度のおかげだと島の人は話していたな。
目黒　あとね、粟島に行く話がこの本に入っていて、粟島には何度も行っているからこれが何回目かわからないけど、かもめ食堂に行くくだりがここに出てくる。
椎名　ああ、あれな。
目黒　かもめ食堂のメニューに、「ラーメン七百円、磯ラーメン九百円、特製粟島ラーメン要予約二千円」とあるので、同行した若い編集者の一人が、「七百円のラーメンと九百円のラーメンはどれぐらいグレードが違うんですか？」と店のおばあちゃんに質問。思わずみんなが「即座にがっくん化」したっていうくだり。

２日間、お世話になったラーメン。

２日間、お世話になった浜カレー。

どれもこれもうまそうな、かもめ食堂のメニュー。
特製粟島ラーメン（要予約）に惹かれる。

翌日、かもめ食堂は満員で、われわれはこの通り、
路上で食事をしたわけである。

椎名　するだろ、グレードだって！　「即座にがっくん」。
目黒　あのね、メニューには、「ラーメン七百円、磯ラーメン九百円」だけでなくて、「特製粟島ラーメン要予約二千円」というのがあったんだよ。いちばん知りたいのは、この特製ラーメンなんじゃないの？　どうしてこれを質問しないの？
椎名　違うんだよ。その「特製粟島ラーメン要予約二千円」には写真が付いているから内容がわかるんだ。ようするに海鮮ラーメンだよ。でも、七百円と九百円のラーメンには写真が付いてないからそちらの差を知りたい。それはごく普通の感情だろ。でもそれを、田舎の離島のおばあちゃんにむかって「グレードの違いはなんですか」って聞いたって、何のことやら島のおばあちゃんはわからないだろうってことなのさ。
目黒　あのね、その「特製粟島ラーメン要予約二千円」には写真が付いていたから内容はわかるなんて、どこにも書いてないんだよ。
椎名　書いてないか？
目黒　そうだよ。だから、あなたたちには当然のことでも、読者は疑問に思っちゃう。なぜ二千円ラーメンのことを聞かないのかって。
椎名　写真を見ればわかるものなあ。
目黒　あのねえ。

ぶっかけめしの午後

文藝春秋
2002年10月15日発行

目黒　赤マント・シリーズの第十四弾です。これはいくつか聞きたいことがあるんだけど、まず福島で鉄塔に登る話。これは実話？

椎名　うん。

目黒　旅しているときに孤立している鉄塔を見て、一人で旅していたので誰も止めてくれないから（笑）、ついふらふらと登ってしまう。十年くらい前というから、二〇〇二年の十年前で、ええと一九九二年の頃か。これ、本当？

椎名　本当だよ。

目黒　だってもう大人だぜ。

椎名　鉄塔と言っても孤立したやつだから、もう電線もなにもない。

目黒　それでもさ、登ったら怖くなって降りられなくなるんだぜ。

椎名　降りられなくなったわけじゃない。怖かったと書いただけだよ。

目黒　なんで、そんなところに登ったの？

椎名　鉄塔って普通は登れないんだよ。危ないから。でもこれはもう使われていないからね。そういうのを見ると、つい登りたくなるだろ。

目黒　いや、おれは思わないけど（笑）。ということは、椎名はもともと鉄塔に登りたいと思ってたの？

椎名　みんな、そう思わないか？

目黒　みんなは知らないけど、おれは登りたいと思ったことがない。おれは高所恐怖症だから無理。

椎名　下の二〜三メートルさえクリアすれば、あとは階段が付いてるから簡単に登れるんだ。そのときはいちばん上のほうまで登ったわけじゃないけど、山の上にある鉄塔だからかなり高い。怖かったなあ。登るよりも降りるときのほうが怖い。そのときの体験をもとにして短編を書いたことがある。

目黒　『鉄塔のひと　その他の短篇』か。あの作品集は一九九四年に出ているから、福島で鉄塔に登ったのが一九九二年ごろとすると、計算も合うね。これ以降は鉄塔に登ったことがない？

椎名　ないよ（笑）。

目黒　もう登っちゃダメだよ（笑）。

椎名　はい（笑）。

目黒　あとは、この頃なんだね、尿酸値が高いと診断されるの。それはプリン体が原因になっていて、しばらく気にしていたよね、プリン体を。酒場で会うといつもプリン体の話をしていた（笑）。そのプリン体が大量に含まれているのは、アンコウの肝、レバー、ウニ、イクラ、カツオ、パセリ、干しシイタケ、納豆、ラーメン、カツオ節だと。これは椎名の好きなものばかりだよね。もう治ったの？

椎名　高値安定だな。

目黒　どういうこと？

椎名　つまり治ってはいないんだけど、気にしないことにした。お前、知ってるか、最近健康の基準となる数値が大幅に変わったこと。

目黒　いま話題になってるやつね。

椎名　あのなかに尿酸値も入っている。

目黒　じゃあ椎名の数値を気にしなくてすむようになったの？

椎名　そうはなってない（笑）。

目黒　なんだよそれ。

椎名　さっきの全部ダメだったら、新宿のトクちゃんの居酒屋に行って、何も食べるものがないんだよ、おれ。それを全部我慢していたらストレスがたまって、そのほうが健康に悪い。だから気にしないことにした。

目黒　ふーん。

椎名　成長したんですよ、おれは。

目黒　なんだかよくわからないけど。そうだ、ちょうどいい機会だから聞いておきたいんだけど、生ビールって普通のビールと何が違うの？

椎名　それはいい質問だね。あれはまったく同じ。

目黒　えっ、普通のビールと生ビールは同じなの？

椎名　生ビールを別に作っているわけではないよ。

目黒　ちょっと待ってね、瓶ビールとか缶ビールとかあるよね。あの中身と、トクちゃんの店で出てくる生ビールに違いはないの？

椎名　同じだよ。

目黒　嘘！　何か違いがあるでしょ？

椎名　流通経路が違う。

目黒　どういうこと？

椎名　普通のビールは工場で作ってどんどん箱詰めされて問屋さんに行き、そこから店に運ばれていく。一方の生ビールは、それと同じものを樽《たる》に詰めて、生ビールの問屋さんに行き、そこから店に運ばれていく。違いはそのスピード。

目黒　スピード？

椎名　工場から店につくまでの流通が、断然早い。

目黒　早いとどうなるの？

椎名　新しいからビールがうまい。

目黒　やっぱり味は違うんだ。同じものを時間をかけて運ぶものと、手早く運ぶもので味が変わってくると。

椎名　ビールは工場から動かさなければ動かさないほど、うまいから。だから工場で飲んでごらん、出来たてを。うまいぜ。

目黒　じゃあ、工場から仕入れた生ビールを三カ月間倉庫にしまっていて、いけねえ忘れてたと出してきたものは、もう生ビール本来のうまさがないんだ。へー、知らなかった。

ニューヨークからきた猫たち

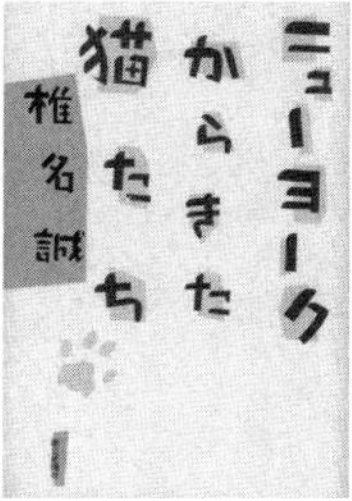

朝日新聞社
2002年11月30日発行

目黒　これは短編小説をおさめた作品集で、「小説トリッパー」六編、「小説現代」二編、「すばる」二編と、発表誌はばらばらで、問題は、そういうふうに発表誌がばらばらであることだね。具体的に言うと、「すばる」に書いた二編、「屋上」と「遡行」がここに入ると浮いているんだ。

椎名　そうかあ。

目黒　やっぱり純文学誌に書くときに椎名の姿勢が幾分変わるんだろうね。この二編はちょっと文学的というか、正直に言うとよくわからなくなっている（笑）。

椎名　どんな話を書いたのかよくおぼえていないなあ。

目黒　ただね、個別に見ていくと、いい作品もある。たとえば冒頭におさめられている「ふゆのかぜ」。母親が死んだときの話だけど、これはすごくいいね。子どもの頃の回想がここに出てきて、これがいいんだ。花嫁さんが馬車に揺られてくるのを見て、家の中に駆け込んで、部屋の真ん中にひっくりかえって「あの花嫁さんがほしい」ってジタバタ暴れるの（笑）。

椎名　六畳間の襖《ふすま》を全部閉めて、「入っちゃダメ！」と言うんだよ（笑）。

目黒　いい光景だよね。これ、初めて書いたでしょ。

椎名　忘れてたんだな、このときまで。

目黒　表題作は長女がアメリカから一時帰国してくる話で、これは私小説としてよくできている。ただね、あとはどうかなあ。たとえば「隣の席の冒険王」という短編はリアリティがないよね。これは創作？

椎名　どんな話だっけ？

目黒　新幹線で隣に座った女が「私は冒険王なんです」って話しかけてくるやつ。

椎名　あながち創作でもない。

目黒　実話そのものではなくてもモデルらしき人物がいたということか。あのね、少し変わった女性に追いかけられる話を椎名はいくつか書いているけど、それで成功しているパターンと失敗しているパターンがある。で、成功しているものは、その女性の不安定さが語り手の精神の不安定さを浮き彫りにしているやつだよね。具体的に言うと、その女性から逃げてきて、部屋に入って窓の外を見ると樹が風に激しく揺れていると。そういうシーンが過去の作品であったと思うけど、そのとき窓の外で揺れている樹は、椎名の心そのものなんだと思う。だから、読者の気持ちも揺さぶられて、いまの自分の足下がぐらついてくる。本当は我々の日常もこういうふうに不安定なんじゃないかって。ところがなかにはこの短編のように、相手の女性の不安定さだけを描いて、語り手の心理を描かないことがある。そうするとなんだか絵空事のような気がしてきてリアリティを感じない——そういうことなんじゃないかって気がする。

椎名　ふーん。

目黒　あとは「元旦の宴《うたげ》」もよくない。小学校の同窓会に行く話で、ここに糸代《いとよ》という女性が出てくるんだけど、これは明らかに創作だと思う。

椎名　あ、そうだな。

目黒　ラストでみんなで海岸に行くんだけど、どうして糸代なんて創作人物を出したのかよくわからない。同級生たちだけで行けばいいんだよ。それでもどうってことのない話だけど、暗い海を見て、それで帰ってくるんでいいよ。ところが糸代を出して、そこに何かドラマを作ろうとしている作為、わざとらしさがあるんだ。

椎名　締め切りに追われて書いたんだろうな。

目黒　それを言っちゃいけない（笑）。「わたしのいる場所」は「小説トリッパー」に書いた短編で、これもどうということもない日常の話だけど、これはうまくまとめていると思う。

椎名　おぼえてないなあ。

目黒　いいものから問題のあるものまで、全体として見ると、ばらつきのある作品集だというのが結論です。

椎名　はい。

絵本たんけん隊

目黒　これはすごいです。タイトルからわかるように絵本のブックガイド。ただし、単なるブックガイドではない。いやあ、びっくりしました。元版のときに読んでなかったのかなあ。最初は一九九三年から一九九六年まで、表《おもて》参道《さんどう》の東京ユニオン教会でやった講演録がずっと椎名のところで眠っていた。

椎名　おれが手を入れてからクレヨンハウスで本にする約束だったけど、面倒なのでずっと放っておいた（笑）。

目黒　一九九六年に終わっているのに、二〇〇〇年まで何もしていない（笑）。

椎名　おれがまとめるのは、もともと無理だ（笑）。

目黒　で、おれが何か原稿ないかって聞いたときに、こういうのがあるけどって椎名がこの速記録を見せてくれた。講演は一回二時間で、毎回テーマに沿って話をするんだけど、前半はそのテーマにいくらか関係のある日常よもやま話。後半は本来の主旨である絵本の話。もともとクレヨンハウスの仕事なんで、その全部をもらうわけにはいかないけど、絵本と関係のない前半だけなら切り離せるんじゃないかというわけで、前半を構成し直して

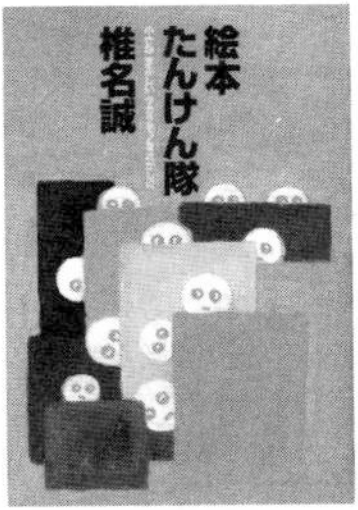

クレヨンハウス
2002年12月1日発行

まとめたのが『ここだけの話』。で、後半の絵本編をまとめたのが本書と。

椎名　一つの講演をこんなふうに真っ二つに割って、それぞれ独立した本になるなんて思ってもいなかった。

目黒　だからおれはそのときに、全体の速記録を読んでいるはずなんだけど、どうにかして一冊分がここからできないかって目で読んでたんだろうね、残したほうの原稿がこんなに素晴らしいとは思ってもいなかった。

椎名　ほお。

目黒　まず、絵本のガイドブックだからこれは当然なんだけど、実にたくさんの絵本を紹介している。で、ずいぶん昔に読んだものもその時点で読み返している。そうでなければこんなに詳しい紹介はできないから、それは間違いない。で、克明なレジュメを作って講演に臨んでいる。あの忙しいときによくもここまでできたよなという感心が一つ。

椎名　レジュメ作っていかないと二時間ももたないよ。

目黒　普通の講演ならレジュメなんて作ったことがないでしょ、あなたは。でもこれはそういうわけにはいかない。でもね、それだけなら、真面目《まじめ》に講演やりましたね、ということで特に珍しいわけではない。いちばんは、これが椎名でなければできない紹介だということだよ。

椎名　どういうこと？

目黒　たとえば「どこにでもすめるよ」という回では、こういうテーマの立て方もいいよね。『アリジゴクのひみつ』という本から、『パパーニンの北極漂流日記』、『砂のすきまの生きものたち』という本をどんどん紹介していって、地球上のあらゆる生物の分類を書いた『五つの王国』というほぼ専門書まであ

副題は「小さな　まぶしい　タカラモノをさがしに…」。単行本の内表紙には本を読む人のイラストの型が押してある。

げていく。さらには、キャンベルのSF『月は地獄だ！』まで紹介してから絵本の紹介に移っていく。つまり、おそろしく幅が広い。これ絵本だけを語る書ではないということ。これがいちばん大きい。

椎名　なるほど。

目黒　すごいのは、「小さなだいじなはこのなか」という回で、トイレとかうんちの話なんだけど、ここでは椎名が馬に乗って川原を一列縦隊で走ったときの体験譚《たん》が語られる。椎名の目の前を走っていた馬がいきなり尻尾《しっぽ》をわっと上げ、肛門がどんどん大きくなっていくのが見えたと思ったら、ぼーんと発射されて、後ろにいた椎名が糞まみれになったという体験譚。

椎名　あれはひどかったなあ。

目黒　つまりね、生物の専門書からSF、探検記、さらには旅の体験譚まで、椎名でなければ紹介できない幅の広さがここにはある。すごいよこれ。

椎名　もっとホメてね（笑）。

目黒　だから、子どもとかお母さんにだけ読ませるのはもったいない。絵本の好きな人はもちろんだけど、本そのものが好きな人なら性別年齢を問わず、読んでほしい。あらゆる人にすすめたい好著だと思う。あのさ、椎名はいままでたくさんの本を書いてきたけど、これがベスト1かもしれない。

椎名　そこまで言うかあ（笑）。

目黒　他のすべての本が消えても、これだけは残るよ。作家椎名誠のすべての要素がここにあると言っても過言ではない。最後に一つだけ。この本の終わりのほうに、「海のおっちゃんになったぼく」というのが延々引用されているんだけど、これは何？

椎名　大阪の新聞社だったかなあ、コンテストがあって、おれが選考委員だったんだけど、そこに応募してきた作品で、受賞したんだよ。

目黒　それ、何も書いてないよ。ぜひとも知ってほしいストーリーがありますっていうだけで、あとはこれが延々引用されているんだ。

椎名　その作品は後に単行本になっている。

目黒　クレヨンハウスから絵本として出たんだ。これはうまいよなあ。

新・これもおとこのじんせいだ！

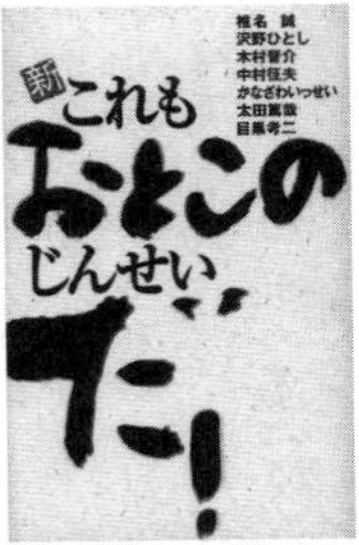

本の雑誌社
2003年1月25日発行

目黒　『これもおとこのじんせいだ！』の続編。続編と言っても、中身がつながっているわけではなく、形態が同じという意味ですね。六つのテーマを作って、そのテーマについて七人がエッセイを書き下ろして、それで一冊にするというやり方ですね。一人でまるまる一冊書き下ろすのは大変だけど、前作でも成功した、分担すれば割に簡単にできるという方法を踏襲したわけ。

椎名　テーマって？

目黒　ここでは、

「好きな場所」について
「恐怖」または「恐怖症」について
「得意な料理」について
「学校時代の思い出」について

「ジンクス」「縁起かつぎ」について
「叶《かな》わなかった夢」について
という六つのテーマで、それぞれが短いエッセイを書く。

椎名　そのテーマはどうやって決めたんだ？
目黒　あなたが決めたんだよ。前作もそうだけど。
椎名　安易だなあ。
目黒　それは言っちゃいけない(笑)。この形は前作を作ったときに負担が少なかったので、早くできるだろうという計算をしていたら、二年くらいかかってしまった。おれは締め切りを守って早く書いて編集部に渡していたからよくおぼえている。まだ本にならないのかって思ってた。たぶん誰かの原稿が遅れたんだろうね。
椎名　やだなあ、そんな話聞くの。
目黒　いや、おれもおぼえてないんだ。まあ、あんたか沢野だよね、それは(笑)。本としては共著なんで、評価は避けて、椎名の書いた部分へのコメントだけにします。あのね、こういう文章がある。

「ぼくらが子供の頃は、結構みんな屋根の上が好きで、だいたいどいつも自分の家の屋根にはするする上がれるルートを知っていた」

　っていうんだけど、おれのまわりにそんなやつはいなかったよ(笑)。
椎名　みんな、あの頃は登ってたよ。
目黒　あのね、あなたとおれは二歳しか違わないんだから、ほぼ同世代だぜ。椎名は千葉にいたでしょ、おれは東京だから、そういう地域差かなあ。
椎名　千葉の少年は登ってたよ。
目黒　あるいは地域差ではなく、個人差かも。
椎名　どういうこと？

目黒　椎名はもともと高いところに登るのが好きだろう。大人になっても鉄塔に登るくらいだから。そういうやつの友達には、同じように屋根に登るのが好きなやつが集まるとかさ。で、登って何をするのさ？

椎名　屋根のてっぺんに、あれは何というのかね、瓦を押さえている部分があるだろ。あれをあけると中に雀《すずめ》がいるんだ。その雀の首を捕まえたりする。

目黒　ろくなことしねえな（笑）。

椎名　あとは友達が「しいなくーん」って呼びにくるだろ。屋根の上にいるおれが見えないから、あれ、どこにいるんだろってきょろきょろするんだ。それを見ながら、おれは一人で「うふふふ」って。

目黒　くだらないねえ（笑）。

かえっていく場所

集英社
2003年4月10日発行

目黒　まず、「自著を語る」では、こう語っている。

「集英社の『すばる』に連載していた小説が『春画』という、ややおどろおどろしい一冊になった。そのあと少し気分が上昇し、かなり明るめの従来の私小説路線に入っていった短編集である」

　椎名はそう言っているんだけど、実際は

「かなり明るめの従来の私小説路線」とはかなり違うよね。たとえば「夏になって間もなく妻は急に弱ってしまった。最初はなんだかわからなかったのだが、どうやら更年期障害がでてきたらしい、という診断だった」と「妻」の精神が不安定で、それがこの連作集の背後に独特のトーンとして流れている。暗いというわけではないけれど、もっと複雑なんだ。少なくとも「かなり明るめの従来の私小説路線」ではない。続けていい？

椎名　いいよ（笑）。

目黒　「私」が海外旅行で家をあけることになったとき、「ハハ」を一人にするのが心配で、アメリカにいる「娘」が一時帰国しようかと考えたほどだからね。もっともこの物語の途中で「妻」はチベットに出かけて元気になるんだけど、けっして野放図に明るい話ではない。たとえばね、これにはびっくりしたんだけど、「私が尊敬しているある年上の旅好きの友人が突然壊れてしまった。それは何の前触れもない出来事だった」というくだりがある。ちょっと引用しよう。

「その年の夏、数人で集まった川原のキャンプで彼はいままで見たこともないような泥酔状態になっていた。かなり酒に強い彼が焚火《たきび》の前からわずか十メートル程度しか離れていない自分のテントまで自分で歩いていけないのを、私は呆然と眺めていた」

　文庫解説を書いている吉田伸子が「椎名さんの読者なら、すぐに名前が浮かぶはずだ」と書いているけど、小説では名前が出ていないのでここでも出さずに話を進めますが、これはその後治ったんだよね。

椎名　アルコール依存症の治療のために入院してね。もう治ったよ。

目黒　どうしてそうなっちゃったの？　書い

ちゃまずい話なら書かないけど。

椎名　いや、いいんじゃないかなあ。そのとき失恋したらしいんだ。

目黒　えっ、すごいなあそれ。だってその頃、もう六十歳は過ぎてたよね。

椎名　もちろん。

目黒　六十歳を過ぎてるのに、壊れるほど恋をするってすごいね。つまりね、カメラマンの妻が死んだり、岡田昇が遭難したり、三島が会社を辞めて店を開いたり、「私」の周囲が激しく動き始めている。みんなが人生の曲がり角にきている、と言えばいいか。「妻」もそうだし、歳上の友人が「壊れ」たり、そうやってみんなが少しずつ弱ってきて、それでも人生は続く——という真実がここにあるような気がする。すごくいいよ。おそらく何も意識することなく書いたんだろうけど。

椎名　何も考えてないな（笑）。

目黒　あのね、『岳物語』はたしかに傑作だったかもしれないけど、主人公も若く、子どもも幼く、だからそのぶんだけ希望に満ちた話だった。でもそれから二十年以上もたつと、子どもたちは大人になっていて外国にいるし、「私」も昔の活力はすでにないんだ。でも生活は続いていくんだよね。こっちのほうがなんだか本物という感じがする。

椎名　何の話だよ？

目黒　いや、だからさ、『岳物語』をいま読むと、同じような若い世代はいいだろうけど、この歳になると、希望があっていいですね（笑）という感じがする。そんなふうに家族が密接に繋《つな》がったまま生きていけないだろうって思っちゃう。それは一過性のものだと。でも、この小説の中の家庭は本物だよね。椎名はエッセイとかでよく、うちの家族はばらばらになっている、と書いていて、たしかに形態としてはばらばらだけど、でも実質は全然ばらばらになってない。たとえば、この小説の中で「私」の家族は実に頻繁に会うんだ。小樽《おたる》の家にみんなで行くくだりは象徴的だよ。子どもが幼いときなら家族旅行もわかるけど、みんな大人になって、しかも子どもたちは外国に暮らしているのに、みんなで小樽に行くんだぜ。普通こんなに仲良くないよ。劇的なことが一つもないままばらばらになっていくのが普通で、この「私」の家庭はある意味異常だよ（笑）。外国にいる娘から電話がくると妻の声に艶が生まれて元気になるくだりが数カ所あるけど、離れ離れに暮らしていても、もっと深いところで繋がっている関係がここにあるような気がする。とてもいいシーンだと思う。『岳物語』から始まる私小説路線の作品が全部で何冊あるのかわからないけど、これがいちばんいい。私が選ぶならこれがベスト1。

モヤシ

講談社
2003年4月20日発行

目黒　これは面白かった。椎名がプリン体で騒いでいた頃の話で、これってほとんど実話でしょ？

椎名　実話だよ。モヤシの栽培キットを持って北海道に行ったんだよ。

目黒　具体性に富んでいるのがいいよね。プリン体が心配で、飲み屋でこれ食べようか我慢しようかってだけの話なら、ふーんというだけだけど、ここまでモヤシにはまっているとは知らなかった。

椎名　トクヤと北海道に行ったとき、ホテルの洗面台に栽培キットを置いていたら、あいつ、お湯をかけやがって（笑）。モヤシは暗くて湿ったところがいいんだけど、お湯はだめなんだよ（笑）。

目黒　わざと？

椎名　そんなら絶交だよ。間違えてだよ。

目黒　なるほど。水はしょっちゅうあげるの？

椎名　霧吹きでしゅっとかける。みるみる伸びるんだぜ。

目黒　このモヤシの栽培キットはその後も使ってるの？

椎名　いや、この北海道旅行から帰ってきてからは使ってない。

目黒　栽培キットは使ってないけど、モヤシは食べてる？

椎名　あんまり食ってないなあ（笑）。

目黒　なによそれ。このときだけなの？

椎名　ほら、プリン体そのものをあまり気にしなくなったから。

目黒　あっ、言ってたねえ。

椎名　いっとき夢中になってすぐ熱がさめちゃうという、いつものパターンだね（笑）。

目黒　ふーん。これ、面白かったんだけど、あんまり話がないんだよなあ（笑）。モヤシに夢中になっていた頃の話でいいんだけど、いちばんおいしいモヤシ料理は何？

椎名　やっぱりモヤシ炒めかな。お前、大鰐《おおわに》温泉のそばモヤシって知ってるか？

目黒　なにそれ？
椎名　モヤシがそばみたいに長いんだ。シャキシャキ麺として食べたよ。
目黒　ということは、モヤシといってもいろいろな種類があるんだ。
椎名　そうだな。
目黒　椎名は世界中に行ってるから聞くんだけど、モヤシは世界中で食べられてるの？
椎名　アジアだけだな。
目黒　えっ、どうしてなのかなあ。生でも食べることができて、煮ても焼いても炒めてもいいし、しかも安いのに。
椎名　しかも生長が早いからすぐに収穫できる。
目黒　でもこの「モヤシ」は面白かったけど、巻末に収録されている「モズク」は何なのよ。南の島に行ってモズクを食うってだけの話(笑)。これはつまらない。
椎名　北海道新聞に書いた「モヤシ」だけじゃ短くて、一冊にならなかった(笑)。で、講談社に言われて、「小説現代」に書いたんだ。
目黒　だったら、「モヤシ」の後日譚を書けばよかったよ。いまはもう栽培キットを持ち歩かないけど、あの頃は楽しかったとかなんとか。
椎名　そうだなあ。そっちの線でまとめればよかった。でも、似てるだろ、「モヤシ」と「モズク」。
目黒　共通しているのは「モ」だけだぜ(笑)。そういえば文庫のあとがきのタイトルが「モヤシ・モズク・ナマコ」というものなんだけど、これは何？
椎名　ナマコっていう本もその後書いたんだよ。『モヤシ』の続編だよ。これはいいよ。
目黒　順番がきたら読みます。モズクはモヤシを超えられなかったけど、ナマコがモヤシを超えることができたかどうかは、そのときに判定しましょう（笑）。

いっぽん海ヘビトンボ漂読記

本の雑誌社
2003年4月20日発行

目黒　角川文庫に入ったときに『いっぽん海まっぷたつ』と改題。これまでの、本の雑誌社→角川文庫で改題、というパターンのなかではそんなに悪いほうではないけれど、これは元版のタイトルのほうがいいと思う。

椎名　内容はばらばらだろ?

目黒　ようするに「今月のお話」だから、一つのテーマで書かれたものではない。でも面白かったのは、途中に椎名とおれの対談が何本か収録されていて、それが結果的に息抜きになっている。

椎名　ふーん。

目黒　この本が出たのはおれが辞めてからだから、制作にはタッチしてないけど、連載中はまだ発行人だったのかな。椎名がよく締め切りをすぎてから電話をかけてきて、原稿を書けない言い訳をしばらく聞かされて、そんな暇があるなら書けよと言いたいんだけど、いま喋ったことを対談で載せてくれってことが何度かあった。つまり、でっちあげ対談だね。

それがいいアクセントになるのは意外だった（笑）。まあ怪我《けが》の功名というやつだけどね。

椎名　対談も無駄じゃなかったということだ。

目黒　どうかなあ。ところで、この本の中に、北海道から関西までは日本酒がメインで、九州に入ると焼酎文化圏で、中国・四国は日本酒と焼酎が入り交じる。沖縄は完全に泡盛という記述がある。焼酎と泡盛はどこがどう違うの？

椎名　泡盛は、タイ米を黒麴《くろこうじ》を使って発酵させ蒸留酒にするものだよ。焼酎とは全然違う。

目黒　ふーん。九州は焼酎文化圏といっても焼酎にもいろいろあるだろ。その違いは？

椎名　南のほうはイモ焼酎だな。

目黒　鹿児島あたりね。

椎名　そうそう。大分は麦だ。

目黒　そういえば、鹿児島料理の店が高田馬場にあって、おれが行くまでその店に麦焼酎は置いてなかったの。おれ、イモがだめだから、麦をおいてもらうようになったけど。

椎名　なんでイモがだめなんだ？

目黒　匂いがなあ。

椎名　ふーん。

目黒　そうだ。新宿のカメラ屋の中古品コーナーで、ドイツ製のアンジェニューというズームレンズが目にとまるというくだりがこの本のなかに出てくる。それは売り物ではなくて、レンズ光軸を直すために預かったものだと聞いて、そのコレクターに椎名がすぐに会いに行くんだけど、こんなこと、椎名もするんだと驚いた。

椎名　お前ね、ドイツ製のアンジェニューだぞ。

目黒　そう言われてもわからないんだけど（笑）。このときは意気投合して話し込むんだけど、その後もその老人とは会ったの？

椎名　結局、そのドイツ製のアンジェニューを売ってもらった。

目黒　あっ、そうか。最初からその気持ちがあったのか。できれば売ってくれないかと。

椎名　そういう気持ちがまったくなかったと言えば嘘になる（笑）。

目黒　それとね、山田和《やまだかず》さんの『インド不思議研究』という本を読んでいたら、地球一軽いブリキのトランクという項目があって、安くて頑丈で大変なスグレモノであると書いてあるのを見て、椎名がしまったと思うくだりがある。カトマンズの路地裏でそのブリキのトランクをみかけた時、しばらく迷って買わなかったことを思い出すわけだ。その値段が五百二十五円というんだから迷ったら買えばよかったのに。

椎名　でも、ブリキだぞ（笑）。

目黒　それと福岡の出版社から出た隅田川乱一《すみだがわらんいち》の『穴が開いちゃったりして』という本を読む話が出てくる。そこで隅田川さんが肺ガンで他界していたことを初めて知ったというんだけど、おれも知らなかったよ。「本の雑誌」に原稿を書いてもらったのは本当に初期の頃だったからね。

活字の海に寝ころんで

岩波新書
2003年7月18日発行

目黒　岩波新書の『活字のサーカス』『活字博物誌』に続く三冊目ですね。これもあまり話がない（笑）。ええと、どうしようかなあ。そうだ、ペミカンってなあに？

椎名　う？

目黒　山の本を読んでいるとしばしば「ペミカン」というものが出てきて、それが気になっていたというんだけど、それが具体的に何なのかが書いてない。

「食い物なのだが、岩登りの途中などでよくそれをひっぱり出して食っている話が出てくるので行動食、非常食のようなものだろうということは見当がついた」

というんで、食い物というのはわかるんだけど、具体的にどういうものかがわからない。

椎名　ペミカンか。いろんなものを小さく切って煮込むんだ。

目黒　なにを？

椎名　肉や豆や根菜などなんでもいいんだよ。いまはいろんなものが非常食として売っているから、昔の話だよね。自分で非常食を作るしかなかった。

目黒　ふーん。漂流記の傑作古典ベスト3として、『フラム号漂流記』『エンデュアランス

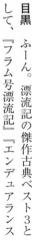

号漂流』『コン・ティキ号探検記』をあげているけど、これはいまでも変わらない？

椎名　そうだな。それは永遠の名作だから。

目黒　『無人島に生きる十六人』を椎名は絶賛してるよね。たとえば、この本については「内外の無人島物語の中では、日本のこの顚末記が勇気と感動にみちたいちばんの傑作ではないか」と。これ、すごい賛辞だよね。内外のベスト1ということだからね。

椎名　その話は前にもしたけど、おれが無人島物語をいっぱい集めていたときに講談社から戦前『無人島に生きる十六人』が出ていたことを知ったんだ。絶版だけどなんとかあちこち探してようやく古い一冊を見つけた。しかも貸してくれただけ。それで読んでみたら面白いんだ。ヴェルヌの『十五少年漂流記』がおれは好きなんだけど、これは「十六おじさん漂流記」なんだよ。ただ、すごく面白いんだけど、島の名前が書いてない。で、調べたら戦前のコトだから秘密にしていたんだな。で、あまり面白いんで新潮文庫の担当者に紹介して文庫になったら、おれの本より売れているんだ（笑）。そうだ、漂流記に共通することってなんだか知ってるか？

目黒　食料の調達かな？

椎名　そう。食料をめぐる争いだな。

目黒　そうだ。かつお節の起源がモルジブにあるって話は面白かった。

椎名　沖縄にかつお節があって、それがどうやらモルジブから伝わったものらしいと聞いて、モルジブまで行ったんだよ。で、モルジブでかつおを釣って、その場で刺身にして食べたら、モルジブの人が気持ち悪そうにこっちを見るんだ。向こうの人は生の魚なんて絶対食べないから、なんて野蛮なやつって思われたんだろうな（笑）。モルジブでは釣ったかつおは干すんだけど、日本のみたいに黴《かび》をつけてコチンコチンに固くするわけではなくて干すだけ。生利節《なまりぶし》だな。そのやわらかい状態のものを小さく切ってカレーにまぜて食べる。

目黒　出汁《だし》じゃないの、具なの？

椎名　そう。日本のように、カンナで鰹節を削り、スープの出汁にするというものではない。

目黒　それとね、椎名が電子レンジの料理に目覚める話のところで、村上祥子《むらかみさちこ》・中山庸子《なかやまようこ》『電子レンジで朝ごはん』という本が出てくる。そこで「バター梅ごはん」が紹介されるんだけど、これはおいしそうだね。「茶碗《ちゃわん》一杯の冷やご飯を電子レンジで一分間加熱し、そこにバターと梅干しを乗せる。青のりを少々振りかけ箸でほぐしながら食べる」というもの。

椎名　それ、東海林さだおさんがはまって、おれに教えてくれたんだ。

目黒　おれ、料理をしていた頃、村上祥子さんの電子レンジ・レシピ本は全部読んでたけど、この「バター梅ごはん」は知らなかったなあ。魚の干物を電子レンジで焼く方法も、村上祥子さんの本で学んだよ。

椎名　干物が電子レンジで焼けるのか。

目黒　すっごい便利だぜ。

椎名　ふーん。

地球の裏のマヨネーズ

文藝春秋
2003年8月30日発行

目黒　赤マントの十五冊目で、タイトルの意味は、「自著を語る」の中にこうある。

「このちょっとヘンテコなタイトルは、ぼくの大好きなパタゴニアへの何回目かの旅から帰ってきた頃の話が書いてあり、その頃、パタゴニアではマヨネーズ娘という歌がはやっていた。マヨネッサ、マヨネッサ、とガウチョ（南米のカウボーイ）がひげ面で歌っているのがぼくには大変おもしろ楽しく、それがこのタイトルになった」

あと、「アヒ」というトウガラシをすりつぶした香辛料と、マヨネーズを一体化させた「アヒマヨ」という商品があって、それをカニにかけて食べるっていうんだけど、味が想像しにくい（笑）。

椎名　説明もしにくい（笑）。

目黒　意外だったのは、最初に馬に乗ったのは南米の辺境の地で洪水のために馬でないと帰れなくなって、そのとき初めて馬に乗ったと。それで二日間ずっと乗っていたというから驚いた。椎名はずっと前から馬に乗っていたと思っていた。CMの影響じゃないけど、馬に乗って北海道の草原を走っていたのかと思ってた。

椎名　カウボーイじゃないんだから（笑）。
目黒　洪水って何？
椎名　春に氷河が溶けて、水が溜《た》まったんだ。
目黒　はい、それでは突然クイズです。
椎名　なんだよいきなり。
目黒　椎名が子どもの頃に欲しかったものが三つあります。一つは空気銃、一つは自転車オートバイ、それでは最後の一つは何でしょう？
椎名　あっ、あれだあれ。ええとほら、あれだよ。
目黒　この本の中に書いてあるんだけど。
椎名　映写機！
目黒　すごいね、おぼえているんだ。この本では「シネマスコープ式の幻燈機」となっている。このさ、自転車オートバイって何？
椎名　自転車にエンジンをつけただけなんだよ。ハンドルのところにアクセルがある。
目黒　それ、違法？
椎名　ちゃんとした商品だよ。
目黒　中古品を改造するんじゃなくて、新製品として発売したってこと？
椎名　昭和二十六、七年頃かな。
目黒　ということは、五〇ccのラッタッタが発売される前になるのかな。そういう手軽な軽オートバイがなかった時代だ。
椎名　子どもが乗っても怒られなかったんだよ。免許がいらなかったんじゃないかなあ。
目黒　本当かよ。千葉の椎名の周囲だけだろ（笑）。
椎名　空気銃もみんな持って歩いてたよ。
目黒　みんなじゃないでしょ、あなたのまわりだけでしょ（笑）。それでさ、子どもの頃に欲しかったその三つをその後手に入れたの？
椎名　いや、結局は手にしなかったな。空気銃だけは本当に買おうと思ったけど。

目黒　えっ、子どもでも買えたの？
椎名　いや、大人になってから。
目黒　大人になってもまだ空気銃が欲しかったの。そっちのほうが問題じゃないのかなあ（笑）。
椎名　ただな、すっごい面倒なんだ。手続きとその後のあれこれが。で、やめちゃった。
目黒　あとは、缶潰しが欲しいって話があるんだけど。
椎名　それはその後、買いました。
目黒　高いの？
椎名　いや、二、三千円だよ。
目黒　じゃあ、すぐに買えばよかったじゃない。どうして買うまでにそんなに時間がかかるの？
椎名　なかなか売ってないんだよ。
目黒　ところで、その缶潰し、何のために必要なの？
椎名　缶ビールの空き缶を潰すんだよ。
目黒　だから何のために潰すの？　そのまま捨てちゃいけないの？
椎名　潰すと容量が小さくてすむだろ。おれ、一日に五本は飲むから一週間で三十五本。それを潰さないとすごい大きさになっちゃう。潰すとゴミ袋一つでおさまる。
目黒　そんなにビールを飲むやつって日本に椎名しかいないんじゃないの。だからあまり売ってないんじゃないかなあ。みんなが必要とするものなら、もっと売ってるでしょ。
椎名　ぜひみんなも缶潰しを使ってほしい（笑）。

秘密のミャンマー

小学館
2003年10月20日発行

目黒　まず、「自著を語る」から引きましょう。

「ぼくがモノカキになったばかりの頃に出会った編集者は、その後もかなり長く付き合っている人が大勢いるが、そのうちのひとり、小学館の高橋攻《つとむ》さんがもうじき定年を迎えることになった。高橋さんとは何冊もの本を作ったが、その最後の一冊をまたやりましょう、ということになり、当時、アウンサンスーチーさんと『ビルマの竪琴《たてごと》』ぐらいしか知識がなかったミャンマーに潜入することになった。一か月足らずの旅だったが、ほとんど知識のない場所をその日暮らしのようにして旅していくのでなかなか刺激に満ちて痛快だった。この少し前にアメリカの同時多発テロ9・11が起きていたわけだが、驚いたことにミャンマーの国民はそのことをだれも知らなかった。軍事国家の情報統制の恐ろしさを身をもって知ったという驚きをこの本の中でも最初に書いている」

　ええと、四人旅ですね。「本の窓」の編集長になったP高橋と、編集者の阿部ちゃん、写真家の山本皓一さん、そして椎名の四人旅。これもあまり話がありません（笑）。気心の知れた知り合いとの旅だから実際には楽しい旅だったろうけど、読み物として読むと、四人である必然性がない。初めての国訪問記だから、目に映るさまざまなことを書くのに追われて、旅の仲間のことを書く余裕がない。せっかく四人で行っているんだから、それぞれの特徴とか失敗譚を面白おかしく書けば盛り上がるのに、その方向性がここにはない。だったら、一人旅でいいよね。

椎名　なるほどな。

目黒　ミャンマー料理は油が多いのであまり辛くないって出てくるんだけど、代表的朝食のモヒンガー（茹《ゆ》でたビーフンにじっくり骨ごと煮込んだナマズのスープをかけたもの）というのは、おいしいの？

椎名　おいしいとは言えない。

目黒　ミャンマーの麺料理も出てくるぜ。それはどう？

椎名　スープが甘いんだ。それに麺もビーフンだし。やっぱりミャンマーといえば、食い物よりもタナカだよな。

目黒　ミャンマーの女性が頰を中心としてつける日焼け止めね。タナカという木があるんだね。それを砥石《といし》のような石の上で水と一緒にワサビのように木質をおろし、それを顔に塗りつける。その習慣は十世紀頃から始まっているんだって。インドが発祥地でそれがミャンマーまで伝わって、インドですたれたあともミャンマーには残っていると。

椎名　それがこの本に書かれているの？

目黒　あなたが書いたんですよ（笑）。いい本だよ（笑）。

椎名　思い出した。

目黒　なに？

椎名　現地の人と浮き球野球をやったんだよ。

目黒　ほお。

椎名　ところがルールを説明するのが難しい

んだ。野球を知らない人間に、野球の独特のルールを説明するんだからね、しかも通訳をとおしてだから。

目黒　ミャンマーにスポーツはないの？

椎名　あるよ、セパタクロー。

目黒　なにそれ？

椎名　格闘球技。

目黒　どうやって闘うの？

椎名　ネットをはさんで三対三で闘う。籐《とう》でできたボールを蹴り合ってネットのむこうの相手陣地に入れるっていうんだから、バレーボールとかバドミントンみたいなもんだな。道具も使わず手を使わず、籐のボールを足で蹴って闘う。ほら、あのときは手を使ってもいい。

目黒　なに？　シュート？

椎名　それは足でやんなくちゃだめ。最初のやつだよ。

目黒　サーブ？

椎名　そうそれ。それだけは手でやってもいい。で、観客は金を賭けるからすごいよ応援が。オリンピック競技に入れるべきだね(笑)。

目黒　その話、書いてないよ。そんな面白そうな話をどうして書かないの？

椎名　たったいま、思い出した(笑)。

くじら雲追跡編　にっぽん・海風魚旅2

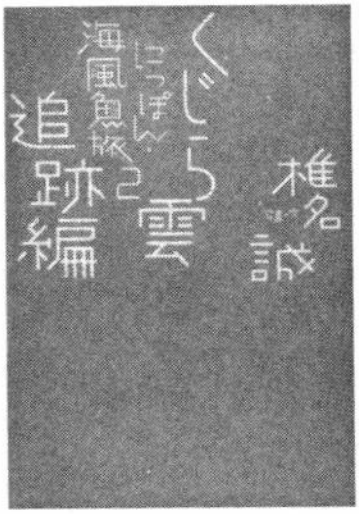

講談社
2003年10月29日発行

目黒　「週刊現代」のグラビアに連載していた写真付きの旅ルポの第二弾です。「自著を語る」にはこうあります。

「自分で写真を撮りながら旅をしていくのだが、まだデジタルカメラが一般的になる前だったので、持っていく荷物の中ではカメラとフィルムがかなりの重量を占めていた。けれどチームを組んでいたのでそれらを分散してみんなが持ってくれたから、フィルムカメラ時代の撮影行としてはフットワークよく動けたシリーズだ」

どこからいこうか。本の話からいこうか。宮古島《みやこじま》に泊まったとき、ホテルの窓から隣接している巨大なドイツ風のお城が見えて、いったいなんだろうと思ったら、ドイツ村だと。部屋にあったパンフレットによれば、一八七三年に島の近くでドイツの船が難破してひどい状態になったとき、島の人々が救出や看護に力をつくして、以来その関係者と親睦を深めるようになったというんだね。この地にドイツ村もできたらしい。で、帰りに空港近くの大きな書店に入ったら、『ドイツ商船R・J・ロベルトソン号宮古島漂着記』という本を発見。宮古島におけるドイツ船遭難の出来事が詳しく書いてあったと。

椎名　書いた人はロベルトソン号の船長だね。

目黒　そのくだりで椎名はこう書いている。「中国を出航したのち嵐に遭遇、宮古島まで流され遭難していく様が詳しく語られている。当時のドイツ人から見たら宮古島は名もない東洋の、未開に近い島の一つであったようだ。島の人に救出されたあとの生活ぶりなどは当時の西欧人の目で見た日本の離島文化を活《い》き活き描いていて、たいへん面白かった」

　以前、東北のどこだっけ、遭難したメキシコの船を日本人が救出して、現地の人と交流した記録が本として出版されたって話を椎名が書いたことがあったよね。

椎名　そうだっけ？

目黒　そうだよ。こういう話が日本全国にあるのかもしれないって気がしてくる。我々が知らないだけでさ。あとですね。そうだ。お

直射日光とタタカウ着色剤もあざやかな氷レモン。あたりにはカラオケの演歌がとびかい、頭上を海風が熱風と化してひょうと通りすぎていく。

旅する紳士服および紳士用シャツ・パンツ専門店の通称クマさんは、トラックの店で日本中の海べりを走り回る。日本中の漁師さんがお客さんだ。夜はトラックの中に寝床をつくって眠る。

いしいラーメン屋の見分け方が面白かった。これは椎名と一緒に旅している編集者の一人が言いだした説なんだけど、

①小さい店で路地の裏にある
②暖簾《のれん》が汚れている（沢山の人がくぐるので）
③店の前にクルマや自転車がとまっている
（遠くからの客がいるから）
④芸能人の色紙などが貼ってない
⑤厨房《ちゅうぼう》で沢山の人が働いている

という五条件があって、それにぴったりという店を見つけて入ったら、見事にまずかったというオチ（笑）。まあ、何事にも例外があるってことだね。

椎名　もう一つの条件を付ければ完璧だよ。

目黒　なに？

椎名　駐車場が第一から第三まであること。

目黒　小さな店なのに第三までの駐車場を持つラーメン屋なんてあるの？

椎名　あるよ。

目黒　あとね、南紀《なんき》の串本《くしもと》の項に出てくるワゴン車のメンズショップの話が面白かった。漁師相手に服を売る移動販売だけど、これでよく商売になるね。串本には普通のメンズショップはないの？

椎名　あるよ。

目黒　じゃあ、そこで買うよね。わざわざ、このワゴン車で買うかなあ。

椎名　常連客がいるらしいよ。

目黒　メンズものを販売するそのワゴン車はずっと串本近辺にいるの？

椎名　そのワゴン車で九州から北海道まで旅してるらしい。主に港町、商品は男もの、しかも中年以上が専門。

目黒　若者向きはないのね。

椎名　そういうのはない（笑）。フーテンの寅《とら》さんだよな。寝るのは車の中。いろんな商

品を車に積んで全国をセールスして渡り歩いている人は結構多いみたいだね。そうそう、どこかの港でその人ともう一度会ったよ。お互いに熱い握手してさ。

目黒　旅の人生かあ。

風のまつり

講談社
2003年11月28日発行

目黒　「自著を語る」から作者の弁を引用しておこう。

「ぼくの書く小説としては比較的珍しい普通小説である。私小説でもなくSFを含んだ超常小説でもないという意味だ。ミステリーでもなく、しいていえばゆるやかな恋愛小説ということになるだろうか。書こうと思った動機はタイトルだった。『風のまつり』というタイトルが先に頭に浮かび、その風景が目に見えるような気がした。舞台はひとつの島で、そこに主人公が行くところから話が始まり、一か月ほど滞在して帰るところで話は終わる。モデルとなった島は、わが人生でいちばん行っている八丈島で、作家になった初期の頃、実際にこの島の大きなホテルで一〇日間ほどカンヅメになって小説を書いていたことがある。そのとき体験したことがベースになっている」

というんだけどさ、まあたしかに私小説でもなくSFでもないんだけど、でも恋愛小説でもないよ。飲み屋の若いママとの恋模様があればともかく、それもないんだからね。だから本当の普通小説。何も起きない。ホテル売却の査定人に間違われたり、選挙の対立候補陣営の人間に間違われたり、ということはあるけど、それだけ（笑）。

椎名　（笑）

目黒　「自著を語る」で作者が言っているように、島に主人公が行くところから話が始まり、一カ月ほど滞在して帰るところで話は終わる。本当にそれだけなんだよ（笑）。問題は、あとは何もないこと。主人公の職業はカメラマンに設定しているから、一応小説を書こうとは思ったわけだ？

椎名　そうだな。どうせならもっと本格的に恋愛小説にすればよかったな。飲み屋の若いママとの濡れ場を入れたりして。

目黒　濡れ場はなくてもいいけど、そういう恋愛小説にする手はあったね。本当に困ったなあこれは。

椎名　おれだって本にしたくなかったんだよ、これは。

目黒　えっ、どういうこと？

椎名　これ、書いたのは「小説現代」だけど、ずいぶん長い間、本にしなかった記憶がある。

目黒　ちょっと待って。あっ、本当だ。一九八九年四月号から一九九〇年五月までの連載だ。講談社から本になったのが二〇〇三年十一月だから、連載が終わってから十三年半がたっている。

椎名　な、そうだろ。十三年間も止めてたんだ。一応おれにも良識があるんだよ（笑）。

目黒　だったら最後までこういうのは出しちゃだめだって（笑）。

椎名　講談社からせっつかれちゃってなあ。

目黒　よくあるんだよ。一度雑誌とか新聞に書いた小説のできが悪いとずっと寝かせて、そのままお蔵入りするってことは。作家が亡くなったあとに遺族が出しちゃうケースもあるけど。

椎名　書き直せばよかったかね。

目黒　一度出したものはだめだよ。

椎名　いや違うよ。出す前に書き直せばよかったか、ということ。

目黒　ちょうどいい例があるんだ。二〇一三年の五月に出た東野圭吾《ひがしのけいご》さんの『夢幻花《むげんばな》』という長編は、その九年前に連載が終わったもので、かなり手を入れてから出版したらしい。そのときに思ったんだけど、どこをどう直したのか知りたいだろ？　だから前のバージョンをたとえば電子書籍で出してくれないかって。そうすると完成版との比較ができる。作家志望者にも編集者にも我々のような書評家にも、すごく参考になる。五百円ならおれ、買うよ。普通の作家ならそんな恥をかくことなんてしたくないだろうけど、天下の東野圭吾なら、その文化的な意義と価値を論じて口説けばさ、なんとか了承くれないかなって考えたことがある。

椎名　で、おれの場合は？

目黒　これはそんなふうに書き直すより、最初から新しい物語を書いたほうが早いよ。

椎名　そうか。

目黒　十三年間も本にしなかったのは椎名の誠意だろうけど、最終的に本にしちゃうのは情に流されてしまうというあなたの欠点だと思う。

まわれ映写機

目黒　「星星峡《せいせいきょう》」の二〇〇〇年七月号から二〇〇一年八月号までと、二〇〇二年一月号から十月号まで連載したものです。どうして途中で数カ月の休みをはさんだのか、その理由はわからないんだけど、椎名が作った映画会社ホネ・フィルムの解散が二〇〇〇年の秋なので、映画の話をここいらでまとめて書いておこうと、そういうことだったんじゃないかと思います。実際の解散は秋でも、ずいぶん前にそれは決まっていたと思うので、七月号から映画に関する回顧録を書いたと。そういうことですね。二〇〇三年十一月に幻冬舎から単行本になって、二〇〇七年二月に幻冬舎文庫に入っています。連載を途中で一度休んだ理由はおぼえていないよね？

椎名　おぼえていません（笑）。

目黒　これね、実は面白かった。というのは全体が二部構成で、前半は小さい頃から映画が好きだったというさまざまな思い出話を書いているんだけど、おれが知らない話が多かったんで。

椎名　なんだ、そういうことか。

目黒　雑誌の付録についてきた実物幻灯機を組み立てて遊ぶくだりが、いかにも椎名らし

幻冬舎
2003年11月30日発行

いんだよ。映画を観ることよりも、それを映す機械に興味を持つんだね。

椎名　実物幻灯機って、お前、知ってるか？（以下、その説明が延々と続く）聞いてるかお前？

目黒　ようするに、テーブルの上のリンゴを映したりするわけね。だから実物幻灯機だと。その仕組みはなんだかよくわからないけど（笑）。

椎名　だから……。

目黒　（また説明を始めようとする椎名を抑えて）このスタートカメラって何？

椎名　当時流行っただろ？（以下、その説明が続く）

目黒　ま、いいや。よくわからないから（笑）。で、本物の八ミリ映写機に触れたのが高校生のときで、友人の持っていたものを使ったのが最初。で、大人になっても興味は続いて、

1960年前後の千葉の様子。

保育園の助成金運動の一環として八ミリ映画（『われらペリカンっ子』）を作る。

椎名　それ、おれが書いているの？

目黒　そうですよ。

椎名　撮ったんだよ八ミリ映画を。初めて依頼されたんだぜ。

目黒　保育園で働いていた奥さんに依頼されたと、この本で書いている。

椎名　アマチュアからプロへの転身だな。

目黒　それをプロと言えるかどうかは別だけどね。それとね、椎名が小平に住んでいるとき八ミリ映画フェスティバルをやったという話が出てくる。三人だけの上映。これ、正月休みに毎年観たよおれ。

椎名　そうか？

目黒　正月だから来いっていうから行くと、呑《の》む前に映画上映会があって、それを観なくちゃいけないの（笑）。最初の年は三本で、翌年はその三人が新作を作るから六本になって最後の年は十本くらい観たような気がする。せめて新作だけにしてくれればいいのに、前に観たものも上映するから退屈で、あれは困ったなあ（笑）。

椎名　なんかお前、ぶつぶつ言ってたなあ。

目黒　でも、この本を読んで思い出したんだけど、井上陽水《いのうえようすい》の歌をバックにした『開かない踏み切り』って、椎名の弟のユーちゃんの作品だと思うけど、ずっと昔に観たアマチュア映画なのにおぼえていた。

椎名　そうそう、ユー玉が撮ったやつだ。

目黒　三人の上映会って、あと一人は誰？

椎名　沢野じゃないか。

目黒　それはおぼえてないなあ。沢野が被写体になって山に登るやつがあったけど、あれかなあ。山登りというよりハイキングみたいなやつ。しかも家族旅行。

椎名　それは「沢野ひとしの遠くに行きたい」（タイトルは『みたけまいり』）ってやつで、撮ったのはおれだな。

目黒　ただの家族旅行の記録だよね（笑）。

椎名　あれだって苦労したんだぞ。

目黒　あと鮮烈におぼえているのは、雨の日に色とりどりの傘が開いて歩いていくところをずっと俯瞰《ふかん》で撮ったやつ。綺麗《きれい》だったんでまだおぼえている。あれが『6がつの詩《うた》』じゃないかなあ。この本では違うことになっているけど。

椎名　銀座にあったストアーズ社のビルの屋上から下を撮ったんだよ。あれには八ミリ版と一六ミリ版がある。

目黒　ちょっと待って。じゃあ、この本でアマチュア時代に撮った映画は『神島でいかにしてめしを喰《く》ったか…』『うみどりのうたう島』『6がつの詩』と三本のタイトルが挙げられているんだけど、これ以外にもあったということ？

椎名　そうだな。その三本は全部八ミリだけど、これ以外に一六ミリが二本ある。それが『6がつの詩』の撮りなおしカラーバージョンと、『源作じいさんの島』モノクロ版。

目黒　それは『うみどりのうたう島』の撮りなおしバージョン？

椎名　同じく粟島を舞台にしているけど、これはまったく別の作品だよ。

目黒　あとね、二十代の後半に映画機材をすべて叩《たた》き売ったという記述が出てきて、あーそうかと思ったんだ。というのは、あの映画上映会つきの新年会は三回くらいしかなかったの。新居に引っ越してからは上映会なし。椎名の性格を考えれば、あの後も映画を作っていたなら、絶対に新居でも上映会をやったよね。それがあの後は普通の新年会になった

スタートカメラで撮った写真。現物のサイズは約天地75ミリ×左右55ミリ。

ということは、映画から椎名が離れたということなんだ。やっといまごろ気がついたよ。どうして映画からあのとき離れたの？

椎名　プロ野球選手をめざす高校生がさ、現実にはドラフトにもかからないで、ああおれはだめなんだとプロになることを諦めることってあるだろ。そういう挫折をおれも味わったんだな。

目黒　でもさ、何かをしなければ挫折ってしないぜ。どこかのコンクールに作品を出して落選したってことじゃないでしょ。アマチュアで撮ってただけでしょ？

椎名　ちょうどその頃、ＮＨＫのドキュメンタリーのレポーターをやったという話はほかの本でも書いているけど、そのときに彼らの使っている機材を見て、驚いたんだ。

目黒　サラリーマン時代の話ね。なにか書いてたなあ、なんとかかんとかを使っていたと（笑）。

椎名　で、こんなすごい機材を使っているやつらには逆立ちしてもかなわないって思ったんだ。それにフィルムを手でちぎって編集していくんだぜ。編集作業も見せてもらったんだよ。こっちは爪に火をともすような感じでフィルムを使っているのに、予算があるから、ばんばん捨てていく。あれは結構ショックだった。

目黒　それで全部売ったと。

椎名　雑誌に出したらおやじがやってきて、自分の欲しいものしか持っていこうとしないんだよ、当たり前だけど。最後は、じゃあこれもあげます、これもあげますって全部そのおやじにあげちゃった。

目黒　椎名誠の挫折体験というわけか。知らなかったなあ。新年会に呼ばれても上映会がないから、すぐに飲み食いできて良かったたなあと思うだけで、その意味を知ろうとしなかったよ。

椎名　お前なあ（笑）。

目黒　この本は二部構成で、前半が椎名の子ども時代からアマチュア時代までを書いたものので、後半がホネ・フィルム編だけど、「ガクの冒険」だけにしたのがよかったね。

椎名　そうか。

目黒　椎名は映画監督として七年間に五本の作品を作るんだけど、それをいい機会なのでまとめておくと、

『ガクの冒険』（一九九〇年）
『うみ・そら・さんごのいいつたえ』（一九九一年）
『あひるのうたがきこえてくるよ。』（一九九三年）
『白い馬』（一九九四年）
『遠灘鮫腹海岸』（一九九六年）

という五本ですね。第二部でこの五本をどうやって作ったのかをそれぞれ克明に書いていったら、長大な本になるし、読むほうも飽きちゃうし、記録としてはいいかもしれないけど、これまでに椎名はそれぞれの映画について書いているし、いまさらまとめて書くこともない。だからここでは『ガクの冒険』だけしか触れていない。もちろん、その後の映画のタイトルは出てくるけど、さらっと流している。

椎名　ふーん。

目黒　えっ、おぼえてないの。この本で何を書いたのかって。

椎名　おぼえてないよ。

目黒　じゃあ、どうしてこういう構成にしたのかってことも、おぼえてない？

椎名　うん。どうしてかなあ。

目黒　困ったねえ。

椎名　おぼえていることもあるぜ。

目黒　なに？

椎名　サラリーマン時代に当時の社長がフランスに行くことになって、記録としてムービーを撮ってきたいと言うんだ。で、君は映画に詳しいようだから、八ミリ撮影機を買ってきてくれと。

目黒　椎名が一緒にフランスに行ったわけではなくて、八ミリ撮影機を買いに行っただけ？

椎名　三倍ズームのついたやつを買って社長にわたしたら、ひどいんだこれが。

目黒　何が？

椎名　カメラを動かし続けるのさ。自分の見たままを映していく。動くものをじっと撮るのが映画だから、まったく逆だよな。だから観るほうは目がまわっちゃう。素人《しろうと》がよくやる典型的な「壁塗り映画」だね。

目黒　えっ、なにその「壁塗り映画」って？

椎名　左官屋さんが壁を塗るときのように、カメラが動いて映していくのさ。

目黒　そうなんだ。

椎名　それをおれが編集したんだぜ。ちゃんと観ることができるように。結構大変だった。

目黒　その話、いままでどこにも書いてないぜ。

椎名　そうか。会社の機材として購入したその撮影機、それからはおれがずっと使ったから、書きにくかったのかな（笑）。

目黒　じゃあ、書かないほうがいい？

椎名　もういいよ（笑）。

笑う風　ねむい雲

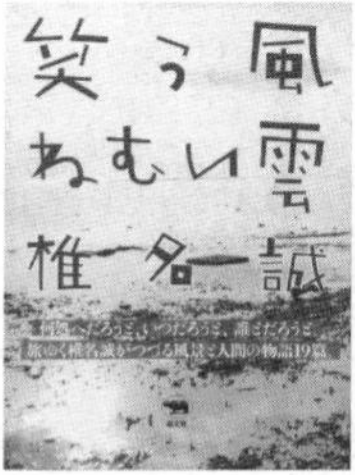

晶文社
2003年12月30日発行

目黒　これは晶文社から刊行された写文集ですが、もとの発表誌が多岐にわたっている。「別册文藝春秋」、「青春と読書」、「小説新潮臨時増刊」というのはわかるんだけど、いちばん多いのが各六本の「天上大風」と住友建機「POWER」ってのは何？

椎名　住友建機「POWER」は社内誌かPR誌だ。どっちだっけなあ。それはまだ連載が続いているよ。「天上大風」っていうのは男性誌ですね。

目黒　ということは、一冊にするために書いたんじゃなくて、こういう写真とエッセイを組み合わせたやつを椎名はいろんなところに書いているんだ。

椎名　そうだな。

目黒　面白かったのは、アマゾンのテフェという町でハンモックを買う話。いちばん上質のもので千五百円というんだ。ということは安いやつって幾ら？

椎名　三百円くらい。

目黒　高いやつと安いやつの違いは何なの？

椎名　高いものはしっかりしているから、切れない。そこで寝ていても下に落ちない（笑）。

目黒　アマゾンで落ちたら困るよねえ。

椎名　あれだぞ、畳一畳分くらいあるんだぞ。

目黒　それ、この本のなかで書いていている。

椎名　えっ、書いてるの？

目黒　殺虫剤のＤＤＴの臭いがものすごいと。虫よけ、蚊よけが最初から施されているのだろうって書いているよ。

椎名　書いてたのか。

目黒　あとね、スコットランドの海岸で女性がバイオリンを弾くとアザラシがやってくるという話。

椎名　アザラシ・コンサートの話な。

目黒　岩の上に立った女性がバイオリンを弾く写真が載っているけど、残念ながらアザラシがよく見えない。

椎名　海からぽこぽこって頭を突き出しているやつがいるだろ。それがアザラシだよ。よく見てくれよ。

目黒　この写真では、アザラシの頭とはわからないよ。

椎名　いつもはもっと多くのアザラシがやってくるらしいけど、この日はおれがいたんで警戒して少ないって言ってたなあ。

目黒　ベトナムでは五〇ccのバイクは免許不要だというのも面白かった。東南アジアはみんなそうなの？

椎名　そうだな。バイクはいわば現地では自転車と同じようなものだから、子どもも乗っている。

目黒　乗ってるということは、運転しているってことね。

椎名　もちろん。数年前に行ったときに、西《にし》澤《ざわ》が面白かった。

目黒　なに？

椎名　あいつ、日本では免許を剝奪されたから原付も乗れないんだよ。でもベトナムでは免許不要だから、バイクを借りてひゃっほーって喜んで乗ってた（笑）。

目黒　そうだ。椎名の写文集には、意識して撮るわけでもないのに犬が写り込むことが多いんだけど、この本には珍しく犬が写っていない。

椎名　そうか。

目黒　あのさ、犬って世界中にいるの？

椎名　いるよ。

目黒　猫も世界中にいる？

椎名　いるけど、好き好きだな。

目黒　どういうこと？

椎名　モンゴルでは猫をあまり見かけないからだな。

目黒　じゃあ、猫がいないんじゃないの？

椎名　モンゴル人は猫が嫌いだから見かけると蹴っ飛ばすんだ。

目黒　蹴っ飛ばされるのに猫がいる？

椎名　ロシア人が飼っている猫がいるから。

目黒　どうしてモンゴル人は猫が嫌いなの？

椎名　猫は何も働かないからって彼らは言うんだ。遊牧民の国だからね、動物はとにかくみんななんらかの役に立っている。でも猫はなーんにも仕事しないだろ。

目黒　へーっ。

椎名　日本の犬は働かないけど、世界では働く犬のほうが多いんだぜ。

目黒　たとえば？

椎名　パタゴニアの牧羊犬とかな。ガウチョの口笛でいかに犬が言うことを聞くかが、面接のときの決め手だからね。

目黒　面接って何？

椎名　カウボーイは数匹の訓練された牧羊犬をつれて放浪しているんだよ。

目黒　ええっ、ホント？

椎名　で、牧場の面接を受けるときに、犬を口笛ひとつで自在に動かしてみせるわけさ。

「アザラシのためのバイオリン・コンサートを覗いてきました」より

目黒　じゃあ、給料が安いと、もうそろそろどこかへ行こうかって犬に言うわけ？
椎名　そうだな。しかも金に困るとその犬を売ったりする。
目黒　かわいそうだねえ。親方、わたしを売るんですかって恨んじゃうよね（笑）。
椎名　まあ、犬はカウボーイの財産でもあるからね。
目黒　すごく面白い話だけど、いままでどこにも書いてないよそれ。どうして書かないのかなあ、そういう面白いネタを。

走る男

目黒　これは意外に面白かった（笑）。
椎名　そうかねえ。
目黒　おれね、「週刊朝日」の一回目を読んだだけで、あとは読んでなかったような気がする。一回目が、パンツ一枚の男が大勢の男たちと一緒に走っていて、ただそれだけの話なんだ。椎名は絶対に何も考えずに、これを書き出したなと。それはわかるから（笑）、どうするんだこの話、こんなところから始めちゃって、と思った記憶がある。だから、つまらないと思っていたのは、読んだうえでの判断じゃなくて、一回目を読んだだけの感想

朝日新聞社
2004年1月30日発行

だったんだね。あの迷作『長く素晴らしく憂鬱な一日』と同傾向のものだと勝手に決めちゃったんだ。これは無残な結果になるだろうから、できれば読みたくない、と心理的なブレーキがかかって、本になってからも読まなかったんだろうね。

椎名　何も考えずに始めたのはその通りだけど（笑）。

目黒　でも今回初めて通読したら、これがなかなか面白いんだ。

椎名　ホントかよ？

目黒　まずね、構成がうまい。

椎名　行き当たりばったりなのに？

目黒　何も考えずに始めたわりに、奇跡的に成功している。まず喋る犬が登場するんだけど、ちゃんと喋れないというのがいいし、生活に必要なものを一つずつ手に入れながら、それをまた失うというアクシデントも、この手の小説の常套的な展開とはいえ、椎名の場合はすべて無計画だから、よくこんな構成をその場しのぎで思いついたよなと感心する。

椎名　確認だけどさ、お前、ホメているよな（笑）。

目黒　もちろんホメてます。しかもね、少しずつ、未来社会あるいは異世界であることが暗示される。たとえば、水に同化している「筏《いかだ》の男」とか樹人《じゆじん》とか、「中国の亜空間宇宙飛行士がもっとも愛用した栄養豊富な携帯食」とかね。文庫版の帯に、『アド・バード』『武装島田倉庫』などの世界観を引き継ぐシーナワールド全開の超常系長編小説、と編集者が書きたくなる気持ちもよくわかる。残念ながら違うんだけどね。

椎名　違うんだ。

目黒　そりゃそうだよ。いちばんびっくりしたのは、主人公がなぜ走っているのか、最後に理由が明かされること。『アド・バード』や『武装島田倉庫』と違う点は後で話しますが、『長く素晴らしく憂鬱な一日』とも違うのはこの点だよね。こっちにはきちんとした理由がある。すべてが説明されるオチが見事。こんなこと、最初から考えていたわけじゃないよね？

椎名　どういうこと？

目黒　この小説の内容をおぼえてない？

椎名　苦しかったことはおぼえているけど、何を書いたのかはおぼえていない。

目黒　しょうがないなあ（と内容を説明する）。このオチを最初から考えていたの？

椎名　考えているわけがない。

目黒　そうだよね。

椎名　『アド・バード』や『武装島田倉庫』と違う点って何なんだ？

目黒　『走る男』は、最後にすべてが説明されて全部納得するんだけど、でもその分だけ物語に広がり、情感というものがない。いやあ、よくまとめましたね、という感じで終わっている。この『走る男』を読むと、これだけ面白いのに、これだけ計算されつくした物語であるのに、読み終えたあとの印象は意外に薄いから、小説というのはつくづく難しいものなんだなと思いますね。

椎名　ふーん。

目黒　でもね、『アド・バード』や『武装島田倉庫』は二十年に一度という傑作なんだから、あれを何作も書くのは無理だよね。ルーティンとして『走る男』レベルの作品を書いていくというのも作家としての一つの選択だと思う。ここには意外に器用な作家・椎名誠がいるんだ。

椎名　どういう意味？

目黒　こういう作品をもっと書けばいいのに、

と言いたいわけですよ。

椎名　もうやりたくねえな。

目黒　そう言われると、ミもフタもない。

ぱいかじ南海作戦

新潮社
2004年4月30日発行

目黒　この『ぱいかじ南海作戦』も意外に面白い。『走る男』は椎名誠の意外に器用な面が出ていて興味深かったんですが、こちらもまた器用です。『走る男』とほぼ同じ頃に書いた作品なんで、もしかするとこの頃の椎名は、こういう作品に向いていたのかもしれない。

椎名　向いてないよ。

目黒　まあまあ。これもね、ストーリーがきちんと動いているんだ。会社が倒産して妻にも去られ、失意のまま南の島にやってきた男を主人公にした小説ですが、まるでプロットをきちんと作ってから書いたような感じがある（笑）。

椎名　そんなの作ったことありません。

目黒　この小説については、「自著を語る」で次のように語っているので、まず本人の弁を引きましょう。

「その折、西表島のハエミダというところで、いわゆるホームレスの人たちが南の浜のアダンの木の森にたくさん住んでいるのと出会った。南島でのホームレスの生活はぼくがしょっちゅうやっているキャンプ旅の延長のようで、なかなか魅力的に思えた。彼らとも親しくなり、いろんな話を聞き、そのサバイバル技術などもあちこちで見せてもらった。その時の強い印象を元に、自分がホームレスとなってそういう生活をしていったらどうなるか、というのがこの小説を書くモチベーションだった。経験したものを小説に書いていくというのはかなり楽なもので、この連載はあまり苦しまずに地のままで書いていけばよかった。その意味では成功した部類だろうと思う」

これは楽だったんだ。

椎名　そうだな。だからおれのなかでは『走る男』と『ぱいかじ南海作戦』は違うんだ。『ぱいかじ南海作戦』は楽だったけど、『走る男』は苦しかったから。

目黒　なるほど、面白いねえ。たしかに『走る男』は超常小説で、『ぱいかじ南海作戦』はサバイバル小説だから、ジャンルは異なるんだけど、読者として読むと似た印象がある。ようするにストーリー性が濃いんだ、この二作は。こういう読み物を椎名はこの時期にしか書いていないから、何かあったのかなと思っちゃう。この路線をもっと書けばよかったのに、と思うんだおれは。

椎名　ふーん。

目黒　構成的に言うと、最初は先人に騙《だま》されて、次は先輩になるというのがいいし、東京の編集プロダクションに主人公が時々電話するのもいいよね。もう一つ、別の目を用意することで物語にふくらみが生まれている。ただし、元妻はいらないね。最後に登場するけど、元妻がいなくてもCMの撮影はありうるわけだから余分だよ。

椎名　これは映画になったんだよ。映画では元妻がいたほうがよかったな。

目黒　その映画では、ラストはどうなった？

椎名　ラストって？

目黒　ヨットを盗んでまた旅に出るだろ？　いや、出発するわけじゃないんだ。そう考えながら寝たっていう描写だ。また旅が始まるのだ、とかなんとかいう感じ。とっても常套的だよね。

椎名　それはわかるけど、ほかにどんな方法があった？　こういうのは終わり方が難しいだろ。

目黒　映画ではどういうふうにしてた？

椎名　原作に忠実な映画だったよ。たしか、筏で海に出るんじゃなかったかな。

目黒　旅に出るパターンか。

椎名　こうするしかないだろ？

目黒　そうかなあ。あるような気がするなあ。

誠の話

角川書店
2004年5月31日発行

目黒　「マルコポーロ」に連載した和田誠さんとの対談集ですね。不思議なのは、雑誌に連載していたのが一九九四年七月号から一九九五年二月号までなのに、角川書店から本になったのが二〇〇四年。どうして十年も寝かせていたの？　単行本化にあたって語り下ろしの対談を一本収録しているけど、分量的にはそれがなくても十分一冊分ある。

椎名　忘れてたんだ（笑）。

目黒　対談集なんで評価は別にします。なんといっても面白いのは映画の項だよね。おれ、椎名はやっぱりヘンだと思う。

椎名　なんだよ。

目黒　テアトル東京で『ベン・ハー』を上映したときの話が出てくるんだけど、スクリーンが横に長くて、しかも湾曲しているから、三つのプロジェクターを使って映写していたと。一つのプロジェクターに係が正と助手の二人ついていて、そのプロジェクターが三台だから全部で六人。さらに三つのスクリーンの間の二つの筋を補正する係も別にいるから総勢八人がかりで映写したと、嬉々《きき》として語るわけだよ。

椎名　だって興味あるだろ、みんな。

目黒　その後で、ディメンション150方式になって、それがどういうものかもここでは克明に語っているんですが、そのディメンション150方式の第一回目が新宿プラザで、チャールズ・ブロンソンの『ウエスタン』という映画であったと。椎名はその映画を観に行ったんじゃなくて映写方式を見に行って、すげえすげえと感心するんだ。さすがの和田さんも、「沢山の人があそこであの映画を観たと思うけど、そんな見方してたのは椎名さんくらいでしょう」と言っている。「僕は完全に映写オタク」であると椎名自身も言っているね。これ、やっぱり異常だよ。

椎名　そうかなあ。

目黒　映画を観るより撮るより、それを撮影したり映写する機械に興味があるってのは、異常でしょ。そういう人って他にいる？

椎名　少ないね。

目黒　映画体験を書いた『まわれ映写機』によると、その興味は幼い頃からあったというんだから、梅檀《せんだん》は双葉より芳《かんば》し、だよね。人間って変わらないんだ。ええと、あとは細かなことばかりなんですが、定期代の話でね、椎名が三カ月で三万七千二百八十円、和田さんが半年で三万二百四十円。すると椎名が、あっ、七千四百円勝ったというくだりがある。

椎名　なんで定期を持ってるの？

目黒　自宅から仕事場まで定期を買ってるよって話が出てくるのさ。

椎名　買ってたんだおれ、定期。

目黒　それくらいおぼえていてよ（笑）。

椎名　で、それがどうかしたのか？

目黒　なんでも勝ち負けを決めたがる椎名らしい発言なんだけど、この場合の基準がわからない。定期代金としてたくさん金を使っているほうが勝ちならば、そもそも椎名は三カ月定期なんだから和田さんと同じ半年定期を勝ったら金額はこの倍近くになる。だから圧倒的に勝ちで、七千四百円程度の勝ちじゃない。

椎名　お前の言ってることがわからない。

目黒　面倒くさいから、ま、いいや（笑）。じゃあ、モンゴルに行ったら水虫が治ったという椎名の発言があるんだけど、そもそも水虫になったことなんてあるの？

椎名　おれが？

目黒　治ったと発言しているんだから、その前は水虫だったということだろう？

椎名　本当にそう言ってるの？

目黒　違うの？

椎名　記憶にないなあ。

目黒　だいたいいつも裸足《はだし》にビーチサンダルのやつが（笑）、水虫になるってのがおかしいよね。

椎名　なにかもっと他の質問はないのかね。

目黒　あまりないんだよなあこの本。あるとするなら、タイトルだね。このタイトルはうまいよね。

椎名　花田《はなだ》紀凱《かずよし》さんがつけたんだろうな。

目黒　どうせなら誠という名前の人をあと二人集めて四人座談会をすれば面白かったね。発言者の名前を全部「誠」にしてさ、どの「誠」が発言したんでしょうかって読者に考えさせるの。

ただのナマズと思うなよ

文藝春秋
2004年9月15日発行

目黒　赤マント・シリーズの第十六弾です。あのさ、この文庫版の解説で、伊豆《いず》の島に行って二十人分のカレーを作ったとき、いつもより人数が多いのでどうも味がきまらない。すると椎名がタバスコを一本鍋にぶちこんだ。さっきと違って味がある――と沢野が書いているんだけど、これ、沢野の創作でしょ？

椎名　実話だよ。それからいつもおれたちのカレーは、タバスコ一本ぶちこんでるぜ。

目黒　えっ、本当なの。困ったなあ。

椎名　どうしたんだ？

目黒　それだと話がつながらない。

椎名　どういう意味？

目黒　この本の冒頭にね、知り合いからサンマがどさっと送られてきたので新宿のなじみの居酒屋でさばいてもらうことになったという話が出てくる。古い友人の目黒考二君に事務所に届いたサンマをタクシーで持ってきてもらうことになったけど、それがなかなか来ない。「目黒のサンマはまだか？」と誰かが言いだして、どっと笑ったところに目黒が到着。遅れたくせに憮然《ぶぜん》としている。そこで椎名が、「遅れたのはいい。しかし今みんなで同時に気がついたんだけどこれぞまことの目黒のサンマじゃないか。それで笑っていたんだよ。だからお前も一緒に笑ってもいいじゃないか」と言うと、目黒が次のように言うわけ。「別にそんなにおかしくもないよ。考えてみてくれ。ずっと昔から秋になってサンマが出てくるとおれはみんなにそう言われてきたんだぜ。そういう人生だったんだぜ」。というエピソードなんだけど、これは椎名の創作だろ？　おれはそんなこと言われたことないし。だから解説で沢野が創作しているように、椎名も話を作っているから、やっぱりこの二人は友人なのだと話をつなげようとしたんだよ。それなのに、沢野の解説が実話と言われると、話がつながらない。

椎名　なに言ってるのお前？　サンマの件、実話じゃないか。おぼえてないのか？

目黒　嘘！

椎名　おれははっきりおぼえているから。

目黒　えええええっ！　実話？

椎名　お前も歳だから、忘れているんだよ。

目黒　ショックだなあ。おぼえてないや。

椎名　自信を持って言えるよ。これは実話であると。数人が一緒だったから証人もいる。

目黒　そこまで強く言われると自信がなくなるなあ。ま、いいや。ええと、あとは酒田《さかた》でワンタンメンを食べる話。

椎名　ワンタンメンのうまい店があったんだよ。
目黒　でもさ、椎名ってワンタンメンを昔から食べてたの？
椎名　食べてたよ。それがどうした？
目黒　椎名のイメージに合わないよね、ワンタンメンは。
椎名　なんだよそのイメージは。
目黒　ま、いいか。
椎名　どうした目黒。今日はおかしいぞ。
目黒　次にいきます。覆面パトカーにつかまる話が出てくるんだけど、十五年間も無事故無違反のゴールド免許だったのにと嘆くエピソードね。ゴールドだと何か特典はあるの？
椎名　免許更新が近くの警察署でできる。
目黒　ゴールドじゃないと？
椎名　遠くまで行ってさ、しかも講習を受けなければいけない。
目黒　なるほどね。おれ、いまだに免許を持ってないからな。
椎名　なんで免許取らなかったの？
目黒　配本部隊を指揮していた頃に一度行く予定をたてたの。秋田のほうで二週間か三週間の合宿で免許が取れるって話があったから、当時本の雑誌社でアルバイトしていた慶應のY君と二人で一緒に行こうって約束したんだ。その間東京を留守にするから、仕事の段取りもきちんとしてさ。免許の学校って昼間だけだろ、授業は。夜は民宿で泊まりだから、大学生たちを麻雀に誘い込んでカモろうぜって、Y君と楽しい計画をたてていたんだよ。そしたら、Y君が急性肝炎になっちゃってさ、一人じゃ行ってもつまんないなとやめちゃった。
椎名　その機会を逃がしたらダメ？
目黒　あれが、最初で最後のチャンスだったなあ。

小魚びゅんびゅん荒波編

にっぽん・海風魚旅3

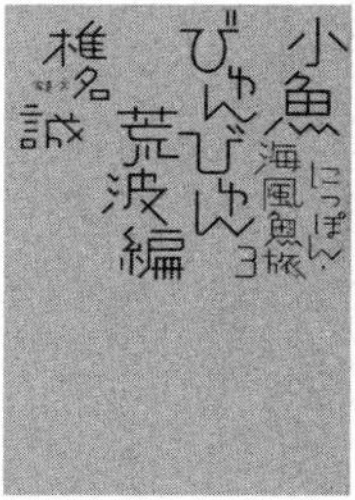

講談社
2004年11月22日発行

目黒　「にっぽん・海風魚旅」の第三弾。房総の麻雀博物館に行く話が途中にあるんだけど、そこに、ベトナムの収容所でフランス人捕虜が作ったアルミの牌《パイ》というのが出てくる。写真も載っているんだけど、すごく精巧だよね。でも、どうしてフランス人が麻雀するんだろ?

椎名　おれに聞くなよ(笑)。

目黒　いや、その博物館で聞いたかなって思ってさ。

椎名　知らないよ。

目黒　椎名は世界中を旅しているけど、日本以外の国に雀荘《ジャンそう》ってあるの?

椎名　見たことないなあ。チベットで家庭麻雀をしたことはある。

目黒　その話は聞いたな。日本と同じルール?

椎名　ちょっと違う。

目黒　金を賭けるの?

椎名　むしられたよ(笑)。

目黒　ずいぶん前に香港に行ったとき、レストランで食事してたら閉店時間がきてさ、そしたら隅のテーブルで従業員がいきなり麻雀を始めて驚いたことがあるな。

椎名　お前、香港に行ったことがあるの？　旅行嫌いなのに（笑）。

目黒　競馬しに行ったんだよ。あとは、鹿児島でラーメン屋を二軒はしごするくだりがあるんだけど、よく食えるよね。

椎名　昔の話だろ？

目黒　そんな昔じゃないよ。十年ちょっと前だからあなたが六十歳くらいのときだよ。

椎名　いまは食えないな。

目黒　いまでもおぼえているのは、椎名が作家としてデビューしてしばらくした頃だから四十代だと思うんだけど、カツ丼とタンメンを頼んで一人で食べてたよ。四十代であの食欲は異常だったよね。

椎名　そうかねえ。

目黒　小笠原の父島《ちちじま》に行ったときに、スローピッチボールという野球をやった話が出てくるんだけど、これは浮き球野球とは違うの？

椎名　別物だな。

目黒　アメリカから伝わってきたもので、ソフトボールより大きめの硬い球を使うって書いてある。

椎名　野球に似た遊びが、もしかしたら世界中にあるのかもな。

目黒　あとは余市《よいち》のリンゴの話。日本でリンゴが民間で最初にできたのが余市なんだけど、明治四年に当時の北海道開拓使次官の黒田清隆《くろだきよたか》がアメリカから持ち込んで、その栽培を奨励したのがきっかけだったとここに書いてある。では、余市のリンゴがなぜ赤いか、知ってる？

椎名　どこのリンゴも赤いだろ？

目黒　余市のリンゴは特に赤いんだって。

椎名　ふーん。

目黒　明治期の北海道の各地に入植したのは、戊辰《ぼしん》戦争の敗者なんだよ。で、みんなが苦労するって話はこれまでにいろいろな小説で描かれているけど、余市に入ったのは旧会津藩士。ここでも大変な苦労をして、だからリンゴが実ったときはみんなで喜ぶんだ。だから、こういう文章が出てくる。「余市のリンゴが、これほど切ないまで赤いのは、(略)会津人の怒りと怨念がこめられた、炎の色なのではないか」って。

椎名 それ、おれがこの本で書いてるの?

目黒 違うよ。蜂谷涼《はちやりょう》が『螢火《ほたるび》』という小説で書いている。

椎名 初めて知ったなあ。

メコン・黄金水道をゆく

目黒 「小説すばる」に二〇〇三年十月号から断続的に連載され、二〇〇四年に集英社、二〇〇八年の二月に集英社文庫と。これは、インドシナ半島を縦断するように流れるメコン川の上流から下流まで、暑くて苦しい四五〇〇キロの旅の顚末を書いたものですね。

「自著を語る」では、次のように書いている。

「この旅で、日本にたくさんある川と、世界の大陸を流れる長大な川とのとても大きな基本的な違いというものを実感し、川という水の流れと人間の生活に対してのかなり大きな興味がめばえた」

集英社
2004年12月20日発行

ミャンマー、タイ、ラオス、ベトナム、カンボジアをめぐる旅だね。写真がかなり入っているけど、写文集ではない。写真紀行となっている。この明確な違いはあるの？

椎名　何の違い？

目黒　だから、写文集と写真紀行の違い。

椎名　写真紀行のほうが、文章の量が多いんだな。

目黒　そうか。単純なことだ。ところで冒頭に、ラオスのビザの話が出てくるんだ。入国したかったらここまで来い、と現地に行かないと発給してくれないというくだりなんだけど、どうしてビザは必要なの？

椎名　昔は、入国した人の流れを記録するためにビザの発給が意味あることだったんだろうけど、いまは形骸化してるよな。ヨーロッパなんてEU加盟国同士ではビザいらないし、パスポートもいらない。

目黒　えっ、パスポートもなくて移動できるの？　じゃあさ、日本からヨーロッパに行くときは？

椎名　入国ビザが必要な国と、不要な国でわかれている。

目黒　じゃあ、入国ビザが不要な国に入って、あとはEU加盟国のなかを移動するだけならビザが最後までいらないってこと？

椎名　そういうことになるな。

目黒　それがどういう意味なのかはよくわからないけど（笑）。

椎名　便利だろう、それは。

目黒　ラオスの人口五万人のルアンパバーンという町では焼き芋が五、六本でなんと十六円。安いよねえ。

椎名　ラオスでは、ナマズがパクン、フナみたいのがパマン、黒い淡水魚メジナみたいのがパピア。みんな名前の頭に「パ」がつく。

なんでなのかと尋ねたら、「パ」というのは、ようするに「魚」という意味なんだっていうんだよ。だから本来は、「クン」「マン」「ピア」と言えばいいんだ。

目黒　それ、この本の中で書いてるよ。

椎名　そうだったか。じゃあ、コン島のことも書いている？

目黒　なにを？

椎名　コン島は中州なんだっていうこと。ラオスの南部のあたりで、メコン川の川幅は二〇キロほどあるから、その中に大小さまざまな島が四千もある。川の中にだぞ。その中でコン島は小さなほうだね。すぐそばに大きなコーン島があるからややこしいんだけど、そのコン島に滞在したのはよかったという話。それはおれ書いてる？

目黒　ああ、書いてるよ。何もない島だけど、だからこそ豊かに暮らしていると。

椎名　その島に数日間いたんだけど、よかったよ。流れている時間が日本とはまったく違うからね。

目黒　腰巻き文化圏の人はパンツを穿《は》かないっていうのも面白かった。

椎名　小便するときにパンツは面倒だというのもあるけど、そもそもそういった衣服を着ている社会の多くは、あんなのを穿いているところは暑い地域である、というのがあるね。

目黒　なるほどね。ただ、この流域はどこの国でも食べるものがおれはだめだな。平均的な朝食風景としてトカゲが皮つきで出てくるところがあっただろ？

椎名　あったなあ、どこだっけ？

目黒　おいしそうだったのは、ベトナムのフランスパン。フランスに統治されていた国だけにフランスパンの文化が残っているんだね。

椎名　あれはたしかにおいしかった。

大漁旗ぶるぶる乱風編　にっぽん・海風魚旅4

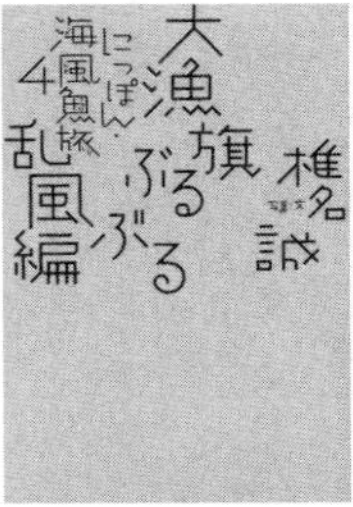

講談社
2005年4月28日発行

目黒　あのね、沖縄の伊是名島《いぜなじま》の話が出てくるんだけど、島を歩くとどの家の縁側にもお茶セットが置いてあるというんだ。急須と茶碗と魔法瓶。で、留守だったら勝手に休んでいってくださいって。これね、ついこないだ、テレビを見てたら出てきたよ。どこの島の映像だったのかおぼえていないんだけど。

椎名　それはたぶん伊是名島だよ。

目黒　どうしてそう言いきれるの？　こういう風習は沖縄全般にあるんじゃないの？　石垣島とかさ。

椎名　昔は沖縄全般にあったらしいけど、いまは大きな島にはないよね。

目黒　この伊是名島しかない？

椎名　そうだと思う。大きな島では防犯上ありえない。

目黒　椎名は日本中行ってるよね。鄙《ひな》びた田舎にも。そういう地域にもこういう風習はないの？

椎名　聞いたことがない。

目黒　へーっ、すごいな伊是名島。話はどんどん飛んでいくんですが、瀬戸内海の因島《いんのしま》に行ったときに、ここを舞台にした今東光《こんとうこう》の小説を高校生のときに読んだことを思い出す話が出てくる。その小説のタイトルはおぼえてないよね。
椎名　『悪名』だな。
目黒　あのシリーズの一編か。映画も観たの？
椎名　勝新太郎《かつしんたろう》と田宮二郎《たみやじろう》な。どうだったかなあ。瀬戸内海の因島を舞台にした映画は観たかどうかおぼえていない。
目黒　映画を先に観て、それで興味をおぼえて原作を読んだとか。それとも椎名が高校生の頃はまだ映画化されてないか。いや、ぎりぎりか。どうして高校生が『悪名』を読んだのかなあ。その動機を知りたいな。
椎名　なんで？
目黒　だって娯楽小説だよ。高校生の椎名が読むような小説じゃない。不思議だなあ。ま、いいか。ええと、また沖縄の話になるんですが、島によってハブがいたりいなかったりするのは不思議だね。
椎名　そうなんだ。一島おきにいるんだよ。
目黒　えっ、何それ？
椎名　久米島にはハブがいるが、その隣の奥武島《おうじま》にはいない。ところがその隣のオーハ島にはまたハブがいるんだ。つまり、一島おき。
目黒　その理由は解明されてないの？
椎名　謎のまま。
目黒　へーっ。
椎名　オーハ島でキャンプしたことがあるんだよ。ハブがいるって知らなかった頃で、平気でやぶの中でしょんべんしたりしてた(笑)。後で聞いたら、ハブがうじゃうじゃいる島なんだ。そうそう、何年か前に、外国の女性を殺した青年が整形して島に隠れ住んでいたって事件があったろ。あれがこのオーハ島だよ。
目黒　あったなあ。そういうことが。

椎名　あの報道を聞いて、ハブがうじゃうじゃいるあの島でよく隠れてたなあとびっくりしたことがある。

目黒　北海道の厚岸《あつけし》でカキを食べるくだりに、スコットランドの名産である「シングルモルトウイスキーのボウモア」をふりかけて食べるとおいしいという話が出てくる。

椎名　ボウモアはちょっと癖のあるウイスキーなんだけど、カキに合うんだ。

目黒　このボウモアって何？　グレンフィデ

イックとかグレンマレイとかと同じくブランド名?

椎名　うん。このボウモアは海のそばで造られているんだ。だから海のものと合うんだろうな。

目黒　話はまた飛ぶんですが、例の「おいしいラーメン屋の三条件」がこの本でも出てくるんだけど、その後、この条件に合う店に入って失敗したことはない?

椎名　ないなあ。

目黒　以前も紹介したから繰り返しになるんだけど、①駐車場が完備されていて、しかも第二、第三がある②暖簾が汚れている③厨房にたくさんの人が無言で忙しく働いている——という三条件。そうか、失敗しないのか。

椎名　というよりも最近はほとんどラーメンを食わない。

目黒　えっ、どういうこと?

椎名　あんまり食べたいとは思わないんだ。

目黒　ちょっと待ってね、この本では行く先々でラーメンを食っているよ。まるでラーメン紀行みたいな雰囲気がある。これは十年前に出た本なんで、現在は違っているということか。

椎名　最近はカツ丼も食わないな。

目黒　どうしたの椎名?

椎名　いや、食欲そのものがあまりないんだ。

目黒　ありゃりゃりゃ。

(以下、『本人に訊く』〈参〉へつづく)

あとがき

こういう本をいったい誰が読んでくれるのだろうか、という思いは第一巻が発売されたときからあった。作者としては自分が書いてきた本を書評界でいま一番アブラの乗り切っている文芸評論家が一冊ずつ読んで、きっちり「よければいい」「だめならだめ」と評価、指摘してくれるのだからありがたいことで「本を書いてきてよかった」と素直に感謝している。

若干気になるのは、まあそれは評論家としての立場のようなものが関係しているのだろうが、時系列に非常にうるさいこと。いろいろないきさつからかなりぼくの個人的資質や執筆の癖をよく知っている友人関係にある文芸評論家なので、事実をよく知っている。

しかし自分自身とその周辺のコトを題材にする私小説などは物語を効果的に構成するために多少エピソードの前後を入れ換えたり登場人物の性格にヒネリを加えるために必ずしもすべて正確に書くわけではない。

けれどこの批評家はそこのところを衝《つ》いてくる。こことここと順序が違っている！　などという叱責ともとれる指摘だ。そういうことが続くと、対話というよりやはり「取り調べ」というようなニュアンスがどんどん強くなり、気がつくとこちらはずっと卑屈に言い訳に終始しているような状態になる。

ま、しかし、それもじっくりキチンと読んでくれているからのことで、ふと我にかえればやはりありありがたいこと、と感謝するのだ。

このシリーズは全四巻の構成で、本書はそのうちの二巻目である。本書の題材になっている本は、モノカキとして十年以上たっており、年に最低でも五冊ぐらいそれぞれジャンルの異なった新刊が出ている頃であった。この頃から次の三巻目にいたるまで毎日何か書いていた、という記憶がある。それからまだ若かったから取材にもどんどん出ていたし、外国の辺境地などに行くと一カ月ぐらい行きっぱなし、ということも多々あった。それでもいろんな連載などを手がけていたので、その日泊まった安宿が自家発電で夜中には消灯となってしまう。書いている者としてはようやく話の中にのめり込んでいて、いい具合になっているときなど、それでペンを置いても頭の中は血が回流しているスパイラル状態になっているから、電池を光源としている粗末なヘッドランプの頼り無い光のなかで書き続けていたときもけっこうあった。

そういう状況的に苦労した本でも、次から次へと新たな本を書いていくから、一度単行本として出来上がってしまうと、あとで自著を読み返すなどということはなかなかしない。

今回のこの「取り調べシリーズ」で、そういうむかしの本を読み返すことが増えてきて自分の書いてきた本から「自分」というものをかなり真剣にふりかえる、という体験をし、有意義な時間を得ることができた。しかし自分の書いた本を読み返す、というのはしばしば億劫《おっくう》なこともあり、それを第三者の評論家がじっくり読んでくれているのだから「取り調べ官」の目黒考二にはやはり深く感謝している。

椎名　誠

二〇一七年三月

文庫化リスト〈弐〉

『南国かつおまぐろ旅』
文春文庫／一九九七年五月

『トロッコ海岸』
（『猫殺し その他の短篇』改題）
文春文庫／一九九七年九月

『鉄塔のひと その他の短篇』
新潮文庫／一九九七年十二月

『ネコの亡命』
文春文庫／一九九八年三月

『本などいらない草原ぐらし』
（『むはの哭く夜はおそろしい』改題）
角川文庫／二〇〇六年十一月

『馬追い旅日記』
集英社文庫／一九九九年三月

『あやしい探検隊 焚火酔虎伝』
角川文庫／一九九八年十月

『あやしい探検隊 焚火酔虎伝』
ヤマケイ文庫／二〇一六年十月

『時にはうどんのように』
文春文庫／一九九八年八月

『でか足国探検記』
新潮文庫／一九九八年十二月

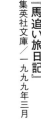

『麦の道』
集英社文庫／一九九九年六月

『発作的座談会(2) いろはかるたの真実』
角川文庫／二〇〇〇年八月

『カープ島サカナ作戦』
文春文庫／一九九九年七月

『鍋釜天幕団フライパン戦記
あやしい探検隊青春篇』
角川文庫／二〇一五年一月

『麦酒主義の構造とその応用胃学』
（『麦酒主義の構造とその応用力学』改題）
集英社文庫／二〇〇〇年十月

『自走式漂流記1944―1996』
新潮文庫／一九九六年九月

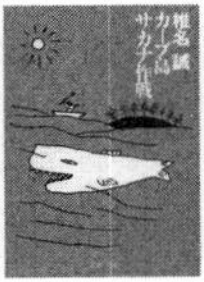

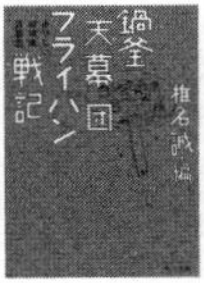

『風の道 雲の旅』
集英社文庫／二〇〇四年十月

『あやしい探検隊 焚火発見伝』
小学館文庫／一九九九年一月

『シーナとショージの発奮忘食対談』
（『人生途中対談』改題）
文春文庫／一九九九年九月

『大日本オサカナ株式会社』
（『人生途中対談』改題）
朝日文庫／二〇一二年一月

『みるなの木』
ハヤカワ文庫ＪＡ／二〇〇〇年四月

『くねくね文字の行方』
（『むはのむは固め』改題）
角川文庫／二〇〇四年六月

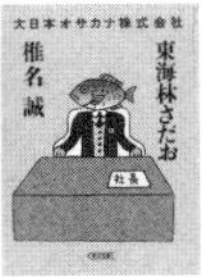

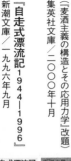

『本の雑誌血風録』
朝日文庫／二〇〇〇年八月

『本の雑誌血風録』
新潮文庫／二〇〇二年二月

『ギョーザのような月がでた』
文春文庫／二〇〇〇年七月

『あるく魚とわらう風』
集英社文庫／二〇〇一年二月

『旅の紙芝居』
朝日文庫／二〇〇二年十月

『砂の海 楼蘭・タクラマカン砂漠探検記』
新潮文庫／二〇〇〇年十二月

『砂の海 風の国へ』
（『砂の海』改題）
集英社文庫／二〇〇八年十二月

『黄金時代』
文春文庫／二〇〇〇年十二月

『突撃 三角ベース団』
文春文庫／二〇〇一年六月

『新宿熱風どかどか団』
朝日文庫／二〇〇一年八月

『新宿熱風どかどか団』
新潮文庫／二〇〇五年十一月

『あやしい探検隊 バリ島横恋慕』
角川文庫／二〇〇二年一月

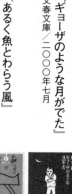

『あやしい探検隊 バリ島横恋慕』
ヤマケイ文庫／二〇一六年十一月

『ずんが島漂流記』
文春文庫／二〇〇一年十二月

『ビールうぐうぐ対談』
文春文庫／二〇〇二年七月

『麦酒泡之介的人生』
（『むは力』改題）
角川文庫／二〇一〇年四月

『とんがらしの誘惑』
文春文庫／二〇〇二年五月

『南洋犬座 100絵 100話』
集英社文庫／二〇〇二年八月

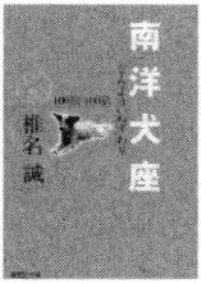

『アメンボ号の冒険』
講談社文庫／二〇〇六年七月

『鍋釜天幕団ジープ焚き火旅 あやしい探検隊さすらい篇』
角川文庫／二〇一五年二月

『問題温泉』
文春文庫／二〇〇二年十二月

『くじらの朝がえり』
文春文庫／二〇〇三年四月

『にっぽん・海風魚旅 怪し火さすらい編』
講談社文庫／二〇〇三年七月

『もう少しむこうの空の下へ』
講談社文庫／二〇〇三年八月

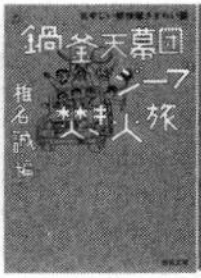

『ここだけの話』
PHP文芸文庫／二〇一五年十一月

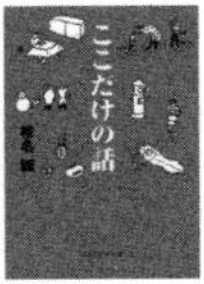

『すっぽんの首』
文春文庫／二〇〇三年十月

『やぶさか対談』
講談社文庫／二〇〇五年五月

『焚火オペラの夜だった』
文春文庫／二〇〇四年一月

『春画』
集英社文庫／二〇〇四年二月

『旅に出る ゴトゴト揺られて本と酒』
（『日焼け読書の旅かばん』改題）
ちくま文庫／二〇一四年三月

『海ちゃん、おはよう』
朝日文庫／二〇〇四年五月

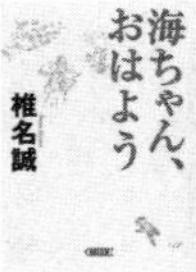

『海ちゃん、おはよう』
新潮文庫／二〇〇七年十月

『波のむこうのかくれ島』
新潮文庫／二〇〇四年四月

『海浜棒球始末記 ウ・リーグ熱風録』
文春文庫／二〇〇四年六月

『からいはうまい アジア突撃極辛紀行』
小学館文庫／二〇〇四年十一月

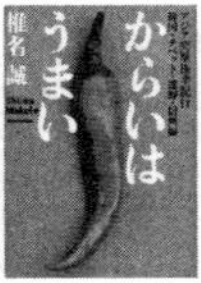

『飛ぶ男、噛む女』
新潮文庫／二〇〇四年十一月

『ハリセンボンの逆襲』
文春文庫／二〇〇五年一月

『風まかせ写真館』
朝日文庫／二〇〇五年八月

『風のかなたのひみつ島』
新潮文庫／二〇〇五年六月

『ぶっかけめしの午後』
文春文庫／二〇〇五年十二月

『ニューヨークからきた猫たち』
朝日文庫／二〇〇六年九月

『絵本たんけん隊』
角川文庫／二〇一二年十一月

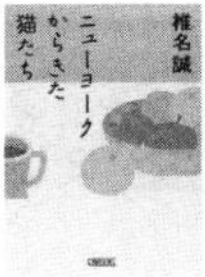

『かえっていく場所』
集英社文庫／二〇〇六年四月

『モヤシ』
講談社文庫／二〇〇六年四月

『いっぽん海まっぷたつ』
（『いっぽん海ヘビトンボ漂読記』改題）
角川文庫／二〇一四年二月

『地球の裏のマヨネーズ』
文春文庫／二〇〇六年八月

『秘密のミャンマー』
小学館文庫／二〇〇六年十月

『くじら雲追跡編　にっぽん・海風魚旅2』
講談社文庫／二〇〇七年二月

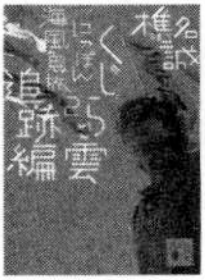

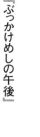

『風のまつり』
講談社文庫／二〇〇七年六月

『まわれ映写機』
幻冬舎文庫／二〇〇七年二月

『笑う風　ねむい雲』
集英社文庫／二〇一五年一月

『走る男』
朝日文庫／二〇〇七年一月

『ぱいかじ南海作戦』
新潮文庫／二〇〇六年十二月

『ただのナマズと思うなよ』
文春文庫／二〇〇七年六月

『小魚びゅんびゅん荒波編　にっぽん・海風魚旅３』
講談社文庫／二〇〇八年一月

『メコン・黄金水道をゆく』
集英社文庫／二〇〇八年二月

『大漁旗ぶるぶる乱風編　にっぽん・海風魚旅４』
講談社文庫／二〇〇八年七月

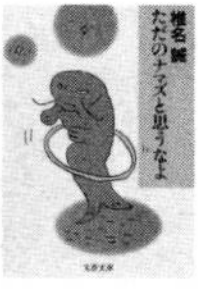

本文デザイン　金子哲郎
本文イラスト　沢野ひとし

初出：「椎名誠の仕事　聞き手　目黒考二」（椎名誠旅する文学館ホームページ
二〇一三年四月〜二〇一五年一月配信）

本書は二〇一七年四月、椎名誠旅する文学館より刊行されました。文庫化にあたり加筆・修正し、再編集しました。

本人に訊く〈壱〉
よろしく懐旧篇

椎名　誠
目黒考二

デビュー作『さらば国分寺書店のオババ』から、青春小説の金字塔『哀愁の町に霧が降るのだ』、SF小説の傑作『アド・バード』『武装島田倉庫』など、94年までに発表した78作品の創作の裏事情に盟友の文芸評論家・目黒考二がスルドク切り込む面白すぎる対談集。おまけ収録も盛り沢山！

椎名誠の本

どーしてこんなにうまいんだあ！

世界各地の現地食を知り尽くしたシーナによる、「この世で一番うまいものはなにか」の考察に始まり、〈しょうゆマヨスパゲティ〉〈そばの死に辛食い〉ほか、焚火を囲んで考案した「黄金のバカうま料理」など、誰でも手軽に作れるアウトドア料理をどかーんと紹介。カラー文庫。

集英社文庫

椎名誠の本

孫物語

世界を飛び回っていたシーナが自宅に落ちつくことが多くなった。その理由は「孫」。本好きな長男、おしゃまな長女、無鉄砲小僧の二男。ぐんぐん新しいことを吸収する孫たちに対し、どんどんいろんなことを忘れていくじいじいは、ウロタエながらも大奮闘！

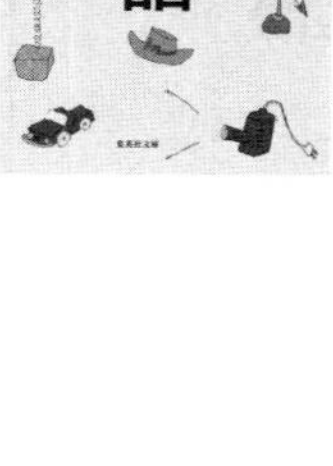

集英社文庫

椎名誠の本

椎名誠「北政府」コレクション

北上次郎編

集英社文庫

遠い未来のむかしのお話。世の中には異態進化した巨大生物や、人工的に作られた異常生命体があふれておりました。でも人間たちはそんな状況下でもたくましく生き延びていたのです――北政府による終末戦争で荒廃した世界を描く超常小説アンソロジー。

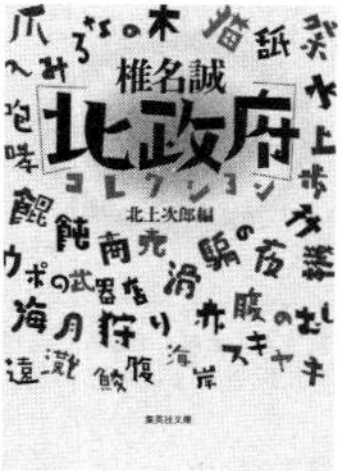

集英社文庫

本人《ほんにん》に訊《き》く〈弐《に》〉おまたせ激突篇《げきとつへん》

2020年1月25日　第1刷　　定価はカバーに表示してあります。

著者　椎名《しいな》　誠《まこと》
　　　目黒考二《めぐろこうじ》

発行者　徳永　真

発行所　株式会社　集英社
東京都千代田区一ツ橋2-5-10　〒101-8050
電話　【編集部】03-3230-6095
　　　【読者係】03-3230-6080
　　　【販売部】03-3230-6393（書店専用）

印刷　株式会社　廣済堂

製本　株式会社　廣済堂

フォーマットデザイン　アリヤマデザインストア　　マークデザイン　居山浩二

ISBN978-4-08-744068-3 C0195